第五卷

民国词学史著集成

譚正璧《女性詞話》　曾迺敦《中國女詞人》

伊碪《花間詞人研究》

孙克强　和希林◎主编

南開大學出版社

图书在版编目(CIP)数据

民国词学史著集成. 第五卷 / 孙克强，和希林主编.
—天津:南开大学出版社，2016.12
ISBN 978-7-310-05269-1

Ⅰ. ①民… Ⅱ. ①孙… ②和… Ⅲ. ①词学—诗歌史—中国—民国 Ⅳ. ①I207.23

中国版本图书馆 CIP 数据核字(2016)第 297148 号

南开大学出版社出版发行
出版人:刘立松
地址:天津市南开区卫津路 94 号　邮政编码:300071
营销部电话:(022)23508339　23500755
营销部传真:(022)23508542　邮购部电话:(022)23502200
*
天津市蓟县宏图印务有限公司印刷
全国各地新华书店经销
*
2016 年 12 月第 1 版　2016 年 12 月第 1 次印刷
210×148 毫米　32 开本　17.875 印张　4 插页　511 千字
定价:90.00 元

如遇图书印装质量问题,请与本社营销部联系调换,电话:(022)23507125

總序

清末民初詞學界出現了新的局面。在以晚清四大家王鵬運、朱祖謀、鄭文焯、況周頤為代表的傳統詞學（亦稱體制內詞學、舊派詞學）之外出現了新派詞學（亦稱體制外詞學）。新派詞學以王國維、胡適、胡雲翼為代表，與傳統詞學強調『尊體』和『意格音律』不同，新派在觀念上借鑒了西方的文藝學思想，以情感表現和藝術審美為標準，對詞學的諸多問題展開了全新的闡述。同時引進了西方的著述方式：專題學術論文和章節結構的著作。傳統的詞學批評理論以詞話為主要形式，感悟式、點評式、片段式以及文言為其特點；民國時期的詞學論著則以內容的系統性、結構的章節佈局和語言的白話表述為其主要特徵。當然也有一些論著遺存有傳統詞話的某些語言習慣。民國詞學論著的作者，既有新派大師王國維、胡適的追隨者，也有舊派領袖晚清四大家的弟子、再傳弟子。他們雖然觀點不盡相同，但同樣運用這種新興的著述形式，他們共同推動了民國詞學的發展。民國詞學論著的蓬勃興起是民國詞學興盛的重要原因。

民國的詞學論著主要有三種類型：概論類、史著類和文獻類。這種分類僅是舉其主要內容而言，實際情況則是各類著作亦不免有內容交錯的現象。

概論類詞學著作主要內容是介紹詞學基礎知識，通常冠以『指南』『常識』『概論』『講義』之名。這類著作無論是淺顯的入門知識，還是精深的系統理論，皆表明著者已經從傳統詞學中片段的詩詞之辨、詞曲之辨，提升到系統的詞體特徵認識和研究，是文體學意識的體現。史著類是詞學論著的大宗，既有詞通史，也有斷代詞史，還有性別詞史。唐宋詞成為後世的典範，對唐宋詞史的梳理和認識成為詞學研究者關注的焦點，如詞史的分期、各期的主要特徵、詞派的流變等。值得注意的是詞學史上的南北宋之爭，在民國時期又一次達到了高潮，有尊南者，有尚北者，亦有不分軒輊者，精義紛呈。南北宋之爭的論題又與新派、舊派基本立場的分歧對立相聯繫，一般來說，新派多持尚北貶南的觀點。史著類中清代詞史亦值得關注，詞學研究者開始總結清詞的流變和得失，清詞中興之說已經發佈，進而加以討論，影響深遠直至今日。文獻類著作主要是指一些詞人小傳、評傳之類，著者廣泛搜集歷代詞人的文獻資料，加以剪裁編排，清晰眉目，為進一步的研究打下基礎。

『民國詞學史著集成』有兩點應予說明：其一，收錄了一些中國文學史類著作中的詞學史部分。民國時期的中國文學史著作主要有兩種結構方式：一種是以時代為經，文體為緯，此種寫法的文學史，詞史內容分散於各個時代和時期。另一種則是以文體為綱，注重文體的發展演變，如鄭賓於的《中國文學流變史》的下冊單獨成冊，題名《詞（新體詩）的歷史》，篇幅近五百頁，可以說是一部獨立的詞史；又如鄭振鐸的《中國文學史》（中世卷第三篇上），單獨刊行，從名稱上看是唐五代兩宋斷代文學史，其實是一部獨立的唐宋詞史。

『民國詞學史著集成』視這樣的文學史著作中的詞史部分，為特殊的詞史予以收錄。其二，『民國詞學史著集成』收入五部詞曲合論的史著，著者將詞曲同源作為立論的基礎，合而論之，本套叢書亦整體收錄。至於詩詞合論的史著，援例亦應收入，如劉麟生的《中國詩詞概論》等，因該著已收入南開大學出版社出版的『民國詩歌史著集成』，故『民國詞學史著集成』不再收錄。

『民國詞學史著集成』收錄的詞學史著，大體依照以下方式編排：參照發表時間、內容分類、著者以及著述方式等各種因素，分別編輯成冊。每種著作之前均有簡明的提要，介紹著者、論著內容及版本情況。

在『民國詞學史著集成』中，許多著作在詞學史上影響甚大，如吳梅的《詞學通論》等，多次重印、再版，已經成為詞學研究的經典；也有一些塵封多年，本套叢書加以發掘披露，如孫人和的《詞學通論》等。這些文獻的影印出版，對詞學研究具有重要的參考價值。近些年，民國詞學研究趨熱，期待『民國詞學史著集成』能夠為學界提供使用文獻資料的方便，從而進一步推動民國詞學的研究。

孫克強　和希林

2016年10月

總目

第一卷

第二卷

第三卷

第四卷

第五卷

第六卷

第七卷

第八卷

第九卷

第十卷

第十四卷

第十五卷

第十六卷

本卷目錄

譚正璧《女性詞話》

譚正璧(1901-1991),字仲圭,筆名譚雯、正璧、佩冰、璧廠、趙璧等,上海嘉定人。大學畢業後歷任上海神州女校、上海中學、上海民立女子中學等中學教員,上海美專、震旦大學、齊魯大學、山東大學、華東師範大學教授,抗戰時期曾任中國藝術學院文學系主任,還擔任過上海北新書局編輯、上海唐棣出版社總編輯、中華書局上海編譯所特約編輯、上海市文史研究館館員。著有《中國文學史大綱》《中國文學進化史》《中國女性文學史》《女性詞話》《中國小說發達史》《彈詞敘錄》等。

《女性詞話》是一部關於女性詞學的普及性讀物,全書大致按照時間順序依次介紹了從宋代至清代的59位女詞人,其中宋代13位,元代2位,明代1位,清代43位。本書為第一本系統介紹中國女性詞的著作,兼具學術性和普及性。《女性詞史》民國二十三年(1934)由上海中央書店初版。本書據中央書店初版影印。

女性詞話
譚正壁著
上海中央書店印行

文學指導

女性詞話

譚正璧著

女性詞話目次

女性詞話 目次 二

女性詞話

一　李清照

瑯嬛記上有一段記載道：

明誠幼夢誦一書曰：『言與司合，安上已脫，芝芙草拔。』挺之曰：『此離合字，「詞女之夫」也。』

明誠就是大詞人李清照的丈夫，姓趙氏；挺之是明誠的父親，那時他正官吏部侍郎。她們兩家的結爲婚媾，完全建築在門當戶對的基礎上。因爲那時清照的父親格非，正做禮部員外郎。兩親家正都在顯赫的時候。

她號易安居士，生於山東濟南歷城西南的柳絮泉上。初婚時，她不過二十歲。明誠是位太學生，和她有同樣的嗜好，所以異能情投意合。由她早年所作的詞裏，可以看出她們這時閨中生活的豐腴：

絳綃薄，冰肌瑩，雪膩酥香；笑語檀郎：『今夜紗幮枕簟涼！』——采桑子

繡幕芙蓉一笑開，斜偎寶鴨依香腮，眼波才動被人猜。——浣溪沙

怕郎猜道奴面不如花面好。雲鬢斜簪，徒要教郎比並看。——減字木蘭花

『絳綃薄，冰肌瑩，雪膩酥香；』是何等嬌豔的色相？『今夜紗幮枕簟涼，』是何等蕩魄的要求？這樣的欬唾，又出於一位富有文藝天才的少女之口，不令那位身當其境的丈夫魂銷欲絕嗎？

但結婚未久，明誠即出外遊學，離愁頃刻湧滿了她的心頭。她有一首極有名的相思詞一翦梅，便在這時候寫在錦帕上送給明誠的。那首詞道：

紅藕香殘玉簟秋，輕解羅裳，獨上蘭舟。雲中誰寄錦書來，雁字回時，月滿西樓。 花自飄零水自流，一種相思，兩處閒愁。此情無計可消除，才下眉頭，却上心頭！

她又曾填醉花陰詞寄明誠。明誠想勝過她，便謝絕一切，廢寢忘食者三晝夜，得五十餘闋，雜她的詞於其中請友人陸德夫批評。德夫玩誦再三，說：『有三句詞絕佳。』他問：『那三句？』德夫道：『莫道不銷魂，簾捲西風，人比黃花瘦。』這三句恰巧是她作的，他始終未能勝過她。這闋詞的全文是：

薄霧濃雲愁永晝，瑞腦噴金獸。佳節又重陽，寶枕紗幮，半夜涼初透。 東籬把酒黃昏后，有暗香盈袖。莫道不銷魂，簾捲西風，人比黃花瘦。

婚后二年，明誠亦出仕。他有金石的嗜好，時常質衣買碑文，書畫和古器。夫婦相對展玩，自稱是「葛天氏之民」。他後來又著金石錄三十卷，也得她幫助爲多。這樣的生活，她們共過了二十年。等到宋室南渡，她們的故鄉蹂躪于金人鐵蹄之下，她的不幸的生活便開始了。她們一生心血所聚的書畫古器，陸續喪失于兵燹流離之際。爲了政治關係，她們只好也隨着王室南遷。南遷後，明誠曾在江寧做過七個月的官。那時大概和議已告成功，所以她們倆又過了一時極短暫的安靜生活。清波雜志載她：

在江寧日，每值天大雪，即頂笠披簑，循城遠覽，得句必邀賡和。明誠苦之。

在這段記載裏，可見一個男子要做一個女文學家的丈夫是怎樣的不易了。此後不久，明誠因于途中中暑，臥疾湖州。她在池陽聞訊，聞耗東下，一日夜行三百里，比至，病已危。這時正在蕭瑟的深秋，她們這次竟作了最後一次的晤會了！

從此，她永遠墮入悲苦飄泊中了。在建康既染沉疴，爲「玉壺」一事又幾質身牢獄。流浪多年，始依弟李迒居於金華。憂患餘生，她那裏還會有往昔那般的心情？在她老年的作品裏，如武陵春：

風住塵香花已盡，日晚倦梳頭。物是人非事事休，欲語淚先流！　聞說雙溪春尚好，也擬泛輕舟；只恐雙溪舴艋舟，載不動許多愁！

這時她寫的再也不是那種使人魂銷的妖豔的詞句了。

此後的她，是否終老于金華，或者還要向別處漂泊？那麼『書缺有簡，』吾們也無從查考。但她已是一個五十歲外的老婦了，天可憐她，想來終不至會再過那過往般的不幸生活吧！

她曾被人誣爲改嫁。但自清人俞正燮作易安居士事輯替她辯白後，已沒有人再信有這回事了。在這裏，吾們也不忍再把這事的經過寫明，以免引起讀者的不快之感。

她的著作，據宋史藝文志所載，有文集七卷，詞集六卷。但現在僅流傳着一卷薄薄不滿三十首的漱玉詞。零星的詩文，也極難得見。所可見者，在中國婦女文學史裏面幾完全徵引，吾們可以從中試嘗一臠。

二　王嬌娘

王嬌娘小字瑩卿，宋宣和時蜀人。父官通判。有中表申純，字厚卿，居其家。二人均有文才，常以詩詞相往還。不久，情愛達于沸點，遂相約作私會。在她們初次的幽會時，她口占菩薩蠻詞贈純云：

夜深偷度紗窗綫，小桃枝上留鶯宿。花嫩不禁抽，風平幸未休。　千金身已破，脈脈愁無那。特地囑檀郎：『人前口謹防？』

他也答她一詞云：

綠窗深貯傾城色，燈花送喜秋波溢。一笑入羅幃，春心不自持。　雨雲情散亂，弱體羞還顫。從此向雲英：何須上玉京？

後來二人悟私會之非久計，純乃回家使人向通判求婚。通判以格于中表，不允。在這短期的別離中，她已情不自禁，聞婚事中格，尤爲憂悒，作滿庭芳以寄純云：

簾影搖花，簟紋浮水，綠陰庭院清幽。夜長人靜，贏得許多愁！空憶當時月色，小窗外情話綢繆。臨風淚，拋成暮雨，猶向楚山頭。　殷勤紅一葉，傳來密意，佳好新求。奈百端間阻，恩愛休休！應是紅顏薄命，難消受俊雅風流。須想念，重尋舊約，休忘杜家秋。

那時通判有婢飛紅，亦有才貌，純偶與近，爲嬌娘所責。於是百端阻撓，兩人即欲一見面亦不可得。她忽悟責飛紅的失計，乃百計籠絡她。飛紅感其意，反爲從中設法，繼續幽會。後來嬌娘母親病故，通判遂立飛紅爲妾。

通判在外任職，純爲經紀其家，事事有倫。及歸，知純才幹有餘，且妙年高第，前程未可量，頗悔却婚之非，至此又反慮純之不從。乃命飛紅探純意。純喜之不勝，遂遣媒至家，得父母允許，擇日行聘。此時，忽某軍閥之子某聞嬌娘美名，懇父向通判求婚。父從其意，通判再四拒却。某軍閥竟逼之以勢，賄之以財，不得已許之。二人聞耗，乃以死相約。純遂歸家。不久，嬌娘抑鬱病死；純聞之，亦絕食而亡。通判深自痛悔，將二人合葬於濯錦江邊。有人見有雙鴛鴦飛其上，因名爲「鴛鴦塚」。

這段悲劇，小說家都取爲題材，成了他們極好的創作。其實牠不過是套了會眞記的老套子：嬌娘恰如鶯鶯，申純不弱于張珙，飛紅也勝似紅娘，某軍閥又何殊于孫飛虎？所不同的地方，僅此無白馬將軍，而以悲劇作結束而已。所以人家以爲這椿事實好像小說；我正疑心這是小說而不是事實。

飛紅亦善詞，有端正好一闋云：

花低鶯踏紅英亂。春心重，頓成慵懶。楊花夢斷楚雲平，空惹起，情無限。　傷心漸覺成牽絆。奈愁緒，寸心難管。深誠無計寄天涯，幾欲問，梁間燕。

三　吳淑姬

陽春白雪詞，原本共有五卷，現在僅存三首了。作被花菴詞選贊許爲「佳處不減李易安」的陽春白雪詞，原本共有五卷，現在僅存三首了。作者吳淑姬，究竟她是一位怎樣的女性，也直到現在還沒有十分確定。

歷來文學史家，都根據誠齋雜記，說她嫁給士人楊子冶。就是中國人名大辭典也是這樣記載着。誠齋雜記的原文是：

汾陰女子吳淑姬，未嫁夫亡。未亡時，晨興靧面，玉簪墜地而折。已而夫亡，其父以其少年，欲嫁之。女誓曰：『玉簪重合則嫁！』居久之，見士子楊子冶詩，諷而悅之，使侍兒用計覓得一卷。心動，欲與之合，啓奩視之，簪已合矣。遂以寄子冶，結爲夫婦焉。後嫁子冶，優于內治，里中稱之。子冶仕至蘭陵太守。

但在夷堅支志庚集卷十裏所載的吳淑姬卻與此不同：

湖州吳秀才女，慧而能詩詞，貌美，家貧，爲富民子所據。或投郡訴其姦淫。王龜齡爲太守，逮係司理獄；既伏罪，且受徒刑。郡僚相與詣理院觀之，仍具酒引使至席，風格傾一座。遂命脫枷侍飲，諭之曰：『知汝能長短句，宜以一章自詠，當宛轉自待制，爲汝解脫。不然，危矣！』女即請題。時冬末雪消，春日且至，命『道此景作長相思令。』捉筆立成曰：

烟霏霏，雨霏霏，雪向梅花枝上堆，春從何處回？　醉眼開，睡眼開，疎影橫斜安在哉！從教塞管催。

諸客賞歎，爲之盡歡。明日，以告王公，言其冤。王淳直，不疑人欺，亟使釋放。其後無人肯禮娶。

周介卿石之子賓以爲妾，名曰淑姬。王三恕時爲司戶攝理，正治此獄，小詞藏其處。

照這段文字所記載，她的丈夫姓周而不是姓楊，而且誠齋雜記裏的吳淑姬是北方人，這裏的吳淑姬是南方人，明明是二人而非一人。那麼陽春白雪詞的作者是那一個吳淑姬呢？吾們先來一看這僅存的三首詞的內容：

謝了荼蘼春事休，無多花片子，綴枝頭。庭槐影碎被風揉。鶯雖老，聲尚帶嬌羞。 獨自倚妝樓。一川烟草浪，襯雲浮。不如歸去下簾鈎。心兒小，難着許多愁。——小重山

岸柳依依拖金縷；是我朝來別處。惟有多情絮，故來衣上留人住。 兩眼啼紅空彈與，未見桃花又去。一片征帆舉，斷腸遙指苕溪路。——惜分飛

粉痕銷，芳信斷，好夢久無據。病酒無聊，欹枕聽春雨。斷腸曲曲屏山，溫溫沈水，都是舊看承人處。 久離阻；應念一點芳心，閒愁知幾許。偷照菱花，清瘦自羞觀。可堪梅子酸時，楊花飛絮，亂鶯啼催將春去。——祝英台近

「斷腸遙指苕溪路，」苕溪即在湖州。那麼陽春白雪詞的作者，當然爲湖州的吳淑姬無疑了。諸書所稱嫁士人楊子治，未免爲張冠李戴。她的丈夫爲周姓，吾們也敢有理由的加以確定。

陽春白雪詞今僅存三首，加上夷堅志所引一首，共四首。但夷堅志中那一首，作風余和其他三

首不同，當爲隨便敷衍之作。其他三首則首首都是佳詞，『心兒小，難着許多愁！』『惟有多少故來衣上留人住。』『斷腸曲曲屏山，溫溫沈水，都是舊看承人處。』都是於技巧方面有獨得的佳句，比了漱玉詞，正似春蘭秋菊各有其動人之態。

四　紫竺

·紫竺（一作紫竹）是宋大觀間（公元一一〇七年——一一一〇年）人，工詞，善笑謔。常自謂天下沒有一個男子可做她的配偶，一天她正讀李後主詞。她父親元伯問她：『後主詞何處最佳？』她答道：『問君能有幾多愁？恰似一江春水向東流。』那時有秀才方喬，樂平人，偶和她於野間相遇，很愛慕她。乃託一嫗通殷勤，先以詩詞往來，終乃得遂私願。她們初次通問，是在夏間，所以她覆方喬的書中有云：

欲結赤繩，應須素節。泣珠成淚，久比鮫人；流火爲期，聊同織女。春風鴛帳裏，不妨羅許驚寒；暮雨雀屏中，一任雞聲唱曉……

這時方喬正在這似夏間氣候一般熱烈的初戀時期，那裏還等得？他就作玉樓春示意道：

綠陰撲地鶯聲近，柳絮如綿烟艸襯。雙鬟玉面碧窗人，一紙銀鈎青鳥信。　佳期卜遠清秋夜，梧樹梢頭明月挂。天公若解此情深，此歲何須三月夏！

究竟他們初次的私會在夏在秋？我們現在已無從知道，也不需要知道。某一次，她約喬於望雲門，暫會牆陰下，履着苔，鞋底盡濕，而喬不至。她悵然作踏莎行寄喬道：

醉柳迷鶯，懶風熨草，約郎暫會閒門道。粉牆陰下待郎來，苔痕印得鞋痕小。　花日移陰，簾香失裊，望郎不到心如擣。避人愁入倚屏山，斷魂還向牆陰繞。

但是喬的失約似不止一次，而有時她難免也要使他虛待。這從她給他和他答她的菩薩蠻詞裏看出來的。她的「善笑謔」的性情，也在這首詞中抒展了出來。詞云：

約郎共會西廂下，嬌羞覺負從前話。不道一睽違，佳期難更期。　郎君知我愧，故把書相証。寄語不須慌，見時須打郎！

喬的答詞云：

秋風只擬同衾枕，春歸依舊成孤寢。爽約不思量，反言要打郎！　鴛鴦如共耍，玉手何辭打？若再負佳期，還應我打伊。

日子一久，春光外洩，為她的父親所知。也是他們的僥倖，他竟把她嫁給方喬，成了正式的夫婦。自後遂不至再受「夜行多露」的苦了。

除了上引的詞外，還有二首生查子也是她所作。這二首詞較前引的詞均差勝，今並舉於後。

晨鶯不住啼，故喚愁人起。無力曉妝慵，閒弄荷錢水。　欲呼女伴來，門艸花陰裏。嬌極不成狂，更向屏山倚。

思郎無見期，獨坐離情慘。門戶約花開，花落輕風颭。　生怕是黃昏，庭竹和烟黯。歛翠恨無涯，強把蘭缸點。

五　唐夫人

唐氏是大詩人陸游之妻。兩人本是中表，故夫婦愛情甚篤。但不知爲了什麼緣故，竟重演了一孔雀東南飛一齣半齣的悲劇。她僅僅不能得到婆婆的歡心，初惟他居，終于忍痛離婚，改適了士人趙士程。

在某一個春天，她同士程遊於禹跡寺南的沈園，設席歡宴。忽遇陸游到來。她告知士程，士程命僕人送致酒餚。游悵悵不已，爲賦釵頭鳳一詞，題於園壁云：

紅酥手，黃縢酒，滿城春色宮牆柳。東風惡，歡情薄；一懷愁緒，幾年離索。錯，錯，錯！　春如舊，人空瘦，淚痕紅浥鮫綃透。桃花落，閑池閣；山盟雖在，錦書難托。莫，莫，莫！

她看見了，也和作一首道：

世情薄，人情惡，雨送黃昏花易落。曉風乾，淚痕殘；欲箋心事，獨語斜闌。難，難，難！ 人成各，今非昨，病魂常似秋千索。角聲寒，夜闌珊，怕人尋問，咽淚裝歡。瞞，瞞，瞞！

看了這段記事，却使我們不獨爲他們兩位主角而引起辛酸，同時也感到那位趙士程君的可愛。本來，她是一朵被遺棄了的花兒，要受盡人間的白眼，能重嫁給像士程那樣的丈夫，他又並不因她再嫁而加輕視，那在她已是何等的僥倖！可是陸游對她的感情也不差，山盟猶在，總難爲情！士程也明明知道她這情形，所以一聞她告訴他是陸游到來，遂毫不妒忌地遣人送致酒餚，以慰她的衷情。這樣，却愈使她難以爲情了。所以在這次邂逅之後不久，她覺抵不住兩重情感的夾攻，終于怏怏的逝世了。

陸游晚年，居鑑湖的三山，每入城，必登寺眺望。嘗賦二絕云：

夢斷香銷四十年，沈園柳老不飛綿。此身行作稽山土，猶弔遺蹤一悵然！

城上斜陽畫角哀，沈園無復舊池台。傷心橋下春波綠，更是驚鴻照影來！

沈園一會，竟使我們這位大詩人惆悵一生。世上一切戀愛的慘劇，也難得比這再過的了！

六 嚴蕊

天台營妓嚴蕊，字幼芳，美姿容，善琴、弈、歌、舞、絲、竹、書、畫。有時也作些詩詞，頗有新意。學者唐與正守台州時，很賞識她。與正嘗命她卽席賦紅白桃花，她卽成如夢令云：

道是梨花，不是；道是杏花，不是。白白與紅紅，別是東風情味。曾記，曾記，人在武陵微醉？

某一個七夕，與正郡齋開宴。坐有豪士謝元卿，夙聞蕊名，卽席命她作詞，以己姓爲韻。酒方行，她已成鵲橋仙一闋。詞云：

碧梧初墮，桂香纔吐，池上水花微謝。穿針人在合歡樓，正月露玉盤高寫。　蛛忙鵲懶，耕慵織倦，空做古今佳話。人間剛道隔年期，想天上方纔隔夜。

元卿大爲欽佩。後來元卿留居她家半載，傾囊贈之而歸。

朱熹與與正本有私怨，他提舉浙東，便奏參與正與妓女嚴蕊爲濫。一面把她捉去拷問，要她承認。她不肯承認。兩月之間，受了二次杖責，她終不肯誣害與正。這件事情便不能定讞。後來朱熹任滿，後任官爲岳商卿（名霖，岳飛之子）因于賀朔之時，憐她病悴，命她作詞自陳。她略不構思，卽口占卜算子云：

不是愛風塵，似被前緣誤。花落花開自有時，總賴東風主。　去也終須去，住也如何住？若得山花插滿頭，莫問奴歸處。

商卿就判令從良。後來她嫁趙姓爲妾，以終其身。

從這樁案件裏，使我們看出了所謂道學家的眞面目；而且給魯迅的狂人日記『每葉上都寫着「仁義道德」幾個字。我橫竪睡不着，仔細看了半夜，纔從字縫裏看出字來，滿本都寫着兩個字是「喫人」！』做了個極有力量的證明。

七　朱淑眞

文藝是苦悶的象徵，在苦悶的境地中，產生了女詞人李淸照，同時也產生了女詞人朱淑眞。聽了斷腸集這個詩詞集的名字已經足夠令人惆悵了，如再一去考査她的身世，一讀她的詩詞，那能不更爲之魂消腸斷呢？

獨行獨坐，獨倡獨酬還獨臥。佇立傷神，無奈輕寒著摸人！　此情誰見，淚洗殘妝無一半？愁病相仍，剔盡寒燈夢不成。——減字木蘭花

同樣是不幸，李淸照還享過二十多年的愉快生活。換句話說，總算嘗過人生幸福的滋味。可是淑眞，她生來似乎就是薄命。她的父母大概都是極平凡而沒有見識的人物，對於她們這位富有文藝天才的結晶品淑眞，一點不知愛護。待她長大了，竟隨隨便便的嫁給一個市井俗夫爲妻。這

是個天大的差誤！『獨行獨坐，獨倡獨酬還獨臥，』是如何的感到孤獨的悲哀呀！

為了她的一首生查子詞，使後來的文學史家聚訟不已。不管是歐陽修作，是她作，這首詞總是一首好詞，一首好的憶舊詞。能作一首好詞的人，決不是一個怎樣的壞人，壞到令人不齒的人。道德家如歐陽修可以作，她是一個不幸女子為什麼便不能作？歐陽修可以『人約黃昏後，』她為什麼不可以『人約黃昏後』呢？聚訟紛紜，眞是多事。那首詞是：

去年元夜時，花市燈如晝。月上柳梢頭，人約黃昏后。　今年元夜時，月與燈依舊。不見去年人，淚濕春衫袖。

在拙著中國女性的文學生活裏，曾根據她的元夜詩第三首，來證明她的確有過外遇。但還嫌證據薄弱，不能令人確信。不過從宛陵魏仲恭的斷腸集序裏所說——

其死也，不能葬骨於地下，如青冢之可弔，并其詩為父母一火焚之。

數語看來，這中間確有一樁疑案存在。她是已經出嫁了的女兒，為什麼死後的屍骨，會給母家火焚呢？可知她這時已和夫家脫離關係了。在脫離夫家後，偶然要做些『人約黃昏後』的故事，那又有什麼希奇呢？『鶯鶯燕燕休相笑，試與單棲各自知』性的苦悶，不是曾在她的筆下這樣直截痛快的吐出嗎？照這樣看來，吾的推測，還不是隨便可以推翻的。

她還有一首清平樂，在斷腸集中也是首例外的豔麗詞。在這首詞中所寫的生活，在她的一生中恐怕也只好稱是例外：

惱烟撩露，留我須臾住，攜手藕花湖上路，一霎黃梅細雨。　嬌癡不怕人猜，和衣睡倒人懷。最是分攜時候，歸來嬾傍妝台。

「嬌癡不怕人猜，和衣睡倒人懷，」這是一幅如何蕩人心魂的圖畫啊！

她自號幽棲居士，錢塘下里人。有人以爲她是朱熹姪女，所以說她是海寧人。這是不確的。她的著作已被父母焚燬，故所賸無多。今本斷腸集共有詩十七卷，詞一卷，大概在她生時都已流傳於當時人口，故得以保存到後代。另有璿璣圖記一卷，爲王士禎錄入他的池北偶談中，故亦得保存。魏仲恭許她的詞「清新婉麗，蓄思含情，能道人意中事，豈泛泛者所能及？」可算是最確切的批許了。

八　胡與可

與易安居士齊名的惠齋居士胡與可，父親胡晉臣，丈夫黃由，都是吳人，官亦都至尚書。她自幼俊敏強記，工詩詞，於琴、弈、書、畫等藝尤精。相傳她在家時，嘗因几上凝塵，戲畫梅花一枝，題百字令其上云：

小齋幽僻，久無人到此，滿地狼藉。凡案塵生多少憾，把玉指親傳蹤蹟。畫出南枝，正開側面，花蕊俱端的。可憐風韻，故人難寄消息。　非共雪月交光，這般造化，豈費東君力！只欠清香來撲鼻，亦有天然標格。不上寒窗，不隨流水，應不鈿宮額。不愁三弄，只愁羅袖輕拂。

此詞曾在吳中流傳一時。黃由帥蜀，與可亦隨行，路過雪堂，行書赤壁賦於壁間。詞人劉過嘗於其後題沁園春一闋云：

按轡齊驅，兒童聚觀，神仙畫圖。正芹塘雨過，泥香路軟，金蓮自拆，小小籃輿。傍柳題詩，穿花覓句，嗅蕊攀條得自如。經行處，有蒼松夾道，不用傳呼。　清泉怪石盤紆。信風景江淮各異殊。想東坡賦就，紗籠素壁；西山句好，簾捲晴珠。白玉堂深，黃金印大，無此文君載后車。揮毫處，看琳璃雪壁，眞艸行書。

眞可謂譽揚備至。可是以文君擬她，未免有些不倫。雖然文君爲蜀人，與可由吳入蜀，似同與蜀事有關，但僅此一事，亦不能用以比擬。關於這一個比擬的用意，只有作者劉過自己知道了。但後來爲黃由所知，頗加醜詆。

在她死後，也和易安居士一樣，曾蒙不白之寃。事情是這樣經過的。趙師羼知臨安府時，浼人作西湖放生池記，因誤用故事，爲無名子作詞以嘲。師彝偵知首摘其謬者爲與可，於是銜恨在心。適逢與可身故，她的婢女竊物以遁，捕送臨安府。師彝鞠令此婢指言主母平時與弈者鄭日新通，所失物乃主母自與，遂逮日新繫獄，處以黥罪。而且黃由也以『帷薄不修』遠謫。這樣一個『睚眦細故，』致令與可蒙不白之冤於身後，而且又累及她的丈夫。在她生前，無論如何也不會預想到的！

但從這一樁冤獄裏，却使我們知道了這位尚書夫人平居行動的浪漫。她因好弈，與弈者鄭日新來往，大概也屬事實。但她與他的關係，不過在較量技藝或從之受教這二點上，決不會牽涉到男女的關係上。不料因了這樣，竟授仇人以隙了。幸虧趙師彝之爲人，爲讀史者所熟知；否則如易安居士之再嫁，至今還有人相信，那豈不更加糟透了嗎？

九 范仲胤妻

宋人范仲胤爲相州錄事，久客不歸。他的夫人作伊川令詞以寄云：

西風昨夜穿簾幕，閨院添蕭索。最是梧桐零落，迤邐春光過却。 人情音信難托。教奴獨自守空房，淚珠與燈花共落。

仲胤拆視，「伊」字誤作「尹」字，乃作南鄉子寄回以戲之。詞云：

頓首啓情人，即日恭維問好音。接得綵箋詞一首，堪驚，題起新詞客恨生。　展轉意多情。寄與音書不志誠。不寫「伊川」題「尹」字，無心，料想「伊」家不要人！

她得詞，立即又答以字字雙云：

閑將小書作「尹」字，情人不解其中意。共伊間別幾多時，身邊少個人兒睡。

仲胤得詞，大笑稱賞，接着當然非回家安她慰一番不可了。

一〇　馬瓊瓊

馬瓊瓊是宋南渡後的營妓，居錢塘。朱端朝肄業上庠，和她情好甚密。她亦傾心相持，端朝凡百費用，都是由她供給。後來端朝應試及第，授官南昌尉。乃替她脫籍擕歸，於家中闢東西兩閣，東居正室，瓊瓊居於西閣。端朝臨行約道：「此去書信來往，兩閣混同一緘，復書也是這樣。」遂單身到任。

不料半年之後，只得東閣來書；復書西閣亦不得見。瓊瓊乃密遣一僕，持緘往南昌。端朝開緘無一字，只有一個畫着雪和梅花的扇面，畫後題有減字木蘭花詞云：

雪梅妬色，雪把梅花相抑勒。梅性温柔，雪壓梅花怎起頭？　芳心欲訴，全仗東君來作主。傳語東君，早與梅花作主人！

這位多情的丈夫知道兩閣失和，連忙棄官回鄉，置酒謀復舊好。東閣故意難道：「君且判斷雪梅是非安在？」端朝便作浣溪沙云：

梅正開時雪正狂，兩般幽韻孰優長？且宜持酒細端詳：　梅比雪花輸一出，雪如梅蕊少些香，花公非是不思量！

自後兩閣逐歡好如初。端朝亦不再出來做官了。

這樁故事，正好做了「王魁負桂英」一案的對照。但在宋代，還流傳着不少和這同類的故事。所以瓊瓊的詞，有的書上以為是另一個妓女洪惠英所作，不過詞句有些兩樣，而本事也與此不同。

洪惠英是會稽人。她因時常受到惡少年的騷擾，於是乘某一次縣中長官傳去侑酒的時候，便唱她自作的減字木蘭花云：

春梅似雪，剛被雪來相挫折。雪裏梅花，無限精神總屬他。　梅花無語，只有東君來作主。傳語東君，來與梅花作主人！

結果，自然那位長官替她除去了騷擾，使她能安居樂業。以詞意論，這首詞自以屬於馬瓊瓊的故事較爲適合。

二　張淑芳

宋末有太學生作百字令云：

半堤花雨，對芳辰消遣，無奈情緒！春色尚堪描畫在，萬紫千紅塵土。鵑促歸期，鶯收佞舌，燕作留人語。遶欄紅藥，韶華留此孤主。　眞個恨殺東風，幾番過了，不似今番苦！樂事賞心磨滅盡，忽見飛書傳羽。湖水湖烟，峯南峯北，總是堪傷處！新塘楊柳，小腰猶自歌舞。

借詞來痛詆時政，可見當時言論的不自由，也不殊於今日。但在這樣一首理正辭嚴的詞的結末，忽然寫出『新塘楊柳，小腰猶自歌舞』那樣秀麗的句子，此中牢騷直不減於『狂歌當哭』了。

所謂『新塘楊柳，』相傳是指賈似道的妾張淑芳。她本是西湖樵家女，似道乘理宗選妃之便，匿爲己妾。她不但善舞，而且工詞。但她也不是個平常女子，知道似道必敗，所以要求似道另營別業以居。後來似道失敗，她果未被累。但她也不願再露面目了，便自度爲尼，栽花種竹以老。

她所作詞傳世不多，今錄二首如後：

散步山前春草香，朱欄綠水遶吟廊，花枝驚墮繡衣裳。　或定或搖江上柳；爲鸞爲鳳月中篁。爲誰掩抑鎖雲窗？——浣溪沙

墨痕香，紅蠟淚，點點愁人離思。桐葉落，蓼花殘，雁聲天外寒。　五雲嶺，九溪塢，待到秋來更苦。風淅淅，水淙淙。不教蓬徑通。——更漏子

這二首都是山中生活的寫照。然照詞意揣測起來，第一首大約作於似道未敗之先，第二首則作於她削髮爲尼之後。因爲雖是同樣在寫山中生活，而意境一閑靜而一酸苦，決不會寫作在同一個時候。

二　王清惠

元世祖至元十三年（公元一二七六年）正月，丞相伯顏率兵入杭，宋國謝全二后，皆被擄北行。有昭儀王清惠亦被擄，題滿江紅於驛壁云：

太液芙蓉，渾不是舊時顏色。曾記得承恩雨露，玉樓金闕。名播蘭簪妃后裏，暈潮蓮臉君王側。忽一朝鼙鼓揭天來，繁華歇！　龍虎散，風雲滅。千古恨，憑誰說？對山河百二，淚沾襟血。驛館

夜驚鼙士夢宮車曉碾關山月。願嫦娥相顧肯從容，隨圓缺。

她抵燕都（卽北平）後，懇請爲女道士，號冲華，終於北方。

相傳文天祥得見此詞，讀至末句，不覺歎道：「夫人於此少商量矣！」因依韻替她代作一首。詞云：

試問琵琶，胡沙外怎生風色？最苦是姚黃一朵，移根仙闕。王母歡闌瓊宴罷；仙人淚滿金盤側。聽行宮夜半雨淋鈴，聲聲歇。　彩雲散，香塵滅。銅駝恨，那堪說！想男兒慷慨，嚼穿齦血。回首昭陽離落日，傷心銅雀迎新月。算妾身不願似天家，金甌缺。

天祥在前一年起兵勤王。到這時候，正在戎馬倥傯之際，縱或不滿於清惠詞的末句，未必會有此閒情逸興來替她代作。此種傳說，雖出於宋史，亦頗令人懷疑。果然，通鑑後編考異已指此詞，爲姚士粦所僞託。就是清惠的詞，東園友聞及諸山堂詞話都以爲是她的宮人張瓊英作。但這樁公案，現在也無法可以定讞的了。

二三　張玉孃

蘭雪詞的作者張玉孃，（元詩選作張玉）也是一位不幸的女詞人。她不但不幸於生前，而且也不幸於死後。你看，不但各家詞選中都不曾選載過她的一首詞，就是專述女性文學的中國婦女文學史上，也沒有提到她的名字。除了拙著中國女性的文學生活中爲她專立一節敍述外，在鄭振鐸的中國文學史上，也不過提起她的姓名和著作而已，沒有加以絲毫的說明。

她在宋代女詞人中，簡直可與李清照，朱淑眞，吳淑姬並駕齊驅。她們四人吾們不妨稱爲『宋代四大女詞家。』在四人中她較吳淑姬還幸運，因爲她的蘭雪集沒有失傳。她的少女生活雖不如李清照，但最後的結果，也似較朱淑眞爲勝。

她字若瓊，號一貞居士，浙江淞陽人。生有殊色，聰慧異常，爲父母所鍾愛。及長，擅長詩詞，人家以漢代的班姬相擬。她有侍婢二人，名紫娥，素娥，（淞陽縣志作輕紅，翠紅）都有才色，亦善文墨；又畜一鸚鵡，辯慧能知人意，因號爲『閨房三清。』這是她最寶貴的童年生活。笄年以後，她開始墮入情網，終於因擋不住生離死別的哀愁，促短了她的天然的生命。

原來她有一位『俊茂不羣』的表兄沈佺，因了中表的關係，時常會晤，就生了愛情。大概爲雙方父母所知，索性替她們訂了婚約。後來不知爲了什麼緣故，她的父母忽然翻悔起來。她因此起了深濃的哀感。在這事情還沒解決之前，沈佺又隨父遊京師。突然的生離，更增加了她的說不出的苦痛。最難堪的是在無可奈何中重憶舊歡，她的全部詞的十分之七八幾乎都在寫這時的懷襟。她的玉女瑤仙佩云：

霜天破夜，一陣寒風，亂漸入簾穿戶。醉覺珊瑚，夢回湘浦，隔水曉鐘聲度。不作高唐賦，笑巫山神女，行雲朝暮。細思算，從前舊事，總爲無情，頓相辜負。正多病多愁，又聽山城，戍笳悲訴。強起推殘繡褥，獨對菱花，瘦減精神三楚。爲甚月樓，歌亭花院，酒債詩懷輕阻？待伊趨前路，爭如我，雙鸞香車歸去。任春融翠閣，諧堂香靄，席前爲我。翻新句，依然京兆成眉嫵。

似寫有從前『不曾真個』之悔。水調歌頭云：

素女凝霄液，萬籟靜秋天。瓊樓無限佳景，都道勝前年。桂殿風微香度，羅襪銀牀立盡，冷侵一鈎寒。孛浪翻銀屋，身在玉壺間。　玉關愁，金屋怨，不成眠。粉郎一去，幾見明月缺還圓。安得雲鬟香臂，飛入瑤台銀闕，兎鶴共清全。竊取長生藥，人月兩蟬娟。

似欲突破『金屋』，效嫦娥之奔月，以尋找她們的自由田地。可是『粉郎一去』此願難償，惟有付之嗟嘆而已！

過了不久，沈佺因『積思於悒，』兩感寒疾，諸醫束手。於是玉孏遣使問候，往來不絕於道。後來病篤了，她知道他的病爲婚事而起，不覺大慟。遂于信中立誓道：『穀不偶於君，死願以同穴』可是爲時已經太晚，他終於逝世了。她作詩哭道：

中路憐長別，無因復見聞。願將今日意，化作陽台雲！

從此她只有終日以眼淚洗面。她的父母卻自以爲是好意，看她長日悒鬱，便擬另擇佳壻，以減去她的苦痛。但這使她愈加難堪了，遂不食，未逾月，亦竟逝世。那時她不過二十八歲。她的父母哀憫她的意志，遂請求沈氏，與佺同葬於附郭的楓林。侍婢均哭之甚哀。後來霜娥以憂卒，紫娥自經死。明日，鸚鵡亦悲鳴而殞。父母幷以殉葬，名曰鸚鵡塚。

她的蘭雪詞，與所作的詩合刻爲蘭雪集。詞共十六闋，多淒苦愁絕之句。但如下面的三闋，卻不亞於漱玉詞的清新婉麗，在宋末的詞中頗屬拔萃：

疎雨動輕寒，金鴨無心爇麝蘭。庭院深深人不到，憑闌，盡日花枝獨自看。　消睡報雙鬟，著鼎香分小鳳團。雪浪不須除酒病，珊珊，愁繞春叢淚未乾。——南鄉子

月光微，簾影曉，庭院深沉，寶鼎餘香裊。濃睡不堪聞語鳥，情逐梨雲，夢入青春杳。　海棠陰，楊柳杪。疎雨寒烟，似我愁多少。誰唱竹枝聲繚繞？臨風自訴東風早。——蘇幕遮

玉影無塵雁影來，繞庭荒砌亂蛩哀，涼窺珠箔夢初回。　壓枕離愁飛不去，西風疑負菊花開，起看清秋月滿台。——浣溪沙

一四　管道昇

在文學家的隊裏，漢有司馬相如，元有關漢卿和趙孟頫，都一朝得志，便飽暖思淫欲，慕戀少艾，忘記了與他們少年辛苦同嘗的糟糠之婦。但幸虧是文學家，到底因情理有虧，都一經她的反對，便把慾心壓下，使她免去了別鳳離鸞的悲苦。

趙孟頫的夫人管道昇，字仲姬，一字瑤姬，吳興人。她的父親伸，以任俠名鄉里，無丈夫子，故特別的寵愛她。她也落落有丈夫氣，出嫁後，隨同孟頫遊宦。她到過濟南，作過泰州，孟頫值史院，又隨同入京。

在她們結婚後的十餘年，那時她已四十餘歲，將及艾年，加以子女繞膝，家事縈懷，她已沒有初婚時那樣值得丈夫去迷戀。於是孟頫便想納妾。但他不便開口，便做了一首小詞給道昇，探探她的意旨。那首詞道：

我爲學士，你做夫人；豈不聞王學士有桃葉，桃根，蘇學士有朝雲，暮雲？我便多娶幾個吳姬越女無過分。你年紀已過四旬，只管占住玉堂春。

她見了，不加可否，便也做了一首詞答他。這首詞，據各書所載，微有不同。一本書上載的是：

我儂兩個，忒煞情多。譬如將一塊泥兒，捏一個你，塑一個我。忽然歡喜呵，將他來都打破。重新下水，再團再鍊，再調和，再捏一個你，再塑一個我。那其間，那其間，我身子裏也有了你；你身子裏也有了我。

另一本書上所載，卻是：

你儂我儂，忒煞情多；情多處，熱如火！把一塊泥，捻一個你，塑一個我。將咱兩個，一齊打破，用水調和，再捻一個你，再塑一個我。我泥中有你，你泥中有我；與你生同一個衾，死同一個槨。

孟頫得詞，只好停止了念頭。劉大白先生曾把這兩詞作比較，他說：『管詞何等溫柔敦厚；而趙詞卻完全是縱慾的男性，因爲想過多性生活而有心棄背華落色衰的糟糠之妻的供狀，可算是醜極了！』他又說：『好個「將一塊泥兒捏一個你，塑一個我」！好個「我身子裏也有了你，你身子裏也有了我」！這不是人格合一的戀愛極致底表現嗎？』兩人的人格遂有了評價了。

後來孟頫因病辭官，同歸吳興。至大三年（公元一三一〇年）皇太子遣使召孟頫，除翰林侍讀學士，她亦同至闕下。明年，仁宗即位，特授孟頫集賢院侍講學士中奉大夫，道昇封吳興郡夫人。但她是一位慣于過瀟洒自在的生活的人物，卻不耐居官的束縛；和她丈夫的熱中，恰成了相反的兩極端。她有漁父詞四首，大概即作于這時候。

遙想山堂數樹梅，凌寒玉蕊發南枝。山月照，晚風吹，只爲清香苦欲歸。

南望吳興路四千，幾時閒去雲水邊？名與利，付之天，笑把漁竿上畫船。

身在燕山近帝居，歸心日夜憶東吳。斟美酒，膾新魚，除卻清閑總不如。

人生貴極是王侯，浮利浮名不自由。爭得似，一扁舟，弄月吟風歸去休。

你看，她是怎樣的懷戀着她的故鄉啊！但她的熱中的丈夫，這時已完全忘懷了，自己是宋朝的宗室，高官厚爵，正在極得意之中，那裏會顧到她的心情的惡劣？她和他和她們的兒子雍都善書法，極爲皇帝所賞，曾奉詔各書千字文，詔語有「令後世知我朝有善書婦人，且一家皆能書」等語，可謂推崇備至。她又善畫墨竹梅蘭，亦曾因此博得皇太后的欣賞。

在孟頫入翰林爲承旨，她封魏國夫人的明年，她的脚氣舊疾忽然復發。皇帝聞知，遣太醫絡繹診治。又明年，疾增劇，得旨回家，卒於臨清道中。時年五十八歲。

道昇一生，從事文學似不及她從事於書畫的努力，所以所作詩詞的成績，遠不及她寫的金剛經及畫的墨竹梅蘭那麼多。故本文所錄的詞雖不多，但已是竭盡了吾們搜輯的能事了。

一五　羅愛愛

羅愛愛又名愛卿，嘉興名妓，色藝冠一時，尤精詩詞。嘗與諸文士集會於鴛湖的凌虛閣，翫月賦詩，她先成一絕句云：

曲曲欄干正正屏，六銖衣薄懶來凭。夜深風露涼如許，月在瑤台第一層。

合座都爲之擱筆。自此才名益盛。同郡人趙生，慕而聘爲室。未幾，趙生有父執官太宰，以書招往，許授江南一官。他躊躇不決，愛愛力勸之行。因置酒中堂，請趙生捧觴壽母，自歌齊天樂一闋送別云：

恩情不把功名誤。離筵又歌金縷。白髮慈親，紅顏幼婦，君去有誰爲主？流年幾許？況悶悶愁愁，風風雨雨，鳳拆鸞分，未知何日更相聚！　蒙君再三吩咐：向堂前侍奉，休辭辛苦。官誥蟠花，宮袍製錦，要待封妻拜母。君須聽取：怕日暮西山，易生愁阻。早促歸程，綵衣相對舞。

歌罷皆爲泣下。趙生解纜去，至都，太宰已死，無所依托，遂遷延逆旅。未幾，母因思子病亡，愛愛親爲營葬。未三月，張士誠陷平江，參政楊虎率兵拒于嘉興。趙生住宅爲劉萬戶所據，且欲逼愛愛。她乃托辭入室自縊死。劉以綉褥裹埋後園銀杏樹下。趙生歸，發屍觀之，面貌如生。乃納棺葬于白苧村母塋側，日日過墓慟哭，希求一見。一夕，果在夢中會見，並贈沁園春詞，雞鳴別去。事雖迷信，情實哀酸，吾們不妨「姑妄聽之」。那首詞云：

一別三年，一日三秋，君何不歸？記尊嫜抱病，親供藥餌；高堂埋葬，親曳麻衣。夜卜燈花，晨占鵲喜；雨打梨花晝掩扉。誰知道：恩情永隔，書信全稀！　干戈滿目交揮。奈命薄時乖履禍機。向銷金帳裏，猿驚鶴怨；香羅巾下，玉碎花飛。要學三貞，須拚一死，免被傍人話是非。君相念，算除非畫裏，重見崔徽。

她所作的二首詞，都明白如話，而辭句亦不俗。這樣的詞，使人一讀即能領會，省却揣詳的工夫不少。

從這一幕悲劇裏，使我們明白了所謂『王者之師，』古今同出一型。「兵，」永遠是摧毀世間一切的惡魔嗎？『佳兵不祥之器，』老聃在數千年前也已這樣的昭示於人了。

一六　張紅橋

張紅橋是閩縣的良家女，居西關洪山橋。有人說她是娼女。聰敏博學，雅善屬文。當時有許多的青年士人，曾為她而顛倒。

有長樂少年王偁，聞她的豔名，就稅居鄰右，去誘惑她，她始終加以拒絕。後來偁的朋友福清林鴻去訪他，住在他的家裏。偶於月夜窺見紅橋焚香庭前，因托鄰嫗致意，遂得舍於她家。

她大概也為了憐才，竟與林鴻相戀。鴻是閩中著名的文人，為當時十才子之一。洪武時，應召為膳部員外郎，御試龍池春曉，孤雁二詩，名動京師。然性情脫落，不久即免歸。這時他對于紅橋也十分留戀。王偁知道了他們的關係，故意挽鴻去遊三山，留連不使返。過了數日，鴻已不可耐，遂絕裾逃歸紅橋家。

一年後，鴻遊金陵，作大江東詞留別云：

鍾情太甚，人笑吾到老也無休歇。月露烟雲多是恨，況與玉人離別？軟語叮嚀，柔情婉戀，鎔盡肝腸鐵。岐亭把酒，水流花謝時節。應念翠袖籠香，玉壺溫酒，夜夜銀屏月。蓄意含嗔多少態，海嶽誓盟都設。此去何之？碧雲春樹，晚翠千峯疊。圖將羈思，歸來細與伊說。

她也步韻作成一闋云：

鳳凰山下，恨聲聲玉漏，今宵易歇。一曲陽關歌未竟，城上棲烏催別。一縷離情，兩行清淚，漬透千重鐵。柔腸幾寸，斷盡臨岐時節。還憶浴罷畫眉，夢回攜手，踏碎花間月。謾道胸前懷荳蔻，今日總成虛設。桃葉渡頭，莫愁湖畔，遠樹雲烟疊。寒燈旅邸，相思與誰同說！

她自鴻去後，獨坐小樓，不勝寂寞，感念成疾而卒。及鴻歸來，訪紅橋，始知她已去世，號痛欲絕。在牀頭覓玉佩玦懸一緘，拆視，得蝶戀花半闋及絕句七首。那半闋蝶戀花云：

記得紅橋西畔路，郎馬來時，繫在垂楊樹。漠漠梨雲和夢度。錦屏翠幙留香住。……

七首絕句，也都是發抒她的幽怨之詞，如「朝朝望斷北來鴻，」「樓頭長日妬雙鴻，」「恨他天外一聲鴻，」可以見她心緒的一斑。鴻爲之悲感哀恨，殆不勝情，因賦悼亡一律云：

柔腸百結淚懸河，瘞玉埋香可奈何？明月也知留佩玦，曉妝長怨畫青蛾。仙魂已逐梨雲夢，人世空傳薤露歌。自是忘情惟上智，此生長抱怨情多。

但「天長地久有時盡，此恨綿綿無絕期，」縱然腸斷，亦無可奈何。

一七　徐燦

「亡國之音哀以思，」所以好的文學家，每每產生於滄桑變易之際，女詞人徐燦也是此中人之一。她字湘蘋，一字明深，吳縣人，嫁大學士海寧陳之遴爲繼室。她工詩文，善書畫，尤長詩餘，著有拙政園集。

陳之遴在順治七年（公元一六五〇年）替拙政園詩餘所作的序裏說：

丁丑（崇禎十年）通籍後，僑居都城西隅。書室數楹，頗軒敞。前有古槐，垂陰如車蓋。後庭廣數十步，中作亭，亭前合歡樹一株，青翠扶蘇，葉葉相對，夜則交斂，侵晨乃舒，夏月吐華如朱絲。余與湘蘋觴詠其下，再歷寒暑。間登亭右小邱，望西山雲物，朝夕殊態。時史席多暇，出有朋友之樂，入有閨房之娛。湘蘋所爲詩及長短句，多清新可誦。尋以世難去國，絕意仕進。湘蘋吟詠益廣，好長短句然予詩。……

讀了這段記事，徐燦的家庭生活與她的文藝的變遷，吾們都已完全明瞭。但她和他的丈夫既共歷滄桑之變，是一對患難的夫婦，感情應該不同平常，而始終如一。不過吾們偶然在她的詞集中，讀到她的憶秦娥春感次素菴韻，（素菴就是之遴的號）却不免起了懷疑。那首詞云：

春時節，昨朝似雨今朝雪。今朝雪，半春香暖，竟成拋撇。　銷魂不待君先說，悽悽似痛還如咽。還如咽，舊恩新寵，曉雲流月。

所謂「竟成拋撇」，所謂「舊恩新寵，」竟出於同夢人的筆下；那所謂丈夫的人，無論怎樣忠貞可靠，總是要引起他人的疑慮而不能釋然于懷的。

她的哀時傷事的詞，集中很多，茲舉滿江紅感事一闋，以概其餘。

過眼韶華，淒淒又涼秋時節。聽處處擣衣聲急，陣鴻悽切。往事堪悲聞玉樹，采蓮歌杳啼鵑血。歎當年富貴已東流，金甌缺。　風共雨，何曾歇！翹首望，鄉關月。看金戈滿地，萬山雲疊。斧鉞行邊遺恨在，樓船橫海隨波滅。到而今空有斷腸碑，英雄業！

一八　周瓊

周瓊字羽步，一字飛卿，吳江人。工詩詞，爲某達官側室。後又嫁一士人。士人忤一縉紳，被陷入囹圄，自度不能免，乃命瓊往江北避其鋒，托所知棲一大姓廡下。此所謂大姓，即如皋冒巢民氏。他是明末四公子之　，夙有俠名，庇護這樣一個弱女子，自屬易事。但不知何故，八個月後，即離而他去。在這八個月中，她作的詩甚多，詩句如『文人薄命非因妬，俠女狂歌更種情』；如『樽前紅袖夜談兵』；如『每憐俠骨慚紅粉』，都豪邁有英氣。所居屋甚陋，破窗頹壁，幾不蔽風雨，她處之泰然。篋中金盡，亦不以爲意。後出家號性道人，依婁東吳梅村。以後是否終老婁東，那我們却無從知道了。

她也是寇白門一流人物，所以能得到冒巢民，吳梅村一流名士的青睞。她的那位被陷入獄的丈夫，一定也是位慷慨意氣的人物，可惜現在連姓名也不傳。她的詩的雄豪，正是她的性情的表現。但她的詞却很柔媚，極纏綿婀娜之致。英雄兒女，集于一身，可惜她那位丈夫竟無福消受！否則酒綠燈紅，淺斟低酌，試劍當舞，曼吟當歌，閨中豔福，人世無雙了。

她的詞今存三闋，全錄于下：

風屑屑，吹冷一簾新月。深院薔薇和影折，兜裙紅刺密。　昨夜露濃苔滑，早又殘花濃葉。閒倚紅窗尋綠蝶，掀簾銀蒜折。——謁金門

一片青銅如月，照出姿顔如雪。雪月兩堪誇，勝如花。 背地檀郎情願，恰似鴛鴦兩個。含笑倚郎肩，月中仙。——昭君怨

嫩玉纖纖整素絃，慣彈別鵠最堪憐，幾回私語把衣牽。 愛插鮮花時掠鬢，怕拈飛絮故掀簾，漫籠雙袖倚欄干。——浣溪沙

「含笑倚郎肩，」「幾回私語把衣牽，」此中有人，呼之欲出；縱是百煉鋼，也要化爲繞指柔了。

一九 吳皎臨

吳皎臨字玉樹，常熟人，著有團扇詞。她的醉花陰云：

綺閣風柔迴素袖，斜月簾櫳透。羅幌暖翻春，一枕熒光隱隱花明繡。 夢回燭影搖紅後，香冷金猊獸。幽會未成歡，懊惱東風吹徹殘更漏。

在這首詞中，寫盡了少女懷春的懊惱，非過來人不能道。原來作者自少專攻詩詞，富于情致。到了笄年，偶遊蕭寺，與太倉王生邂逅相遇。也是前生注定的姻緣，竟目成心許，私訂絲蘿。在經過了二年的幽期密約之後，遂乘一葉扁舟，遁歸太倉。後來爲她的父親所偵知，訟之于官。她的供詞曾膾炙一時人口，原文云：

供得吳氏幼育玉樹，（似當作玉樹幼育吳氏）長嫺書史。重重深院，禁鎖春心十五年；寂寂芳蹤，學賦悲秋三百首。禍因踏青南陌，惹來蝶亂風狂；坐綠東禪，偶遇鶯儔燕侶。太倉王郎，才同子建，貌類潘安。顏色既調，傳得伊心寄流水；投梭不拒，漫將妾意作行雲。吟（似當作迎）風和詠，恰成紅葉之媒；對月調絃，永作白頭之好。寄游絲于東閣，兩易春秋；結繡帶于西廂，一經寒暑。又恐歡娛無久，離別有時；是以王郎浮范蠡之舟，賤妾躡西施之蹤。將謂五湖浩蕩，雲雨常存；豈知三島飄流，風波頓作。命之不由，夫復何恨！欲效重瞳之婦，仗劍君前；甘作季倫之姬，捐軀樓下。幸逢秦鏡，立釋楚囚。秉然犀之照，水怪露形；齊范叔之庭，山魈破膽。儕昔當爐卓氏，服縞素而就相如，漢王不罪；掌珠紅拂，着紫衣而歸李靖，楊帥不追。古有是事，今亦宜然。伏望仁天將身斷歸王氏。庶使潘郎無怨，還誇擲果之車；賈女多情，永遂偷香之願。

據說那位縣令頗解憐才，遂得遂終身之好。

就她的供狀所述，可以知道她家也不是一個平常的家庭。但是無論道德和名譽的鐐銬如何的堅牢，一到『春色滿園關不住』的時候，她也要學『一枝紅杏出牆來』的。那時如何也沒法可想了。願普天下爲兒女担心的父母，對於他們兒女的一生中最美麗的青春時期，不要輕易地任牠孤負才好。

況且，像畯臨這樣一個能文女子，不僅能「吟風弄月」而已，她的詩詞也有她特殊的風格。就詞而論，像齊天樂的「似不食人間烟火」，在女性詞中尤爲僅見。那首詞的題目是遊仙：

鳳凰台上吹簫侶，同伴月明鳳舞。十二樓台，三千世界，眼見微塵如許。高寒逼處，浸肅肅肌膚，不勝涼露。桂影搖寒，清輝濯苦更風御。　泠泠環佩齊楚。望瑤京縹緲，步虛聲下。露濕雲鬟，光瑩玉臂，遍若天香衣素。擬身何處？逐神仙侶伴，瓊宮玉宇。便欲驂鸞兩兩，踏雲歸去。

二〇　左錫璇

左錫璇字芙江，陽湖人。幼受學于張孟緹，工詩詞，書宗南田，亦秀潤有法。嫁武進袁績懋爲繼室。她這位丈夫的年齡，當然較她爲長，居官在外，忽然也學起關漢卿，趙孟頫來，想娶妾以慰客中寂寞。於是寄詞示意，並徵求她的同意。她的答詞很嚴正，既不似關夫人的潑辣，亦不像管仲姬的委曲，却全似長者之教導幼輩，令受者啼笑皆非。那首詞爲賀新郎，題爲外子以詞見示作此奉答詞云：

一紙書來速。道空齋翛然對影，不勝幽獨。欲倩主人爲留意，覓取如花碧玉。待他日貯之金屋。若得可人如我願，更何況拚却珠千斛。但只恐，難從欲。　風流好個良司牧！向風塵猶耽吟詠，公然脫俗。祇有纏綿情不改，恣意尋歡取樂。渾不解鬢絲如擲。寄語東君宜自遣，還須留意，于官牘。書中意，容徐覆。

結果，他當然也做了關漢卿，趙孟頫，只有怏怏而罷。

她和績懋結婚不滿十年，績懋觀察閩之延平，督師剿賊，竟遭難。那時她才三十歲。遂留居閩中，畫荻教子，有賢母之稱。著有碧梧紅蕉館詩詞稿。詞以小令為最佳，如虞美人元夜云：

去年花下同吟玩，夜月東風院。綺羅香裏暗塵輕，譜得新詞，綵筆共題燈。　而今華月妍如故，人向天涯去。無聊懶倚曲闌干，却下簾兒，怕見月團圞。

又如南樓令云：

鎮日掩簾櫳。春寒細雨中。嫩苔痕，綠到牆東。院角小桃香欲折，枝頭露，一猩紅。　遠岫暮雲封。樓高芳艸空。倚危闌，離思千重。瘦減沈腰非為別，都只是，客愁濃。

都清麗可誦。

二一　左錫嘉

左錫嘉字浣芬，一字韻卿，陽湖人。她是左錫璇的妹妹，嫁華陽曾吟村。吟村官至太僕，早卒，她乃改號冰如。工詩詞，著有冷吟仙館詩稿八卷，詩餘一卷。

她的詩餘中，有解語花一闋，題爲寒夜自製通艸花感作。詞云：

光陰艸艸，世界花花。何處幽懷寫？數椽鴛瓦霜華重，課子一燈如炧。機聲軋軋，只贏得淚珠盈把。誰爲憐生計難拋，剪綵消長夜？　休說寒閨韻雅。甚天然工巧，奚辨眞假？葉攢花亞攢心苦，宛轉細薰蘭麝。幷刀試乍，並不向東風輕借。待買來深巷明朝，增洛陽聲價。

剪綵爲花，由來已舊。陽湖有土產通草花絨花，蓋以通艸染五色，絨則削染爲片，剪製枝葉花朵，名爲像生花。常州女工藉以爲生，盛銷各省。像她是一位太僕的夫人，于太僕故后，竟須賴製通艸花以維生活，其家境況可想。而且那位太僕生前的宦况，也可藉以推知。

在她的冷吟仙館詩餘裏，又有金縷曲讀黃仲則先生兩當軒集卽題其竹眠詞后云：

開卷光芒放。憶髫齡草堂侍坐，早欽名望。（原註：先生與先大父同里至交，集中贈答最多。）太白前身重入世，依舊風流自賞。便鶴立丰姿無兩。不道僊才遭物忌，只青山一例深深葬。坏土畔，碧蕪長。　江南家在雲溪上。想當年篝鐙課子，白頭情況。蕩蛾天涯歸骨後，應有吟魂悄傍。但風雨瀟瀘無恙。知否孤弦音調澀，共啼鵑夜月淒黃壤？留鶴背，笛聲響。

唱着「全家都在風聲裏，九月衣裳未剪裁」的薄命詞人黃仲則，在作「誰爲憐生計難拋，剪綵消長夜』的她的心中，自然會引起同情而傾倒不已。『不道仙才遭物忌，』正在借他人的酒醪，澆自己的塊壘。但這正也是世間極尋常的事啊！

二三　寇湄

虞山錢牧齋（謙益）金陵雜題詩有云：

叢殘紅粉念君恩，女俠誰知寇白門？黃土蓋棺心未死，香丸一縷是芳魂。

在滄桑變易之際，往往有許多異人奇士，懷抱大志，不得一試，悒鬱以終。在明末那樣淪于異族之手的可痛的世變中，尤多許多可敬可愛的英雄和兒女。而這些英雄和兒女，幾乎也沒有一個不是悒鬱以終的。在這首詩裏所贊美的寇白門，就是此中的一人。

寇白門名湄，不知她本是何處人。天生麗質，跌宕風流，能度曲，善畫蘭。粗知拈韻吟詩詞，然滑易不能竟學。年十八九歲時，爲保國公贖爲侍妾。明亡，保國公生降，家口例沒入官。她乃以千金贖身，匹馬短衣，從衆婢逃歸金陵。築園亭，結賓客，欲于文人騷客中擇人以事，而志有所謀。可是在這時候，略爲知道明季腦王君臣事迹的人，都敢決定她一定是失望的了。所她以在酒酣耳熱之際，或歌或笑，藉當一哭。後來嫁給揚州某孝廉，不得志，仍還金陵。這時，她已年老。壯志無成，人已遲暮，滿腔熱血，洒向何處！這時她消極起來了，一味縱慾，日與諸少年淫亂。臥病時，還一夕不能脫離男子。她遂在這樣消極的生活中與世長逝了！

她的壯志何居？各書均不記載。但就「叢殘紅粉念君恩」一語看來，可知非屬平常。「黃土蓋棺心未死」在當時男子中已幾無其人，何況是一個朝秦暮楚不知國家為何物的妓女！寇湄，足夠當得當時「女俠」之稱了！但一般慣向「道學」中討生活的人，對此不可一世的英雌，必扳起面孔罵道：「此淫娼也！」恬不知羞恥之淫娼也！」嗚呼，他們甯已忘却信陵君「醉酒婦人」之事乎！何獨厚彼而薄此！

她所作詞今僅存二首，大都無激昂之氣，不很像出於她自己之手。這大概是她年少時所作的罷。否則在她中年後的狂歌當哭，決不會這樣的平淡和易的。這二首詞是：

眉淡衫輕春思亂；不怪無情，反受多情絆。怕上層樓凝望眼，落花飛絮終朝見。 釵鳳暗敲雙股斷；劃損雕闌，一一相思遍。香裊獸爐空作篆，茶蘼開謝閒庭院。——蝶戀花

畫樓高處蟬嘶柳，幾曲危欄同倚。映日水心，迎風雪態，清澈香肌無暑。南窗雨洗，乍雲隱輕雷，晚涼如水。扇引合歡，斜侵明月枕初欹。 閒庭起來攜手，漸黃昏院落，明河低墜。浴罷妝殘，釵偏鬢墮，雨點春山餘翠。輕綃卸體。怕一掬烟輕，不禁清吹。簟展湘紋，別有一腔秋思。——齊

天樂夏日

二三　錢念生

錢念生字咀霞，常熟人。她的身世不可考。所著繡餘詞一卷，都是寄外和外之作。她的沁園春贈外詞云：

約略前身，君與阿儂，有未了因。但自慚蒲柳，敢言伉儷；替司巾櫛，怎許娉婷！刺繡閒時，吟箋寄與，月底花前聊遣情。君休笑，是班門弄斧，愧不如卿。　珠傾，露洗秋汀。道秋水儂神一樣清。本桃紅杏豔，從來羞比；鶯嬌燕婉，祇是慵聽。君守清貧，妾甘澹泊，舉案光鴻記也曾。低聲囑：百年偕老，莫負釵荊。

可見她的丈夫是立寒士，她也很能安于澹泊。近代文學家頗詆文人吟風弄月為無聊，不知在寒苦的文人，却全靠吟風弄月，來破除精神上的苦悶。否則滿目淒涼，不要憔悴而死！她是位聰明女子，如果她不能為文詞，那麼伴着她的寒苦的丈夫，必很難堪。今幸而能于『月底花前』吟箋互寄，精神上既得安慰，物質上的痛苦自然可以暫時忘却了。這樣，令人痛詆舊式有才女子與丈夫的閨中唱酬為隨聲附和，那又嫌太少考慮了。

但在她，精神上的安慰，也不易持久。丈夫既家貧，不能不出外謀生。倘離鄉很近，魚雁往來便利，即回家亦易，當然還不至怎樣難受。但如果遠到數千里之外，家鄉一別，數易寒暑，而又消息沉滯。此時情況，便令人不忍揣想了。她的點絳脣寄外云：

嶺隔雲高，夢兒欲把羊城遶。怪他雙櫂，不送魂飛到。　多病，多愁，多恨，多煩惱，誰知道？情田雖小，長遍相思草！

原來她的丈夫竟離了她遠到極南方的廣州去。在這樣的環境中，精神物質兩不得到安慰的環境中，無論她要怎樣達觀，也達觀不來了。于是，她病了。她在病中所戀念着的，還是那遠在羊城的丈夫。『情田雖小，長遍相思草，』她這時的精神的苦悶，眞不是一張紙幾句話所可抒洩的了。于是，她的病更深了。她有多麗冬夜臥病不寐倚枕賦此云：

聽聲聲城頭畫角哀鳴。怪無端頻來枕上，夢魂欲定還驚。意懸懸，淒淒切切；人寂寂，冷冷清清。寒迫羅幃，風欺鐙影，此時此際暗愁生。更空外蕭蕭落葉，和雨洒幽庭。那堪又孤鴻嘹唳，似訴離情！　意別離千里萬里，歎幾度誤歸程。病和貧，一身獨倚；愁與恨，兩地難併。如此殘年，者般淒況，徹宵捱遍短長更。只贏得雙眸長醒。弱骨瘦伶俜。悲吟罷，問天『何意付我心靈？』

在那寒冬的晚上，一燈獨對，病不能起，屋外又風雨瀟瀟，雁聲淒唳，離情別緒，兜上心來。此時此境，縱不腸斷，也難去魂銷無幾了。

在全卷緇餘詞裏，很難讀到清平和淡之作。像謁金門早春，簡直是例外：

春一線，幾點梅花新綻。殘雪初融鶯未轉，青歸楊柳眼。　鬢縷輕風剪剪。怕煞寒生庭院。依舊小樓簾半捲，待他雙燕轉。

二四　柳絳子

柳絳子是柳是的妹子；工詩詞，有豪氣。她的姊姊嫁給錢牧齋，她對之很不滿意。於是她獨居垂虹亭，不與人往來。質去釧鐲，得千餘金，建一小園于亭畔，日攤楞嚴金剛諸經，歸心於禪。嘗朝謁靈岩，支硎等山，布袍竹杖，飄遙閒適。比了她姊姊的墮落塵網，不啻人間天上了。

嘉興女子薛素素，亦有豪俠之稱。她很慕絳子之名，特爲屝棹担書訪之于吳門。二人一見傾倒，遂相約不嫁男子，以詩文吟答，禪梵討論爲日課。乃同至惠泉，溯大江而上，探匡廬，入峨嵋，題詩銅塔，作終隱之計。以兩個弱女子，能爲這樣的壯遊，眞可媿倒一般足不出戶的男子了。

後來素素背約，復歸嘉興，她一人居川中，足跡不入城中。她姊姊屢次以書招她，她終不應命。未幾，遂下世。

她的著作，有靈鶼閣小集行世。集中有高陽台春柳寄愛姊詞云：

過雨含愁，因風助態，江南二月春時。少婦登樓，憐她幾許相思。流鶯處處啼聲巧，織柔條搖曳絲絲。散黃金持贈旗亭，勞燕東西。 逢人莫便纖腰舞，縱青垂若翟，濁世誰知？張緒風流，靈和情更依依。天涯一霎飛花候，也應嗟墮溷沾泥。怨東風吹醒芳魂，吹老芳姿。

『逢人莫便纖腰舞，』可是她的姊姊已不及聽她的忠告了；『縱青垂若翟，濁世誰知？』使牧齋老人見之，能不爲之爽然若失！

明末雖多奇女子，然像她一般的却有幾人？

二五 吳榴閣

讀慣了『嬌癡不怕人猜，和衣睡倒人懷』的宋代女性詞的，吾們在明清二代女子詞中，似再也找不到這樣放誕率真的佳作，頗引爲詞壇憾事。但讀吳榴閣詞，嬌癡如見其人，縱不能與宋人媲美，也可差強人意，首屈當時了。

吳榴閣字允宜，桐城人。賦性幽閒，能詩詞，工書畫。嫁同鄉方雲駿。他們原是中表，彼唱此隨，兄先妹後，頗享齊眉之樂。

她有長命女春日閒吟云：

東風悄。女伴鞦韆雙拜巧。花落春應少。　意倦思歸晝閑，撲蝶輕紈力小。額上梅花妝謝了，眉淡呼郎掃。

又有鷓鴣天送夫子遊吳越云：

曉起牽衣強送行，承歡客邸和鼻鳴。秋江一路芙蓉豔，並蒂花開獨有情。　吳水白，越山青，西湖花月虎丘燈。蘭橈到處都佳境，囊內應多憶內吟。

『眉謝呼郎掃』『曉起牽衣強送行』，此中有人，不是嬌憨如生嗎？

夫婦靜好而眞能情投意合，求之女文學家中竟十難得九。像李淸照之與趙明誠，她之與方雲駿，古今能有幾人？但淸照終含『杞婦之悲』，而她後來不知是否偕老？如揆之『紅顏薄命』之例，那麼我們不免又要無端替古人担憂起來了。

她的詞傳世甚少，否則大可增加吾們的眼福。除前引二闋外，僅有踏莎行送春云：

鶯老紅殘，綠垂滿樹。匆匆又送春光去。問春何事去忙忙？樓頭燕把歸心訴。　雨壓梨雲，風翻柳絮。晚鐘將到催天暮。再來端的嶺梅開，花間坐臥休還誤。

二六　馮絃

毛奇齡字大可，蕭山人，學者稱爲西河先生。明季諸生。明亡，祝髮竄居山谷，讀書土室中。康熙中召試「鴻博」，授檢討，纂修明史。後以病乞歸。爲人嚴正，好譏議，頗爲奸邪所畏。但在他少年時，以度曲知名，他的新詞頗流傳于當世。

某年，他遊馬州，有當罏女馮二，夜間聞他高歌，因倩人致意。他辭謝道：「吾不幸遭厄，吹篪過江。彼人不知音，豈誤以我爲少年遊耶！」明日，遂行。這實是個天大的誤會！「彼人不知音，」她恰巧是他的知音；對知音人而說她不知音，眞使她啼笑不得！文人身世，大都受盡炎涼，他得到這樣一個知音，頗屬不易，而竟當面錯過，他也可算生來無豔福了。他倘於事後知之，不知要悔恨到怎樣地步！

原來馮二名紘，字舜風，會稽人。能爲詞，有水晶簾讀毛大可翰林新詞二闋云：

綠陰何處曉啼鶯，弄新聲，最關情。一夜寒花吹落滿江城。讀得斷碑黃絹字，人已渡，暮潮橫。

蘭陵江上晚花飛，冷煙微，着人衣。無數新詞最恨是桃枝。待得蘭陵新酒熟，桃葉好，送君遲。

這二闋詞大約卽作于奇齡動身之後。她的熱烈如沸的傾佩，追逐不着的悵惘，都溢于言辭，讀之殊覺悽惋。

除上引二闋外，又有浣溪紗一闋，相傳亦是她所作。詞云：

庭院幽深夏日長。綠槐濃影擺紗窗。沈沈珠箔鎖斜陽。　苔向雨中生嫩綠；風從花裏弄清香。遊蜂浪蝶總茫茫。

下半闋確是她身世的象徵。如以『遊蜂浪蝶總茫茫，』與『豈誤以我爲少年遊耶』對讀。她豈不要爲之聲淚俱下嗎？

二七　黃媛介

在明清交替之際，世亂如麻，人民轉徙無定。在這樣一個時代裏，文學家自然會產生的特殊的多。在女性文學史上佔有一席地的黃媛介，她也恰恰產生在這個時代。

黃媛介字皆令，秀水人。髫齡即工詩詞，善書畫。太倉才子張溥聞她的才名，親往求婚。那時她已許字同鄉楊世功，世功久客不歸，她的父兄屢次勸她改嫁，她未允。這時候，聽得張溥來求婚，爲溥的才名所震，不覺心動。就約了一個日子，會于某所。到了那天，她在屏障後窺看。事後，她對她的父兄道：『吾以張公名士，欲一見之。今觀其人，有才無命，可惜也！』那時溥纔入翰林，不逾年，果卒。照這樣看來，她又是位精于風鑑的人了。

她後來仍舊嫁給楊世功，無聲詩史說他『蕭然寒素，皆令黽勉同心，恬然自樂也，』可見她婚後生活的一斑。明亡之際，家被蹂躪，乃跋涉轉徙于吳越間，賴賣文鬻畫以維生活。初居蘇州，後徙金陵。那時大詩人王士禎聞她之名，寄詩乞畫。她乃作山水一幅，題詩其上云：

懶登高閣望青山，愧我年來學閉關。淡墨遙傳縹緲意，孤峯只在有無間。

後來她又居金沙，寓張氏牆東園中，頗受園主人無放及夫人于氏的幫助。此時，她又常往來廣山，與柳如是爲文字交。她的離隱歌序云：

予産自清門，歸於素士。兄姊雅好文墨，自少慕之。乃自乙酉逢亂被刼，轉徙吳閶，羈遲白下。後入金沙，閉蹟牆東。雖衣食取資于翰墨，而聲影未出于衡門。古有朝隱，市隱，漁隱，樵隱，予迨以離索之懷，成其肥遁之志焉。將還省母，爰作長歌，題曰離隱，歸示家兄，或者無曹妹續史之才，庶幾免蔡琰居身之玷云爾。

她和柳如是結交，頗爲其兄開平所反對，序中云云，恐怕是有意的自表心跡。吳梅村曾有詩贈她，大約也在這個時候。

自後，她又飄泊至西湖，於西泠段橋頭僦一小樓而居，仍藉詩畫自活。兩浙輶軒錄記她這時的生活道：

所居一樓，與兩高峯相對。隂欄側理，是其經營，終不免「賣珠補屋」之歎。地主汪然明，時招至不繫園中，與閨人讌飲集，每周急焉。

兩浙輶軒錄又續記她此後的生活道：

繼從風雪中渡西興，入梅市，與商夫人居。

商夫人名景蘭，也是當時有名的女詩人。此時她已到了遲暮之年，大約就這樣的終老于他鄉了。

綜觀媛介一生，自出嫁後，幾乎沒有一天不在窮途潦倒之中。但在她的作品中，却極少歎窮道愁之作。這大概因爲她的丈夫雖是位不得志的人物，然在轉徙流離之際，從無一日分離。所以她精神上感到的愉快，早已壓倒了物質上所受的痛苦。因此，她的詩詞都清淡和平，屬于「哀而不傷」一派。所著有湖上草，（一名越遊草）如石閭漫草，離隱詞等。

她的詞裏，也少寫到轉徙流離之事。就現存的幾首而論，除了金菊對芙蓉答宗姊月輝見懷之作，簡直連提起「兵戈之事」一類的語句也沒有。那首詞云：

五易星霜，兩遷村墅，思君幾許魂銷。看燕來雁去，夢斷音遙。兵戈路絕空相念，惟虛却月夕花朝。還家一載，城隅輕隔，似阻江湖。　感伊投我瓊瑤。羨珠光溜彩，玉韻含韶。恨未能攜手，愁寄纖毫。君家梅竹猶堪賞，待相逢斗酒重澆。春光未老，花香正美，離思空勞。

「五易星霜，兩遷村墅，」在這八個字裏，只有明白她一生遭遇的人，才能玩味出他的眞實的滋味來。

二八　董琬貞

董琬貞字容壺，陽湖人。祖父曉滄贅於海鹽，遂以爲家。琬貞有小印曰「生長蓉湖家澱湖，」因以雙湖自號。工詩善畫，嫁武進人湯貽汾。她曾居粵東，而貽汾適官九江，乃畫墨梅以寄，並題卜算子於後，以代家書。詞云：

折得嶺頭梅，憶著江南雪。君到江南雪一鞭，可是梅時節？　畫了一枝成，沒個誰評說。抵得家書寄與看，瘦似人今日。

貽汾遂依韻和作一闋寄回她，詞云：

一夢落春風，萬里緘香雪。不定相逢在幾時，別是黃梅節。　別恨兩紛紛，只共梅花說。嫁得林逋瘦一雙，長是天寒日。

這樣的此倡彼和，何殊於秦嘉徐淑之贈答？

她既好以梅花自況，又嘗作梅窗翠趣圖寄意，題靑玉案詞云：

梅花不作瑤琴主，更絕寒絎笳苦。畫裏韶光如夢度。朱闌池瀲，綠窗花雨，舊是藏春處。　如今並命天應妒。無限香消碧烟縷。祇恐人梅同老暮。蘆簾紙閣，思量歸去，試聽冰絃語。

二九　胡愼容

詩人蔣士銓的紅鶴山莊詩序云：

夫人本山陰產，隨其祖遷直隸，遂爲大興人。早孤。負宿慧，方六七歲，卽能信口爲韻語。稍長，伯父寶言先生授以詩，一過成誦，乃自購經傳古文讀之。既而復取宋人詩涵詠之，有所得。於時祖官于粵，遂以夫人締姻馮氏，舊亦山陰人官粵者也。夫人從兩家宦遊，歷覽名山大川，俯仰憑弔，所作遂多，隨手散佚。時而風雨一燈，擁殘書數十卷，刻苦如書生。每對江山清遠，依依係戀，低徊不能去。……

紅鶴山莊詩的作者爲胡愼容，字觀止，號臥雲，又號玉亭，是大詩人胡天游的妹妹。她和她的胞姊愼淑，從姊愼儀，俱負雋才，稱『胡氏三才女。』隨園詩話說她『所天非解此者，遂一切焚棄之，』可以見她脫離少女時代後的生活，是在『不得志』之中過的。『鬱鬱未四旬沒矣！』本來，她是一個女子，滿腔文才，欲何所用？盛年夭折，也是理所當然！

她在世時，紅鶴山莊詩已流播人口，她的親戚王菊莊孝廉爲之刊刻行世。她作踏莎行詞以謝之云：

多謝詩人，深蒙才士，不惜戚末堪因恃。吳頭楚尾一相逢，白雲紅鶴傳千里。 南浦悲吟，西窗閒枝，居然卷附秋香裏。寸心從此莫言愁，人間已有人知己！

知己之感，溢于言表，愈可見她中懷之痛。她又有鳳棲梧寄姊詞云：

羅袂香微風暗度。佳節重逢，越自生愁緒。鏡影嬾窺消幾許，一枝愁壓榴花雨。 歲月催人容易過。不是無情，故惹相思句。往事徒悲腸斷處，雙雙燕子來還去！

『一枝愁壓榴花雨，』人意詩情，兩臻極境，往事徒悲，腸斷奈何！一代才女，在這樣境地中了此一生，除非太上忘情，誰能不爲之放聲一哭！『千紅一哭，』『萬豔同悲，』紅樓夢的作者，其早有感于斯乎！

隨園老人袁枚曾問蔣士銓『玉亭貌可稱其才否？』士銓遂誦她所作菩薩蠻云：

人言我瘦形同鶴，朝朝攬鏡渾難覺。但見指尖長，羅衣褪粉香。 若能吟有異，不管腰身細。清減肯如梅，凋零亦是魁。

吾們不奇怪于袁枚之問，而深喜于士銓之能信口利用她的作品來回答。蓋袁枚之問，因此老對于女子素不懷好意，不屑我們一爲注意。士銓而能熟讀她的作品，可見他平日對她崇拜的熱烈。茫茫人海，知己難得，吾們能不爲她感激涕零。所以他替紅鶴山莊詩作序，吾們不禁又要起『舍彼其誰』之慨了！

她死後，僅餘一女，名思慧。時從姊愼儀夫亡子殤，攜家北歸。思慧往依之，遂做了她姨母的繼女。愼容身後的悽涼，于此事可見其一端。

三〇　吳山

江湖萍梗亂離身，破硯單衫相對貧。今日一燈花雨外，青山自署女遺民。

風吹香氣入簾來，集著青山太白才。闔閭遺民君獨擅，高歌落日鳳凰台。

這二首都是題吳山青山集的詩，前一首的作者爲鄧漢儀，後一首的作者爲魏禧；魏禧且爲之作序。她的著作爲什麼會被當時的著名的文人這樣的推崇，魏禧甚至不惜擬之以太白？如不明她的身世，或不讀她的作品，誰也難免要疑心他們不是『過甚其辭』，便是『阿私所好。』

她是當塗人，字岩子，太平縣丞卞琳的夫人。工詩詞，又善書畫。琳字楚玉，江寧人，於明末殉難。她家本居青山，從此便轉徙流離，居無常地。她曾在西湖畔住過三年，所作詩詞膾炙人口，錢塘令張讌明爲之分倖，傳爲一時佳話。順治四年，（公元一六四七年）她曾和徐智珠登金焦，游虎邱；明年又到過梁谿和廣陵。每到一地，詩詞盈囊，便刻成一集。所以她在世時，已有西湖，梁谿，虎丘，廣陵諸集。直到後來，她依女壻劉峻度終老廣陵，囘首故鄉，不勝依戀。這時她年已六十餘歲了。乃將生平所作，重加編次，併成一集，題曰靑山，請名人題詩作序。因魏禧和峻度交誼最善，每客廣陵，常主其家，便參與編事，爲之論定。禧的序中有一段記她晚年的事道：

晚更好道，得奇疾。疾作，則右手自運動，日夜作字不休。或濡筆書紙上，悉成玄理。疾止，不復記憶。凡二年而愈。白髮朱顏，奕然有丹砂之色，遂不甚作詩矣。

這位歷盡人世艱難的女詞人，晚年患此奇疾，正好做了她身世的象徵。當她在白髮朱顏的時候，囘想到過去所受的一切不由自主的波折，不是要覺得茫然若失嗎？

她中年所遭受的不幸，從她的文藝方面說來却是她的幸運。否則西子湖邊的荷花，秣陵七夕的燈紅月白，梁溪的凄風苦雨，……那裏會寫入她的書中詞裏？李清照的飄流，朱淑貞的不偶，正開展了她們的文藝的泉源，使她們產生了富有生命的文學。吾們這位詞人吳山也是這樣。你們要欣賞西子湖邊的十里荷花嗎？那麼請讀：

湖蓮十里淸人魄，香汎衣羅。棹破烟波，碧漢迢迢淡玉河。　淸涼人在雙峯底，翠影婆娑。風

月如何？夜色平分月較多。——羅敷令夏夜湖中訪荷

你們也會憧憬于秣陵的燈紅月白，而有所感慨嗎？那麽請讀：

思量昨歲秣陵此夕，正水閑風清天碧。六朝佳處舊繁華，細艸陌燈紅月白。　今年萍寄隋宮咫尺，歎異代烟花寥寂。情同旅燕起歸思，何處是謝庭王宅？——鵲橋仙戊子廣陵七夕有感

「何處是謝庭王宅？」這種女性特有的戀念之懷，非身當其事者不能領會此中眞實的况味。因爲她這時是等于一只無家的燕子了，無論是母家，是夫家，都已凋零于兵燹之後。後來她終于得終老于廣陵，當復讀這首詞的時候，一定要破涕爲笑，深自慶幸呢！

但她天性是很曠達的，否則她也經不起這種種他人所難堪的波折。所以吾們讀她的滿庭芳秋遣一詞，讀到最後幾句，不覺也替她爲之愁眉一爽！

歸鳥休枝，夜蟲鳴砌，小軒風過吹涼。雨晴天朗，詩思入瀟湘。秋染重林瑟瑟，更何處疎遠淸香？曲池畔，綠紅層疊，依約瘦蓮房。　攜樽閑弔月，支離病骨，潦到貧鄉。歎人生有幾？况遇滄桑？且把雙眉解放，領略些水色山光。衷腸事，思親憂世，別作一囊裝！

三一　王韻梅

王韻梅字素卿，常熟人，著有問月樓詞。她的卜算子云：

風雨戰簾旌，時值重陽近。誰植芭蕉此夜聽？總是愁人境。　膽怯怕黃昏，只有形和影。強背疎燈疊錦衾，心事如秋冷。

『誰植芭蕉此夜聽，』她正是一個善于想像的詞人，也是詞中難得的佳句。有了這一句，全詞也就很生動。但我們讀了末二句『強背疎燈疊錦衾，心事如秋冷，』覺得她的悲秋的心理全與一般女子不同。『心事如秋冷，』既非依戀于生離，也非懷念于死別；所謂『別有一般滋味在心頭，』此境況彷彿有之。那麼究竟是那一種滋味呢？她的姊姊王菊裳替問月樓詞作的序裏有云：

以窈窕之淑女，遇駔儈之嬌兒。

又云：

若夫沽酒拔釵，尤屬文人之事；不圖操戈入室，行同狂暴之徒。

她原來是嫁了個『狂暴』的丈夫。那麼怪她要感到『心事如秋冷』的況味了。她的丈夫姓甚名誰，是怎樣一個人，在別人替問月樓詞作的序裏都『諱莫如深』沒有提起。在名媛詩話裏也僅說：『適非文人，抑鬱早卒』嗚呼，以才女而適非文人，安有不抑鬱早卒者乎！不知替她主持婚姻的人，眞正是何居心！但倘能如吳藻之適黃某，那麼除了精神上的痛苦難堪外，肉體尙屬自由？她却不但『適非文人。』而這非文人又是『狂暴之徒，』確是叫她難於忍受！『抑鬱早卒，』本是意中事呢！

她作的詞，今所存多爲長調，中有南浦秋水用玉田韻一首，可見她對于詞的造詣。她的滿腹牢騷，在詞中時時可以發現隱約些的，如：

月斜樓角去遲遲，香滿鎖南枝。替花零落，因春消瘦，也忒情癡。吟魂鎖盡無人覺，長自獨愁思。此情惟有綠楊眼見，紅燭心知。——眼兒媚

一個人弄到『此情惟有綠楊眼見，紅燭心知，』他的孤獨的悲哀，無可告訴的苦況，實在達到極點。但不知她境況的人，必以爲不過是她一時的牢騷，不知這正是她日常生活的寫照。顯明寫出的，如掃花游恨云：

沁心浹骨，總事與情違，釀成苦楚。江淹漫賦。算塡胸滿臆，古今無數。試問邊鴻，錯嫁明妃胡虜。更休語：有鍊石女媧，此意無補。　往事知幾許，歎連理枝頭，妬花風雨。誰憐不遇，問王郎怎解，謝娘佳句！已足傷心，莫說烏江項羽！三生誤！望氳氳何時低訴！

『錯嫁明妃胡虜，』『問王郎怎解謝娘佳句，』她目中的他，眞半文不值。但如此已足使她傷心，再加以『四面楚歌，』那麼她的『苦楚，』眞成爲『江淹漫賦』了。豈不可歎！

三二 紀映淮

在王士禎的漁洋詩話裏有一則道：

余辛丑（公元一六六一年）客秦淮，作雜詩二十首多言舊院時事。內一篇云『十里秦淮水蔚藍板橋斜日柳鬖鬖。「棲鴉流水」空蕭瑟，不見題詩紀阿男。』阿男，伯紫妹也，幼有詩云『棲鴉流水點秋光，……』後適莒州杜氏，以節聞。伯紫與余書云：『公詩即史，乃以青燈白髮之嫠婦與莫愁桃葉同列，後人其謂之何？』余謝之。後入儀部，乃力主覆疏旌其閭，笑曰『聊以懺悔少年綺語之過。』

在這樁公案中的主人翁是怎樣一個人物呢？

原來伯紫名映鍾，上元人，是王士禎同時的詩人。他的妹妹映淮字冒絲，阿男是她的小字，有文才，年青時，所作詩詞甚多。她後來嫁給莒州諸生杜李。崇禎十五年，（公元一六四二年）流寇陷莒州，杜李被難。她和她的婆婆幸先避居深谷中，都得免禍。從此，她永遠是隻孤單的黃鵠了。她全副的精神完全着力在她僅有的六歲的兒子身上，忍飢耐寒，排除萬難，寡居數十年。王士禎却無端把她寫入他的『多言院中舊事』的秦淮雜詩中，實在有些失於檢點。即伯紫不寫信給他，吾們可以揣想，一定也難免受詰責于當時的悠悠之口。他後來雖力主旌閭，自云：聊以懺悔少年綺語之過，其實他犯的豈但是「綺語之過？」生於今世，當受嚴厲的刑事處分，才平能她不平之氣呢？而且因他一來，她就絕筆于文字。否則以她的文才，身處未亡，躬歷離亂，家國俱傾，人琴兩喪，如寄托之于詩詞，寫成血淚和成的文學，定可哀猨泣燕，挑起後世千萬詩人之同情。這吾並不曾冤枉他，且看吾的證據：

詩詞係少時作。稱「未亡，」曰『此非婦人事也。少作誤爲人傳，悔不及！』遂絕筆不作。——眾香詞

『少作誤爲人傳，悔不及！』這不是明明因受了士禎的悔辱才說的嗎？否則何以要『悔不及？』這一樁公案，如發生在今日，一定又要鬧成『文學與道德』這一個嚴重問題呢？

映淮的關于「棲鴉流水」的那首詩的原題是秦淮竹枝詞，全詩爲：

棲鴉流水點秋光，愛此蕭疏樹幾行。不與行人綰離別，賦成謝女雪飛香。

她的詩大概都是這樣的清淡，但還不及她的詞的可愛。她的眞冷堂詞今雖不傳，但讀她佚存的幾首詞，吾們已覺得不同凡響。如有感云：

落盡紅香綠滿枝。韶光如駛去難追。春歸過去鵑啼血；小閣簾垂乳燕窺。　情脈脈，意孜孜，

無言常自費尋思。連天艸色和烟碧，何事東風着意吹？——鷓鴣天

又如端午云：

閑窗猶坐病餘身，驚聞畫鼓鬧，在河津。始知節屆佩符辰。彩絲繫，輸與少年人。一年一番新。

年光催短鬢，暗傷神。感時懷古欲沾巾。湘江渺，何處弔靈均？——小重山

都是『遂意遂得好，表情表得妙』的絕妙好詞，雖然在技術上或者還嫌沒有十分成熟。

三三　關瑛

關瑛的夢影樓詞中有菩薩蠻喜藹卿自毗陵歸云：

小樓昨夜東風驟，一春花事闌珊夠。斜月綠窗低，夢回聞馬嘶。　梨花明似雪，含笑開門說：

『昨夜結鐙花，今朝眞到家！』

這一首詞，活畫出一個女孩子率眞地對她久別的丈夫回家時的喜悅。『一春花事闌珊夠，』正已到了無可奈何的時候，忽然『夢回聞馬嘶，』于是在『梨花明似雪』的景色中，開門一看，原來正她是的心坎兒裏放不下的人兒回來了。在這時候，她對他要怎樣表示才好呢？虧她聰明，微笑地迎着他說：『昨夜結燈花，今朝眞個到家了！』在這句喜悅的話裏，是含着多麼幽默的久

離的怨恨啊！

關瑛字秋芙，錢塘人。藹卿是她丈夫蔣坦的字。她著有三十六芙蓉詩存及夢影樓詞。詩詞之外，還精書畫音樂。相傳她曾學書于魏滋伯，學畫于楊渚白，學琴于李玉峯。然工愁善病，終皈依我佛以終。她的丈夫憶舊情殷，仿冒襄影梅盦憶語，著秋燈瑣憶一卷。

在秋燈瑣憶裏寫着不少瑛的韻事。某一個春天池上桃花爲風雨所摧，她拾起花瓣砌字作金門詞云：

　　春過半，花命亦如春短。一夜落紅吹漸滿，風狂春不管。……

『春』字未成，而東風驟至，飄散滿地。她悵然不悅。坦在旁說道『這眞個是「風狂春不管」了。』相與一笑而罷。

她又好種芭蕉，一到秋天，風雨著芭蕉葉，悉索作響，聞之令人心與俱碎。坦戲題斷句于上云：

　　是誰多事種芭蕉？早也瀟瀟，晚也瀟瀟。

她續題道：

　　是君心緒太無聊！種了芭蕉，又怨芭蕉。

此唱彼隨，可見閨中靜好的一斑。

文藝雖然不能肯定說是愛情的媒介，但至少他是可以增濃愛情的。古來一切有才女子，對於和她同樣有才的丈夫，很少露出她不滿意的表示，就爲這個緣故。所以蔣坦的爲人，我們不必去問，只就他也是一位文人這一點上，她對他確是滿意的。更就他的著作去研究，那麼能寫出秋燈瑣憶那樣纏綿的文字的丈夫，對他的溫雅有才的妻子，決不會做出『煑鶴焚琴』般的殺風景的事情來，我們也可以承認。

所以，在夢影樓詞中，除了她與閨友的唱答外，很多的是她對她丈夫的柔情密意的追憶。例如憶江南六首之一云：

長相憶，正月十三時。記得去年今日事，半窗鐙影兩人兒，一個畫烏絲。

又如河傳七夕有懷藕鄉客中云：

七月初七病懨懨，樓上茶瓜上筵。別離似今頭一年。天天嬾將針綫拈。 驀記當初樓上坐，人兩個，上了羊燈火一更多，『傍銀河』向他『鵲兒會見嗎？』

但她對他愛之深，有時不免要妬之切，于是她就神經過敏起來。春天是別離了的青年男女最難堪的時候，他的不回來，却引起了她的滿懷疑慮。不信，請讀她的清平樂：

畫梁春淺，簾額風驚燕。不信天涯人不見，草也池塘生徧。 東風吹淺屏紗，飛飛多少楊花。

何怪兒家夫壻，一春長不還家！

「飛飛多少楊花，」在情人的心坎裏，正同「四月薔薇處處開」一般地可恨，無論這是一個怎樣美妙的富有詩意的時節呀，這正是一切女孩兒家對她離別了的丈夫所恐慄不安的時節啊！

三四　范貞儀

如臯范貞儀，字芳隽，號一柏，著有愁叢集。她在家時，有「女中顏閔」之目。在她出嫁后的十年中，姑死、夫死、翁死、庶姑及長子皆死；遺有幼叔三人，幼子二人。她孤獨地措置喪、葬、婚、嫁之事，課叔教子，以嫂代母以母兼父。全家職務，集于一身，受盡艱辛勞悴之苦。她的鵲踏花翻並自序云：

予生不逢辰，旣于九月九日喪夫壻於十年前，復于五月五日折長子于十年後。嗟乎！人生佳節，偏爾傷心！因成一闋。

煢竹書完，湘江洗遍，也應未盡柔腸疊。怪他度厄空言，續命虛傳，人間何事稱佳節？重陽旣徹斷鴻聲，蕤賓又迸啼鵑血！　恨結地老天荒難滅，可憐竟作如斯別！每到紫豔茱萸，綠肥蒲艸，瘦骨鎔成鐵。悠悠夢冷已經年，時時心碎何由說！

一詞一序，已經寫盡了她的喪夫喪子之痛。又有沁園春及自序云：

己酉冬日，扶舅姑及亡夫長子之櫬，葬於郊南。撫兒顧叔，血淚千行！因占一闋。

霜老疎林，淚灑冰天，凍合層雲。有糟糠新婦，血珠和土；伶仃幼子，簣石成墳。瞻仰親塋，如依膝下，笑語慈顏杳不聞。從今後，痛墓門悄閉，誰侍晨昏！　十年屢斷驚魂。縱百練千磨我代君。嘆寒煙冷月，空閨人老；疾風暴雨，世事誰論！長子何辜，又遭短折，湘竹無多染淚痕！空腸斷，看慈鴉萬點，歸繞江村。

當她寫這首詞的時候，舊愁新恨，齊上心來，不知她是怎樣下筆的！

后來幼子、幼叔都教養成人，她也應該苦盡甘來。大的她的幼叔是庶姑生的，一朝長大成人，而且又都登仕籍，遂替他們的母親做起冥壽來。這事，當然是一樁家庭盛事。那天，戚友集資命優伶演劇祝壽，熱鬧異常。這時候，不知她爲什麼緣故，竟在這笙歌盈庭，笑語闐耳聲中，潸然淚下。她有沁園春庶姑冥壽戚里命優演劇示諸叔云：

百感塡胸，千端交集，淚眼盈盈。處危崖欹樹，謀存完卵；弱弓微激，強護孤城。心力俱疲，驚魂幾斷，爲問重泉知未曾？憑誰報只孤忠藎護，臥雪餐冰！　笙歌此日開庭。對燭影爐煙怕不經。任春嬌妙技，翩躚蝶翅；王喬仙譜，膾炙鵝笙。笑語空喧，歡容莫睹，未若當年菽水承。歌須止，有中山在座，涕淚橫生！

她爲什麼忽然在這時候要自表功績而痛惜于『憑誰報只孤忠蘇武，臥雪餐冰』呢？凡是讀過李陵答蘇武書的人，大家都痛恨于漢之寡恩，對于『臥雪餐冰』十九年的蘇武，僅僅官以典屬國小官。她以之自比，難道那幾位「以嫂代母」扶養成人的小叔子，這時竟對她有了什麼負情寡恩的言語或事實嗎！『鳥盡弓藏』自古云然，如果屬實，她的滿腹牢騷，也徒然的增添了他們的不快罷了。『千金報漂母』本來古今能有幾人！

她的詞集眞不媿愁叢之名。就現存的而論，其中悼亡憶別之作，竟十居八九。而且從她的蘇幕遮感懷一闋裏，使我們知道她的暮年生活，還是常在『憂心如碎』之中過的：

恨如絲，心爲水；恨結心穿，叫我如何理！剔盡殘燈仍不睡；有夢堪尋，魂也知來未！　履春冰，含血淚；歷盡顛危，蜀道平如砥。瘦骨強支霜雪裏；悄悄憂心，攪得常如碎！

『瘦骨強支霜雪裏，』難道她竟這樣的一直到她的終老嗎？

三五　張學雅

著繡餘遺艸的張學雅，字古什，本是山西太原人，跟着她的父親流寓蘇州。她的父親名佚，是位貧生，可見正是個不得志于科舉的人物。因此，『家貧窶，甚至紙窗破損不能補。』她有姊妹七八，都工於詩詞。當她十餘歲時，已能屬文作月賦。家裏雖貧，她常端坐一室，了不介意。書籍堆滿牀几，往往吟詠徹夜。由此可見她是一個怎樣忠於文藝的女性。她已經許給金壇人于沚，還沒有結婚，忽因疾逝世。那時她不過二十二歲。

她並不是一個十分了得的文學家，她的姓名也很少有人知道，她所作的繡餘遺艸十卷，吾們也無眼福欣賞。但從她僅存的三首詩及十五首詞裏，卻使吾們明白了她是一個怎樣悲苦而不幸的人物。

她雖是只活得二十二歲，但她的環境給與她的人世的經驗，已足夠超過三十二歲四十二歲的養尊處優的紅樓富女。吾們只要讀她的浣溪沙春日二首就可知道：

無事閒庭不啓扉，儀齊峇疊舊羅衣，綠濃紅淡恨依依。　睡起海棠香夢足，隔簾芍藥淡烟迷，春來春去總堪疑。

向晚妝成懶出帷，徘徊對鏡蹙愁眉，自憐歡少只多悲。　花弄影時庭正午，鳥鶯啼處日西垂，覺來幽夢已難追。

爲什麼她要『綠濃紅淡恨依依』呢？爲什麼她會『自憐歡少只多悲』呢？如果她是一個生

活在紅樓香閣之中的大官僚的女兒吾們一定——而且也敢決定——會說她在抒洩她的如火般的青春期的性的煩悶。『綠濃紅淡』正同『綠肥紅瘦』這時青春將逝，伊人遠在天涯，那裏能禁止她不唱出『自憐歡少只多悲？』但在知道她的身世的人，就敢決定她決不爲了這個。而且從她這二首詞裏吾們可以揣度出她的家庭的轉變。或許她家本來也是一個富裕的鄉紳家庭，這從她題的名字和她姊妹七人都工詩詞而所嫁都爲士人一點就可知道。可是『花弄影時庭正午，』『鳥驚啼處日西垂，』曾幾何時，便已『覺來幽夢已難追』了。美景不常，盛時難再，那麽怎能怪她說出『春來春去總堪疑』那種對于人生懷疑的話來呢？吾在前面所說她的環境給與她的人世的經驗，已足夠超過三十二歲四十二歲的養尊處優的紅樓富女，把這二首詞來做證明，是再恰當也沒有的。

無論怎樣，剔開她的詞的好壞不去說，如果文藝確是『苦悶的象徵』的話，那麽她的詞自有她的特殊的生命，決不是『無病呻吟』的十足閨閣派的脂粉詞人所可比擬的。

但她也並不因了環境的壓迫，竟完全汨滅了她的人性。她雖是一只不能與紅樓中的鷓鴣相比的蓬門幽鳥，可是有時她見了枝頭兩兩的黃鶯，和戀花不放的蛺蝶，也不由不感到自己的孤單寂寞，戀惜着過去的青春的可貴，而發出感傷的聲調的。一首詠晚春的蝶蝴花，就是她這種心情的表現。

九十韶光憐未賞。一地芳菲，似與愁爭長。幽鳥初驚鴛兩兩。晝眠人靜閒書幌。霽雨初晴天色爽。寂掩重門，風弄花枝響。蛺蝶戀花飛不放，幾迴繞徧空枝上。

三六 張學典與張學象

學雅的妹妹學典和學象，她們是攣生的姊妹。可是照主持運命論的人說來應該遇到同樣命運的她們，后來竟似一在天之上，一在地之下。令人感到同樣是同胞，同胞弟兄的命運，無論怎樣，總不至會像這二位同胞的姊妹相差得那麼遠。即此一端，已可見在男性中心社會裏的女性，是如何的可憐了。

學典字古政，號羽仙，十歲能爲采蓮賦，嫁吳縣諸生楊尤咎。尤咎雖是個解元楊廷樞的兒子但他不求仕進，與學典偕隱以終。學象字古圖，號凌仙，因與學典攣生，故二人于諸姊妹中最是互相憐愛。她后來嫁給吳縣諸生沈載公。林下詞選說她『因所配非偶，其詩詞多哀怨之音，斷腸集不是過也，』可見這位載公雖名爲諸生，不過是位不解風雅的紈袴子弟，所以說所配非偶。她的減字木蘭花病中及滿江紅秋夜二詞，就在老老實實地抒吐了她的『天壤王郎』之痛：

病慵思睡，可憐一日長如歲。轉轉無聊，疊損蛾眉瘦損腰。　三生緣淺，鳳台不遇吹簫伴！寫恨盈篇，幾度追思李易安！——減字木蘭花

蕉影橫窗，又點染一番秋色。誰信道歲華如舊，畫樓今夕。天末飛鴻難訴與；簾前明月曾相識。想當初已娛總難追，今無及。　千種事，休重憶！千種恨，書盈帙！歎三生緣薄，淚珠空滴。偏是王郎逢謝氏，不教仙女隨張碩。想徒然滿腹盡文章，成虛擲！——滿江紅

讀到『……徒然滿腹盡文章，成虛擲，』只要他是一個稍有人性的人，吾想沒有會不替她墮同情之淚的。吾們讀了朱淑貞的『共誰裁剪入新詩？』『與誰江上共詩裁？』已覺酸苦異常；再來讀『鳳台不遇吹簫伴！』『不教仙女隨張碩，』一定會感起同樣的況味。『斷腸集不是過也，』眞不是隨便的諛詞啊！

但她的不幸還不止此。丈夫雖非知己，究竟還有一個主持家庭衣食的人，在精神上雖感痛苦，在物質上卻不至達到難堪。可是運命之神堅執着『福無雙至』的成見，對于這位女作家這樣的處置還感到不甚滿足，于是：

中歲寡且貧，不能自存，學典分宅居之。白髮絳紗，爲世女宗。——江南通志

古圖以苦節著。家貧，依姊羽仙爲生日手經史，自課其子。後益落，乃爲閨塾師。——名媛詩

話

他既是一個紈袴子弟，在他死后，她家竟貧到如此地步，不免令人懷疑。其實這是不假思索就可知道的。他的不爲她所滿意，除了『不文』『不慧』之外，一定另外還有原因。『賭』『酒』『嫖』這種造成紈袴子弟的基本條件，他決不會一條沒有，何況『地上的天堂』蘇州是著名產生『有閒階級』的地方？那麼在他死后，她的貧是當然會有的事實了。

但是她究竟窮到怎樣的田地呢！她的歲暮感懷七律二首的自序說：

山齋晨起，愁雲寨望，庖突無煙，葛帔練裙，猶作禦寒之服；湘蘭杞菊，難供卒歲之糧。嗟乎！嵇紹幼孤，長卿早喪；厚祿故人，音書斷絕；恆飢稚子，意色淒涼。昔之車笠申盟，麥舟相助者，復何人哉！

在她這樣的境遇中，雖有她的姊姊學典『分宅以居，』可是她也是一隻去來依人的小鳥，丈夫或能推『屋烏』之愛，不加阻止，可是也只能救急不能救貧。終於也只能眼看她所愛的寡妹，靠着爲閨塾師以維生活。

她們姊妹倆的著作，學典有花樵集與倡和吟，學象有硯隱集。學典的詞，可舉蘇幕遮詠秋海棠和外以概其餘：

嫩舒紅，輕翦翠；拂拭新妝，一種天然媚。淺暈胭脂凝宿醉；力怯凭闌，香夢初驚起。　映殘霞，籠曉霧，嬌態含情，欲語還羞吐。自是月中丹桂侶，一夜金風，吹向瑤階聚。

『自是月中丹桂侶，一夜金風，吹向瑤階聚。』她對他的如意郎君是如何的自驕啊！方之擧象，不是一在天之上，一在地之下嗎？

三七　浦映綠

浦映綠字湘靑，無錫人，嫁武進人黃永。工詩詞，著有繡香草。黃永和她感情頗好，婦人集記他的軼事云：

黃比部與夫人浦氏伉儷最篤。一日，綳大戲比部曰：『君得毋昔人所謂「愛翫賢妻，有終焉之志」乎？』比部曰『下官正復賞其名理。』

可見他們的『伉儷最篤』，竟成為聞名於當世之事。

她的詞如竹枝詞詠采蓮，婀娜旖旎，最具風韻。詞共三首，並錄于后：

荷葉田田水滿磯，蕩舟驚溼女兒衣。阿儂今夜渾忘却，喚取西風送月歸。

半溪柳色碧於烟，葉葉低枝綰釣船。歧路忽忘羞借問，且隨蝴蝶過花前。

白綾半臂杏紅衫，半里歸來汗一擔。輸卻鴛鴦無別事，醒同遊戲夢同甘。

她在當時，文名已四傳，這是讀她的繡香艸自序而知道的。自序云：

柳絮風多，敢望謝庭之句；眉山木老，浪傳蘇妹之名。然而日暖晝長，燕翻鶯舞，頗弄文墨，不敢告人。近因雲孫（黃永之字）北首燕路，寂寂家居，偶編舊集，復輯新篇。珍珠一載，差居崇嘏之家；象管數言，或玷徐陵之選。……

『浪傳蘇妹之名，』既是自歎，又是如何的自驕！

在現存的幾首詞中，——繡香草已不傳了——有唐多令雲孫聘姬珊珊照屬題云：

金鈿翠雲翹，羅裳束絳綃。烏鴉斜舞腰。欲撫素琴新記拍，空悵望，舊題橋。　雙頰暈紅潮。黛眉纖月描。掩淩波湘水輕搖。更有一番風韻處，凝媚眼，也魂銷。

不料那位『愛甑賢妻』的雲孫先生，后來也會忘了『賞其名理，』另外又娶了一位千嬌百媚，能歌善舞的如夫人；而且還要叫他的『賢妻』題她的小照。那樣的事情，使她如何的難受！但她不慌不忙替他寫了這首唐多令，『欲撫素琴新記拍，空悵望，舊題橋，』丈夫也是個聰明人物，讀了后不知作何感想？

三八　江珠

江珠字碧岑，號小維摩，甘泉人，嫁諸生吾學海。工詞賦，尤長駢體文，通兼經史。為人豪邁有丈夫氣，善舞劍。她著有青藜閣集及小維摩集。青藜閣集中有詞一卷，共載詞九首，而和任兆麟之作卻佔了五首。兆麟為清嘉慶時的經學家，號心齋，震澤人。珠稱他為心齋大兄，不知他們究竟是什麼關係？但從他們的唱和詞的看來，他們中間，似隱藏着一段不可告人的神祕的歷史。

兆麟有百字令偶書代柬寄碧岑云：

催春風雨，霎時間都是飄香零玉。無賴鶯啼人喚起，好夢尋思難續。下日中山，百囘屈賦，祇是銷魂獨。總然無計，向維摩證因宿。　曾託閒恨閒愁，吹簫三疊，不盡那心曲。七尺歸來空骯髒，一樣悲歌痛哭。應想從今，多生結習，還懺西方竺。囘頭拋卻，許多人世蕉鹿。

上半闋裏的「好夢尋思難續」「總然無計，向維摩證因宿」等句，如果寫來寄給一位客氣的女性，那不是要嫌唐突？況且她號小維摩，他竟要向她證因宿，他們知己之深，可見也非平常人可比。她也有百字令代柬奉酬心齋云：

香薰石蕉，劈雲箋題遍江南風月。檢點好言君道盡，更何處求生活！換徵移宮，翻新合古，製譜眞希絕。清詞三疊，試把玉簫吹出。　添取一院濃陰，數聲啼鴂，瞬眼春光易。鎮日藥爐相伴住，愁海微塵堆積。結習無多，詩魔酒障，最是難消滅。談禪說法，慚愧舌門功德。

『檢點好言君道盡，』她已不能再加一辭，所以又說『更何處求生活！』實在，她向他說什麼話好呢？她那裏也能像他說出『好夢尋思難續』一般的露骨的話來呢？於是只好再加上一句，『慚愧吾儕功德。』此中意味，眞耐人尋思。

她又有燭影搖紅雨夜感懷云：

夜雨瀟瀟，殘燈點滴光如豆。文章何處哭西風，眞不堪囘首！憶月夕花朝候：淋漓潑墨黏襟袖。酒酣說劍，耳熱談天，爭無作宥。　是事休休！狂懷磨盡渾非舊。不須製恨與箋愁，命也還知否！放卻眉間疊皺。脫屣緣，蒲團坐守。千聲古佛，一炷淸香，好生消受。

這個同她在『月夕花朝』『淋漓潑墨』的人是誰呢？和她『酒酣說劍，耳熱談天』的人是誰呢？吾們知道決不是她的丈夫吾學海，因爲詞中還有『眞不堪囘首』和『狂懷磨盡渾非舊』那類的句子。姑當是胡猜，吾疑心就是那位和她唱和的任兆麟。他們后來既失意，於是她只好付之于『命，』而終老于『千聲古佛，一炷淸香』了。『人爲傷心纔學佛，』於是我們又多得了一個證據。

三九　張令儀

張令儀有虞美人有感用李後主原韻云：

　匆匆霜雪蒙頭了，細數歡場少。落花無語對東風，可惜韶光都付淚痕中。　烏衣門巷今何在？回首斜陽改。羨他漚鳥不知愁，偷食水蘋花底逐波流。

令儀字柔嘉，桐城人，大學士張英的第三女。嫁同邑姚士封。工詩詞，著有蠹窗詩餘。不知爲什麼緣故，能文的女性，十九工愁。在這首虞美人中，她也全在抒洩她的愁懷。『可惜韶光都付淚痕中，』她的愁似乎也不少於李後主的『恰似一江春水向東流。』她又有洞僊歌月夜書懷云：

　好天良夜，添得愁多少。月滿花陰寒峭峭。漸銀河低轉，碧天如水，星光渺。襯一點孤鴻小。怪年來心緒，別樣淹煎。觸景處都成煩惱。況新霜時候，蕭瑟寒風，殘梧滿院秋聲老。縱無情對此也難堪，可想見，孤窗深，憂懷抱。

在這首詞裏，也不知抒洩了她的愁懷多少。

她又有如夢令和梅村先生韻四闋。梅村詞以纏綿婀娜勝，她的和詞也婉麗有致。在她的詞集中，這四闋詞似乎另成一種格調。這四闋是：

　門艸看花興懶，幽思聊凭湘管。檢點一春閒，付與吟箋茗碗。風卷風卷，愁殺綠欹紅軟。

　客路遠如天上，空俯層樓凝望。柳色綠陰陰，濃抵春江晴浪。小恙小恙，瘦損春前模樣。

被擁餘香癡坐，好夢爲誰驚破！窗外語鬆鬆，怪殺流鶯一箇。無那無那，欲覺殘魂重臥。

忽忽清愁如病，望斷天涯歸信。薄倖慣飄零，空把金錢卜盡。愁聽愁聽，人道清明將近。

四闋中，自以第三闋的風格爲最高，而且也沒有和韻詞易犯的拼湊的痕蹟。

四〇 顧貞立與王朗

以作金縷曲替代書信寄給吳兆騫出名的詞人顧貞觀，他的姊姊貞立，也是位享有盛名的女詞人。她原名文婉，字碧汾，自號避秦人，無錫人，嫁同邑侯晉。著有棲香閣詞。王蘊章先生在然脂餘韻裏引她的浣溪沙三闋，稱爲皆「幽咽哀斷，令人不忍卒讀。」實在貞立所作的詞，大半都含有這種況味，浣溪沙不過此中的尤者而已。茲引一首如下：

風雨妨春苦不寬。開簾怕見嫩紅殘。錦屏深護早春寒。 新孀一身扶不起。愁痕萬點鏡慵看。空指斑管寫長歎。

他們姊弟倆的感情也很好，她有滿江紅中秋寄梁汾弟云：

此夜秦淮，桃葉渡蘭舟桂槳。回首處，金、焦兩點，水天一樣。望去金波驚萬里；愁來白髮三千丈。笑閨中羸質愧稱兄，予差長。 河橋畔，危樓上。上疏林，隔征颿。儘斜陽送眼，秋潮初漲。十載別離勞夢寐！半生詞賦同悽愴。願重來還補謝家吟人無恙。

梁溪與金陵距離很近，現在坐火車只要數小時可到；但在交通不便的從前，竟至於『十載別離勞夢寐』，可見科學進步，對于人類精神的慰安，實有莫大的幫助。但是吐棄物質文明的先生們，讀了此詞，不知作何說法？她也是她的兄弟的知己，『半生詞賦同悽愴』，在文人都熱中於科舉的時代裏，到那裏去聽到像這樣的知音之言？

她和著疑雲疑雨二集的王次回的女公子王朗友誼很深。朗字仲英，金沙人，嫁無錫秦氏。次回官楚中學博，恰逢她將于歸秦氏，她集唐詩餞行，有『君向瀟湘我向秦』之句，為人稱賞一時。她亦工詞，著有古香亭詞。有浣溪沙春愁詞云：

抱月懷風繞夜堂。看花寫影上紗窗。薄寒春懶被池香。……

大詞人陳其年最愛此詞，謂『抱月懷風』四字，非溫庭筠韋莊不能作。但這首詞僅存上半闋于婦人集中，其餘半闋已不傳了。她又有滿江紅自遣云：

剪剪輕寒，小樓昨夜衾嫌薄。禁幾陣，東風吹斷，護花鈴索。醉軟烟絲牽恨亂；離披蝶板敲愁落。為慵春筆慣滿牀頭，都躭閣。　愁與病，渾難卻。花飛盡，容如削。笑年年依舊，一身落魄。金屋自漸原不稱，樊籠也任長牢絡。問蒼蒼生此不祥人，何如莫！

從這首詞的口氣上探測，可知是作于她結縭以后。可是『金屋自漸原不稱，樊籠也任長牢絡，』她是不滿意于她婚后的生活的。甚至說出『問蒼蒼生此不祥人，何如莫』那樣消極話來，此中悲痛，非同病人不易領會了。

她總算還幸運，她的生活雖使她瀕臻絕境，但她稟有生就的文藝天才，在不如意時，不妨狂歌當哭？洩盡牢騷，以圖一快。同時，顧貞立對她的友誼，也不同泛泛。二人常相唱和，更可以使她暫時忘記了身受的痛苦。貞立有眼兒媚簡王夫人仲弟云：

西風和淚灑寒林，鄉夢杳難尋。半牀月影，一聲歸雁，幾處疏砧。 可憐何事音塵絕！招悵隔年心。沈寥風景淒涼滋味，分付孤斟。

一年的離別，竟使她寫出這樣酸苦的詞來，這那裏是泛泛之交所能做到的？傷心人語，只合說與傷心人知；酸苦的詞，自然只有酸苦的人能夠領會！

四一 吳藻

與納蘭容若並稱爲清代二大詞家的吳藻，她字蘋香，自號玉岑子，浙江仁和人。她的父親和丈夫都是商人，所以他們只知道怎樣去賺得多量的銀子，而對于這位稀如麟鳳的女文學家卻一點沒有注意。她處在這樣一個環境中，如其她是一位性情柔和的女性，那麼或能默默以終。但是她，恰好有天生成的豪邁的性格，是只不甘牢閉在籠中的鳥兒，一有機會，她便要冲天而去。你看，各書中對于她的記載：

嘗寫飲酒讀騷小影，作男子裝。自塡南北調樂府，極感淋漓之致。託名謝絮才，殆不無『天壤王郎』之感耶！——西泠閨詠

又嘗作飲酒讀騷長曲一套，因繪爲圖，已作文士妝束，蓋寓『速變男兒』之意。余爲題句云：『南朝幕府黃崇嘏，北宋詞宗李易安』，蓋非虛譽也。——兩般秋雨盦隨筆

嘗寫飲酒讀騷圖，自製樂府，名曰喬影。吳中好事者被之管絃，一時傳唱，遂徧大江南北，幾如有井水處，必歌柳七之詞矣。——魏謙升花簾詞序

她既是位不得志的女性，男女的愛情在她已等于泡影，又不能掙扎出婚姻的牢籠，於是只有從事于藝術的生活來安慰她自己。她又恰是個富有天才的人，工詩詞，善彈琴，能作畫，通音律。她因了她的丈夫的俗不可耐，於是對于一切男性俱加鄙棄。她想將這個文藝的世界，統治在女性的威權之下，使一切男子俱來拜倒。可是這個時代離她很遠，迎頭痛趕也不是一時三刻所能趕到。於是她茫然了，她更懊喪了，在狂歌當哭百無聊賴之餘，畫出她的男裝小影，寫成她的飲酒讀

騷，以寓她的深刻偉大之志。「一時傳唱，遂徧大江南北，幾如有井水處，必歌柳七之詞，」她得與大詞人柳永等量齊觀，她可以躊躇滿志了。

她所作的詞，有花簾詞一卷，香南雪北詞一卷，共載詞三百餘首。這二部詞集恰代表了她兩個不同的時代。花簾詞作于三十歲以前，這時正在她多愁善感的時候；香南雪北詞作于三十歲以后，那時她已辛苦備嘗，熱情降落到冰點以下了。

在花簾詞中，能讀到紅情綠豔之詞，也能讀到雄豪悲壯之作。大概因她是位風流瀟洒，帶一點名士風度的女性，所以她和妓女也有往來。她有洞仙歌贈吳門青林校書云：

珊珊瑣骨，似碧城仙侶。一笑相逢澹忘語。鎮拈花倚竹，翠袖生寒，空谷裏，想見箇儂幽緒。蘭釭低照影，賭酒評詩，便唱江南斷腸句。一樣掃眉才，偏我清狂，要消受玉人心許。正漠漠烟波五湖春，待買箇紅船，載卿同去。

她幾乎把自己當做真正的男性了，她的顛狂放浪的意緒，竟一洩無餘的傾瀉了出來。

她的雄豪悲壯之作，如金縷曲云：

生本青蓮界。自翻來幾重愁案，替誰交代？願掬銀河三千丈，一洗女兒故態。收拾起斷脂零黛。莫學蘭台愁秋語，但大言打破乾坤隘。拔長劍，倚天外。　人間不少鶯花海。儘饒他旗亭畫璧，雙鬟低拜。酒散歌闌仍撒手，萬事總歸無奈！問昔日劫灰安在？識得無無眞道理，便神仙也被虛空礙。塵世事，復何怪！

但也偶有凄苦愁絕之詞，如行香子云：

長夜迢迢，落葉蕭蕭，紙窗兒不住風敲。茶溫烟冷，爐暗香銷。正小庭空，雙扉掩，一燈挑。　愁也難拋，夢也難招，擁寒衾睡也無聊。凄涼境況，齊作今宵。有漏聲沉，鈴聲苦，雁聲高。

香南雪北詞的內容便完全不同了。她的人世的經驗，已將她的感情麻木，悲歡哀樂的情緒，再也鼓動不起來。這時她的丈夫已去世了。她遂移家南湖，古城野水，地多梅花，取釋典語意，題其居曰香南雪北廬。她的香南雪北詞自序裏有云：

十年來憂患餘生，人事有不可言者。引商刻徵，吟事遂廢。此后恐不更作。因檢叢殘剩稿，恕而存焉。即以居室之名名之。自今以往，掃除文字，潛心奉道。香山南，雪山北，皈依淨土。幾生修得到梅花乎？

下面是幾首這時期所作的詞：

一榻茶烟晝掩關，杏花消息燕鶯瞞，未炊梳掠鮮雲鬟。　翠袖自拈湘玉管，紅氍還坐滿金船，幾時月子唱彎彎。——浣溪沙垂柳綠毿毿，雨洗烟含。滿天飛絮落花攙。記得畫船曾載酒，簫鼓江南。 睡折碧雲簪，怯試單衫。一春辛苦似紅蠶。三起三眠三月病，病過重三。——浪淘沙

快剪幷刀風又急，不卷珠簾，重把羅衫疊。湖上樓台春水拍，杏花何處人吹笛？ 萬樹垂楊和雨織，第一橋連第六橋頭碧。有約踏靑無好日，明朝況是逢寒食？——蝶戀花

在胸懷曠達后的咳唾，果然和前此迥不相同了。

四二 張襄

張襄字雲卿，一字雲裳，又字蘭卿，蒙城人。她的父親張麗坡將軍，好風雅，嘗爲江蘇撫標中軍參將。她十餘歲卽能作詩詞，且工書畫。又能騎馬射箭，眞不愧爲將軍之女。性至孝，年十七時，刲股療父疾。後嫁南豐湯雲林。雲林官史部主事，她隨宦入都，悒鬱而卒。

她曾和高靑邱梅花詩九首，傳誦一時。佳句如：

林外亂鴉冲雪去，山中孤鶴破寒來。

萬樹雪明雲外寺，一谿香護水邊村。

一桁斷霞松徑晚，幾枝初月草堂春。

月明樓閣橫銀海，日暖園林起玉烟。

均足與原作媲美。所著有支機石室詩，錦槎軒集，織雲仙館詞。吳藻爲作金縷曲一闋題其集云：

一夜觀星墮，步珊珊，碧空飛下，水仙花朵。名將儒風從來少，況有鸞凰親課。喜嬌小才偏勝左。硯匣琉璃隨身抱，拂紅箋，吟盡書窗火。九天外，落珠唾。　凝妝鎮日臨池坐。好清閒，書禪畫聖，香名早播。始信大家聲調別，福慧他年誰過？覺展卷自慚形涴。儂是人間傷心者，怕郊寒島瘦詩難可。拈此闋，代酬和。

以名馳大江南北的一代才女吳藻，而對之如此傾倒，雖亦因同病相憐，卻也可見她才華的斑。趙淑芳說她『悒鬱而逝』，她正是和吳藻一樣的傷心女子，『儂是人間傷心者，』卻不啻替她代說了。

吳藻的金縷曲，本是和韻之作。襄的原作的題目是和陳芝楣觀察原韻，詞云：

一片雲飛墮。乍持來瑤箋爛漫，郇公五朵。湖海樓頭高百尺，也賞綠窗吟課。慚愧殺論班說左。多少英才門下士，更傳燈分與蘭閨火。珠玉似，咳和唾。　愁人今向愁城坐。悔髫齡塗鴉幾字，外間流播。冰雪聰明天付與，未免言之太過。況齒及蛾江血涴。父櫬未歸兒遠適，問孤嫠母子依誰可！將伯告，倘予和。

照這首詞的詞意看來，大概她的封股療父疾，竟沒有挽回天意。她在父親死后，也卽隨夫至京。那時她家中只有老母幼弟，所以她在京戀念不已『悒鬱而逝』或卽爲了此事嗎？或者傷心人另有懷抱嗎？那我們生在今世，均不得而知之了。

四三 沈善寶

沈善寶字湘佩，錢塘人。嫁來安人武凌雲爲繼室。善畫，工詩詞，著有名媛詩話及鴻雪樓詩詞。她的詞曾由吳藻精選，皆有『裁雲鏤月』之妙，『滴香滴粉』之奇。她旣文名四溢，丈夫又官至山西朔平知府，位望愈高，於是遠近閨閤才女，聞名來執弟子禮者，竟至百餘人之多。某日，她往訪閨友張䌸英，值䌸英初病起牀，因共論外侮未已，養癰成患，相對扼腕。䌸英拿出她的近作念奴嬌半闋云：

良辰易誤，盡風風雨雨，送將春去。蘭蕙忍教摧折盡，賸有漫空飛絮！塞雁驚紋，蜀鵑啼血，總是傷心處。已悲衰謝，那堪更聽鼙鼓。

善寶就援筆續云：

聞說照海妖氛，沿江毒霧，戰艦橫瓜步。銅礟鐵輪雖猛捷，豈少水師強弩？壯士衝冠，書生投筆，談笑平夷虜。妙高台畔，蛾眉曾佐神武。

前半闋以幽秀勝，後半闋以雄壯勝；錫英所作是無可奈何，善寶所作則爲姑妄言之。兩人的性情不同在此，兩人詞格的不同亦在此。

鴻雪樓詞中最雄壯的詞，莫如她兩渡揚子江所作的滿江紅二闋，悲壯蒼涼，聲情激越，讀之令人興起。詞云：

滾滾銀濤，瀉不盡心頭熱血。想當年，山頭擂鼓，是何事業！肘後難懸蘇季印；囊中賸有文通筆。數古來巾幗幾英雄，愁難說。望北固，秋烟碧。指浮玉，秋陽赤。把蓬窗倚遍，唾壺擊缺，游子征衫攙淚雨，高堂短鬢飛霜雪。問蒼蒼生我欲何爲？空磨折！——渡揚子江感成

撲面江風，捲不盡怒濤如雪。憑眺處，琉璃萬頃，水天一色。醱酒又添豪傑淚；然犀漫照蛟龍窟。一星星蟹嶼與漁汀，凝寒碧。　千載夢，風花滅。六代時，漁樵說。只江流長往，銷磨今昔。錦纜牙檣空爛漫；暮蟬衰柳猶嗚咽。笑兒家幾度學乘槎，悲歌發！——重渡揚子江

她在前一闋中所發的牢騷，直不下於她的摯友吳藻的『飲酒讀騷』，『梁紅玉金山破敵』，是何等偉大事業；竟不幸爲女兒身，斗大的黃金印，只好眼看別人佩着。由此看來，像她那樣的文才，縱有文通之筆，也只有眼看男子們金榜題名，狀元及第，她是永遠沒分。感慨之餘，不禁要仰起頭來，

『問蒼蒼生我欲何爲』了。

她也是吳藻的知己，吳藻替她選詞，她也有滿江紅題吳蘋香夫人詞稿云：

續史才華，掃除盡脂香粉膩。記當日一編自覩，四年心口。『殘月曉風』何足道；『碧雲紅雨』渾難比。問神仙底事謫塵寰，聊游戲。　寫不盡，離騷意；銷不盡，英雄氣。儘綠梢恨託，紅牙與寄。浣露迴環吟未了，瓣香私淑情難置。倘金針許度碧紗前，當脩贄。

四四　查慧

被稱爲『與蘋香（吳藻）女史齊名』（杭郡詩三輯）的查慧！她的詞也是值吾們的注意的。她能與『名馳大江南北』的吳藻齊名，卻不是偶然的幸運。因爲她們二人的詞，的確有相似的地方。

吳藻詞的特質爲豪邁，她曾壓到當時的羣慧；雄查的詞也有這種同樣的性質。這都是在女性詞人中不易找見的人物。凡是豪邁的詩詞大都是近于白話的，吾們讀了太白詩、東坡詞，就會知道。所以她們二人的詞也都近于白話，尤以查慧所作爲更甚。吾們可以舉幾首來看看：

籬外一痕殘雪；池上一丸明月。新種白蘋花，不許小環輕折。休折，休折，個個養成蝴蝶。——

如夢令

驚去矣，抛下青梅又幾？戲語小環來拾起，晶盤同燕喜。　這在鞦韆架底；那在牡丹叢裏，半晌工夫尋見未？拈毫閒畫你。——謁金門

新涼似麴，釀就西湖綠。醉后倘堪斟百斛，飛下一甌寒玉。　月華小駐橋東，蕭蕭幾陣微風。趁著采蓮人去，不知身在月中。——清平樂湖上泛舟

像這類在宋代女性詞中常見的白話詞，在清代是幾乎沒有第三人的。但文藝的特性就是作者的特性，所以就詞的特性，可以知道她和吳藻都是生性豪爽的女性。吳藻的『小影好作男子裝』和她的『嗜弧矢嘗繪弋雁圖以寄意，』就是她們這種特性的表現。

如果拿二人的身世來作比較，那麼我們就不能不歎息於吳藻的多才薄命而祝頌查蘂的儌倖了。蘂的丈夫吳承勳，吾們雖然不易考出他是位怎樣的人物，但他既是位錢塘的諸生，黃韻甫又稱之爲『詞友，』那麼夫能唱而婦能和，無論怎樣，總不至於使她起『鷗鷺鴛鴦作一池，須知羽翼不相宜』之慨的。可是吳藻，吾們的薄命詞人吳藻呢？她的丈夫是個商人，那裏談得到什麼風雅？所以她感慨到極端的時候，惟有飲酒瀉愁，讀騷寄恨，作飲酒讀騷劇，以俟后世的知音！

查蘂字定生，又字菡卿，錢塘人。又工畫，善寫花卉和仕女。她是一個畫家，所以她的詞也富有寫

生的意味。正同王維的『詩中有畫』一樣，她的詞可稱爲『詞中有畫。』她的『有畫』的詞，如：

簫語喚新晴，小滴珍珠釀欲成。偏是他鄉饒景物，清明，已見筠籃賣紫櫻。 準擬放船行，霽畫谿頭穀浪生。爭說夕陽無限好，零星，一樹梨花一水亭。——南鄉子壬寅春日登陽羨凝秀閣

『一樹梨花一水亭，』這種在水鄉常見的景物，不是寫得使北方人看了也會豔羨嗎？

四五 查清與曹鑑冰

斜橋畔，銀丸照破瑲楊綫。垂楊綫，垂垂滿地，任儂踩踐。 蘼蕪碧映溪流淺，槿籬笆護柴門掩。柴門掩，啤啤犬吠，猈燈紅閃。——憶秦娥

這首詞的原題是『晚步訪曹葦堅，』作者是查清。她是一位刺史夫人，竟不辭於月夜多露之時，踏碎濃陰，去訪那槿籬柴門中的曹葦堅。她們二人的交誼也可想而知了。

清字太清，靑陽人，刺史劉靜寰的夫人。昔人稱她有大德，善持家，決疑處難，數出奇謀。大概靜寰曾爲官累間，清乃與曹葦堅相識。葦堅曾替她的綠窗小草作序。她們二人的交誼頗不平常，別離之后，往往以詞代書，來往不絕。

曹葦堅名鑑冰，葦堅是她的字，號月娥，金山人。丈夫張般六婁縣人，清詩備采集說他『半世青氈，』當然是位不得志于功名的人物。但她卻能和他『和氣怡怡，同賡偕老。』家既貧，她就授學徒經書以自給。她又能書善畫，造請的人很多，都稱她爲葦堅先生。

她們二人來往的詞很多，今所及見的，如清的望江南寄曹葦堅云：

春來也，依舊不相逢。梅放恨無人共賞，書裁幸有雁相通。何日返吳淞。

這簡直是一篇清麗雅潔的小簡，令人忘記了是在讀詞。又如鑑冰的採桑子答劉夫人云：

自從封寄花箋后，暑雨涼雲，挨盡黃昏，纔得鴻來又小春。　幾時相見兜兜話？候探湖尊，節鉞南巡，再訪溪橋蛺蝶門。

其中也沒有一句是『拈花弄月』的廢話。但如：

心情千里憑魚雁；渭樹江雲，一望昏昏，不見江南錦繡春。　嘗餐匙滑蓴羹美，今始思蓴，恨惜逡巡，曾訪溪邊黃葉門。——採桑子答葦堅步原韻

幾番寄我詩兼畫，滿紙煙雲，樂我晨昏，新句難酬白雪春。　何時再買秋葉棹？重採吳蓴，酌酒三巡，衰柳芙蕖認竹門。——同上其二

爲了步韻的原故，不免多拚湊的痕跡。然而也不能算怎樣的壞，因爲究竟使我們讀后能明白

她在說些怎樣的話。

講到二人的文藝的素養，自然查清比不上曹鑑冰。而且她們的交誼的產生，似乎也就在這上面。因爲歷史常常告訴吾們，有許多貧士，因爲文才的超衆，會得到和他不在同一階級的文人的青睞，而終至成了知己的。鑑冰的文藝，却來源于她的母親。只可惜她的母親的姓氏吾們已無從知曉，作品也沒有見過。但無論怎樣，有了一個能文的母親，她已經在文藝素養上佔了便宜。她有南浦春水和母一詞，可做吾上面一段話的證明。

那首詞云：

書屋正臨溪，喜春迴淺碧，瀰瀰晴曉。一片縠紋輕，紅襟燕，掠處翠萍如掃。仙源難覓，浮來千點桃英小。十里銀塘迷離望，色眼離披芳草。　溶溶漾漾橋邊，豈離人愁淚，流將不了？楊柳綠陰濃，風生處，時有白鷗飛到。烟雲渺渺，釣船歸矣漁歌悄。試問者番新雨後，添得淚花多少？

同樣是和韻的詞，這首與所謂『天夜無縫』比了查清的那一首要高明得多了。

四六　浦夢珠

浦夢珠字合雙，不知何許人。清朝詞綜續編有她的臨江仙六闋，并序云：

嘉慶甲子上元，從芙蓉山館得蘭村先生臨江仙詞十二闋。久深泥絮之悲，復動風蘋之感。強收鮫淚，研以麝臍，依數和成，用申惆悵。惟是天名有恨，嫣禍難全；水號相離，禹疏不到。頻喚奈何，翼逢子野；竟能悔過，尚望連波。錄奉璧雙夫人正之。薛濤箋小，難遍書薄命之詞；秦女箏清，或曾譜工愁之曲耶！

記得春閨初學繡，花綳高似身長。金鍼拈得費思量。不分花四角，何處到中央！　碧綠青紅親手理，殘絨吐上紅窗。嬌癡渾未識鴛鴦。怪他諸女伴，偏愛繡雙雙。

記得鬟絲初覆額，絲害低壓眉齊。人誇心巧有靈犀。簸錢贏智姊，鬥草勝蘭姨。　月影一庭邀小婢，迷藏閃捉樓西。往往花底影迷離。怕人聞響屧，剗襪上庯梯。

記得水紋涼不動，一天雲浸魚鱗。畫船欲上更逡巡。羅衣輕似葉，香借藕花薰。　忽地白蘋風起處，蘭橈吹近湖濱。關心未肯採紅菱。惜他絲宛轉，生性解纏人。

記得雙星偷拜日，輕開槅子冰紋。沉沉深院寂無人。生憎風一陣，低揭藕絲裙。　八尺籐牀紅玉枕，桃笙一縷涼痕。惱惺夢破乍迴身。鬢鬆誰替整，狼藉一窩雲？

記得消魂橋邊路，無端細馬馱歸。蘼蕪長遍舊紅閨。縷金箱啓處，塵滿五銖衣。　鬧說犀簾紅淚債，檀奴瘦減腰圍。紅牆不隔燕雙飛。怪伊難寄恨，只覺啄香泥。

記得傷春經病起，日長慵下妝樓。慧因悔向隔生修。草偏栽獨活，花未折忘憂。 尺幅生綃窗下展，親將小影雙鉤。畫成未肯寄牽牛。只緣描不出，心上一痕秋。

此中隱事躍躍欲出，可惜全詞十二闋未曾全錄，否則可當一部燕山外史讀。今又從詞綜補得一首云：

記得驪笄侵曉起，畫眉初試螺丸。春痕淡淡上春山。乍驚新樣窄，較似昨宵彎。 一樣敷來仙杏粉，難勻怪煞今番。傳聞郎貌玉珊珊。妝成嬌不起，偷向鏡中看。

又從花箋錄得二首云：

記得鴆媒來問字，背人悄坐蘭房。偷聽細語說周詳。夢徵誇綠鳳，生甲怕紅羊。 道作雙星須傍月，一言難辯荒唐。神仙生豈便隨郎。誤人劉碧玉，貪嫁汝南王。

記得零丁江上棹，匆匆誤作桃根。竟將入溷作飄茵。夫人城十丈，圍不住穠春。 付與閒房教獨守，苔衣繡似長門。小名替改更愁聽。不教行暮雨，偏喚作朝雲。

就這九闋詞中揣詳，大概在記述一位天眞爛熳的女郎，因誤信鴆媒之言，嫁人爲妾。不料爲大婦所知，命居別室，終乃遣歸。歸后自鉤小影，擬寄之而未果。她的序中有云：『久深泥絮之悲，復動風蘋之想，』她既對個中人在作同病之憐，那麼她的遭遇的好壞，也可以猜想。

四七　陳敬

中國民族眞是一個最深於迷信的民族。無論男女性，無論智識階級與非智識階級，能打破此關的竟十不得一。在女子中，尤其是識字女子，到了『無可奈何』時，往往要長齋禮佛。雖然說：『人爲傷心才學佛，』他們的禮佛的動機或不因信佛，然其結果爲迷信則一。

所以，一個人能夠不迷信已不容易，如其是女子，而且是個能文的女子而能不迷信，尤爲鳳毛麟角，希世之珍。女作家陳敬嘗有游山寺示侍兒詩云：『輝煌金碧寶蓮台，每占溪山勝處開。儂自耽幽爲泉石，上山原不拜如來。』每年千千萬萬到西湖進香的善男信女看了，不知引起怎樣一種感想啊？『儂自耽幽爲泉石，』泉石如有知，要怎樣的爲之踊躍三百啊！

陳敬字端寧，號髫儒，華亭人。丈夫周宗炘，是婁縣的貢生，所以她總算是個士人之妻。她曾經輯過古今名媛考略，不幸早世，沒有完稿。她的詩詞集有山舟綴蘭集，現在也已不見。她的詞見于詞綜及詞雅的僅三首，現都錄在后面：

呢喃雙燕傍簷飛。綠陰搖曳成圍。朝來便覺眼前非，初試羅衣。　寶馬香車人散；金鈴綵幔花稀。年年此際對斜暉，可奈春歸！——畫堂春送春心如結，風前空把名香爇。名香爇，姊歸何處，貝宮瑤闕。　銀缸頻剔明還滅，聽來村鼓含悲咽。含悲咽，怕傷親意，淚珠偸嚥。——憶秦娥憶姊

縹緲綠煙籠霧，一朵朱甤明吐。春色貯銀缸，空使蝶忙蜂妬。休誤，休誤，莫作等閒花數。——如夢令燈花

這三首詞，自以末一首的詞格爲最高因爲『莫作等閒花數，』正是她的『夫子自道。』『蝶忙蜂妬，』也可見當時『癩蝦蟆』的多了。

四八　何桂珍

何桂珍字梅因善化人，嫁俞紹初，工詩詞，著枸櫞軒詩詞鈔，有婢子小紅殉難得旌紀恩二絕句云：

垂髫碧玉似家生，話到珠沈淚欲傾。侍我十年渾一夢，夢中猶是喚聲聲。

人生塵世誰無死！一死榮邀綽楔新。從此完名山岳重，千秋不媿女兒身。

小紅是她的侍婢，庚子之變，她家恰居京都。京都陷，小紅恐受汙，投井而死。那時她不過十五歲。和議成，當局者以事聞于朝，特予旌典。這是封建時代女子最光榮的典禮，何怪桂珠的序中要說

那「卓哉吾婢，千載一時，吾不如也」的羨慕語了。

桂珍的詩格老氣蒼，一洗當時脂粉惡習，且多感懷世事之作。詞以長調勝，嘗有句云：「塵事如梅味總酸」爲不易得的佳語。長調如鶯啼序和夢窗荷花均云：

嚴霜沍空一白，壓樓台在水。冷香暗透絳紗窗，數枝風弄梅蕊。猛聽得荒譙戍鼓，啼烏遠逐邊聲墜。悵神州馳羽無端，引動塵思。　坐甲材官，枕戈將領，盡關東鼠子。倚寒鐔空泣銅仙，甘泉書杳未至。莽乾坤旄頭火燒，問何日靈旗森指？且狂歌拍手洪崖，九天輸意。　生涯鉛槧，心事波瀾，妒北宮穩寐。冰鏡下幾回起舞，曾見蓮炬分影，雙枝對傾紅淚。魚鬚笏落，龍頭鼎冷，當年塵夢渾如昨。換酡顏一夕成蕉萃。魂銷骨恨，拈花頓悟前因，委懷五千言裏。　年華老去，滚滚黃沙，蹙眉心損翠。况說是江淹久別，蘇季清貧，可耐瓶笙，把寒催起。登樓試望，黏天衰草，舊時道路人影絕。盼歸鴻準誤雲屏倚。無言彳亍危闌，手擘離騷，血痕流紙。

然脂餘韻以爲「感事傷時，淸空如拭，出自閨幃，尤稱難得」。

她的短詞，亦儘多佳作，並錄二闋於后：

水風池閣，寒沍銖衣薄。欲與秋花尋舊約，又怕秋花冷落。　玉京仙子慵妝，無心管領羣芳。沒箇人間幷剪，絲絲剪斷柔腸。——淸平樂秋蝶孤鶴沖烟，怨鵠窺筵。古空階自寫纏綿，何來玉鏡，飛上冰絃！聽一聲淸，一聲斷，一聲連。鉛杵秋邊，歌舞人間。且停三弄問靑天，瓊樓碧宇，今夕何年？但樹蕭疏，花黯淡，草萋芊。——行香子月下橫琴

四九 趙我佩

趙我佩字君蘭，仁和人。她是著香消酒醒詞的趙秋舲的女兒，家學淵源，亦工詞令。所著碧桃館詞，以輕圓流麗，傳誦一時。

碧桃館詞除徐乃昌刻入小檀欒室彙刊閨秀詞第三集外，王蘊章先生又得到碧桃仙館詞稿一册。所收雖不及徐刻之多，『而此本中之遺珠碎玉，未登珊網者，亦復不少，』所以他疑心是從手寫初稿中錄出的。卷首有作者同里程秉釗的序，稱『是書於同治初元，從海陵錄到。』秉釗的夫人友琴主人熟讀傾服，以爲不可磨滅，將謀付梓，而她亦逝世。書后有友琴主人題賣花一闋云：

嬌語炙銀簧，刻徵吟商，碧桃花下幾斜陽。如水年華容易過，爭不思量！　小令近南唐，豔氣迴腸，別離滋味况他鄉！儂亦芰荷香裏坐，細數鴛鴦。

詞后又有跋云：

碧桃仙館詞多懷遠之作。丙寅六月，復讀一過，率題賣花聲一解。時外子客信州未歸也。閨閣神交，相憐同病，付梓之志雖未實現，然亦足爲詞壇上增一段佳話。

我佩懷遠之作甚多，其小令尤多情致。茲錄其憶江南寄外八闋云：

人去也，人去短長亭。卻向君前佯忍淚，不因別後始關情。無計阻征程！

人去也，人去費丁甯。推枕夢回茅店月，束裝風急酒旗亭。珍重曉寒生！

人去也，人去驛迢遙。曲曲琴心絃上語，斑斑情淚鏡中潮。誰寄與紅綃！

人去也，人去夢難成。繡被春寒常倚枕，畫屏香冷嬾調笙。鎮日數行程。

人去也，人去怯憑闌。潑墨名題期蕊榜，輭紅塵浣卸琱鞍。夢直到長安。

人去也，人去忒無聊。夜月怕窺羅幌冷，曉妝愁繞遠山遙。心事兩眉梢。

人去也，人去掩重門。紅蠟淚乾因惜別，玉台塵暗最銷魂。新月又黃昏。

人去也，人去幾時歸？容易風霜吹木葉，只愁清瘦減腰圍。誰與授寒衣！

虞美人楓橋夜泊寄采湘云：

桃花潭水深如許。只是傷離緒。驪歌唱罷柳枝詞，從此江南江北兩相思！　烏啼月落人何處？難繫行舟住。還家有夢亦匆匆，一枝柔櫓一聲鐘。

其他小詞的佳者也很多，錄若千首於后，以當一臠之嘗。

密意亂如絲，別淚濃於酒。眉上春山鬢際霞，都爲春消瘦。　記得去時言，約在梅開後。風信而今過海棠，到底歸來否！——卜算子

釧金鬆，斂玉溜。新月如眉門。數盡迢迢良夜漏，夢也難成，夢也難成就。　綠陰肥，紅雨瘦。春去天涯，人去天涯久。客裏傷春兼病酒。花似當時，人似當時否？——鬢雲鬆

寒戀重衾麝靄消。瘦魂飛上木蘭橈。些些微夢段家橋。　楊柳簾櫳無賴月，梨花院落可憐宵。那人何處夜吹簫！——浣溪沙

冷冷清清，風風雨雨，寂寂寥寥。密密疏疏，蕭蕭飄飄，暮暮朝朝。　倦遊人怕登高。拚冷落詩瓢酒瓢，病裏看花，愁邊說夢，那不魂銷！——柳梢青重陽風雨口占

五〇　宗婉

宗婉字婉生，常熟人。幼敏慧，嘗有寄父詩云：

椿庭別后懶吟哦，聊把離懷付短歌。弟幼妹嬌兒自愛，阿孃多病奈愁何！

那時她還年未及笄呢。及長，工于詞，有夢湘樓詞。翁錦芝以爲「其清鈌處，正得白石師法。」她

的作品的造詣可見。

她的身世不很可考。她有滿江紅述懷示審君女弟子云：

屈指平生，無一事堪舒眉葉。更年來椿摧，荆折，釵分，鏡擘。一弟青衿憐落寞；兩兒黃口傷孤子。向普天之下數愁人，儂無匹！　思往事，空陳迹。提舊恨，徒悲咽。已炎涼閱遍，世情冰雪。醉后惟餘三復歎人前肯下雙行泣！但相期弱息到他年，能成立！

從這首詞中所述看來，她的中年后的生活是很悲苦的。但她生性頗強，看透了世態炎涼，所以從不肯乞憐於人。她所嫁的那位丈夫，似也是位不得志于科場的人物。但他頗能勤奮讀書，預備作最后之努力。不幸所志未成，遽爾夭折。她從此完全失望了，她一生的辛苦，永遠沒有酬償的一日了。於她哭着寫道：

生不逢辰，慣消受風波顛覆。還指望小窗鐙火，伴他勤讀。諱病強支千日恙；食貧勉學三除俗。向悄無人處一凭闌，吞聲哭。　肩如削，腰如束。容憔悴，衣單薄。已心灰似燼，淚乾無血。自信艱難安妾命；也甘辛苦隨郎逐。算非關造化忌聰明，儂無福！——滿江紅述懷

蠟炬淚乾，春蠶絲盡，人間悲痛，蔑以復加。除了自怨『無福』，還有什麼語言可以自慰呢！

但她暮年的生活却還好，她所希望的『弱息到他年，能自立，』總算沒有使她失望。她有大江

東去海船書懷云：

海波不作，水天外，一望茫然無際。萬頃琉璃荊倒影，濯盡脂香粉膩。振袖臨風，飛觴酹月，大有豁蘇意。銅琶鐵板，許儂也吐豪氣。 休爲萍泊他鄉，故園荊棘，滿腹生牽繫。屈指年華過半百，須識浮生如寄。歷盡艱難，從今應悟，離合悲歡理。學書學劍，有兒幸亦摩厲。

此詞豪氣迫人，與前作似出二人之手。可見她此時的懷襟，已大非昔比。她的含苦茹辛，總算有了收穫。炎涼的世態，對她也另眼相覷了。她不禁豪氣復生，鬱懷盡洩，對些茫茫，爲之大快。

她的「清鍊」得白石師法的詞，如望湘人秋意云：

漸秋容黯澹，秋氣寂寥，斷烟疏雨時候。落葉敲窗，亂峯鎖夢，夢與葉聲同墜。病減三分，二分中酒，一分蕉萃。聽雁聲遠過瀟湘，脩把秋魂驚碎。開上高樓獨倚。正秋風嫋嫋，洞庭波矣。歎吟到離騷，悵望霧鬟雲髻。夕陽林杪，暮雲天際，一片蒼涼之意。目渺渺不見湘君，岸艸汀蘭誰寄？

翁錦芝愛其「夢與葉聲同墜」「正秋風嫋嫋，洞庭波矣」數句，與「心情欲托春風訴，怕春風不到瀟湘，」（高陽台）「認紅豆初拈，幾誤鸚哥偷吃，」（望湘人）「暈入東風春欲笑，不定香痕如水」等句，推爲「絕唱。」

五一 熊璉

熊璉字商珍，號澹仙，亦號茹雪山人，如皋人。工詩詞，有感悼詞數十首，名長恨編，類皆爲古來薄命女子而作。她有題辭金縷曲云：

薄命千般苦。極堪哀生生死死，情癡何補！多少幽貞人未識，蘭蕙香消荒圃。埋不了茫茫黃土。花落鵑啼凄欲絕，剪輕綃那是招魂處！靜裏把，芳名數。　同聲一哭三生誤。悵無端聰明磨折，無分今古。憐色憐才濃弔裏，望斷天風海霧。未全入江郎恨賦。我爲紅顏頻吐氣，拂霜毫塡盡凄涼譜。閨中怨，從誰訴！

長恨編之作，並不是她無端的感喟，乃是她的身世的象徵。原來她自幼許婚同鄉人陳遵。遵后患殘疾，他的父親請求毀約，她堅持不肯。后來卒歸於陳氏。她頗自傷薄命，且有感于古今來閨中怨恨之無可告語，于是寫成此編，藉以一吐胸中塊磊。

她又有澹仙詞四卷，徐乃昌刊入他的小檀欒室彙刻閨秀詞第六集中，有蝶戀花寫懷云：

湖海作風天作雪，浩浩茫茫，何處逃磨劫！薄倖一生眞百折，無家燕子秋風葉！　稽首遙空先慘咽，欲訴嫦娥，花外雲遮月。偏是深情無可說，冤魂都迸啼鵑血！

「無家燕子秋風葉，」可以想見她那難受的飄零苦況。又有金縷曲感懷云：

盡日愁無限。恁年來貧病相兼，雙眉不展。長恨煢煢無可告，也似孤舟別館。經多少風瀟雨暗。燕子依人非得已，枉呢喃銜盡殘花片。辛勤處，何人見？　栖栖爭甚恩和怨。猛盡思石上三生，餘香未散。百首新詩誰擊節？付與自吟自歎。定有個千秋青眼。窗外嗷嗷聲過也，望天涯遙訴西風雁。霜月裏，同淒惋。

『燕子依人非得已』可見她的婚后的生活，也大不能如她之意。『枉呢喃銜盡殘花片，辛勤處，何人見，』似亦受到了普天下一般做媳婦的不可免的苦痛。她這時應該悔恨自己主見的錯誤了，她要悔不當初了，但木已成舟，無法挽回，只有付之自吟自歎。她又有百字令有感云：

無端世事，把兩眉愁鎖，寸腸悲裂。焚研燒書原不錯，省却三生孽業。綵筆空揮，瑶琴漫撫，都是啼鵑血。加餐高臥，隨緣便抵佳節。　任他騃女癡兒，歡場慣占，天不加磨折。試問梅花春夢裏，幾個風流人物？花月淒涼，文章歌哭，今古無分別。英雄眼冷，等閑白了華髮。

她想『焚研燒書，』她知道『加餐高臥，隨緣便抵佳節，』她也明白『花月淒涼，文章歌哭，今古無分別，』所以她忽然達觀起來。因此，在澹仙詞四卷中，可以歌哭之作，極居少數，而大多數的還是些吟風弄月之作。

她又著有詩話四卷，中有云：

詩本性情，如松間之風，石上之泉，觸之成聲，自然天籟。古人用筆，各有妙處，不可別執一見，棄此尙彼。

詩境卽畫境也：畫宜峭，詩亦宜峭；詩宜曲，畫亦宜曲；詩宜遠，畫亦宜遠。風神氣骨，都從興到；故昔人謂『畫中有詩，詩中有畫』也。

可謂『深得此中三昧』之言。女子作詩話的很少，她能有此見識，不可不謂爲女文學家中的『白眉』了。

五二　孫蓀薏

孫蓀薏原名琦，字秀芬，一字苕玉，仁和人。嫁蕭山高第。工詩詞，著有貽硯齋詩集及衍波詞。性愛貓，著有銜蟬小譜。

衍波詞中頗多佳作。她的洞仙歌自述婚事，可謂曲盡幽微；定情后所作的菩薩蠻，風流繾綣，更令人意消。在女性詩詞中，或竟可稱謂絕無僅有之作。洞仙歌云：

畫堂銀燭，照氤氳瑞氣。吉日良辰是誰筮？看門闌喜聚，冰上人來，人爭羨兩座輶軒太史。

曉妝雲鬢掠，玉鏡台前，試點靑螺暈眉翠。偸撿綵羅箱，倏脫雙金，循環意袖中私繫。怪無語人前鎭含羞，算祇有菱花，知儂心喜。

菩薩蠻云：

沈沈漏箭催清曉。鴨爐猶賸餘香裊。吹滅小銀燈，半窗斜月明。 繡衾金壓鳳，好夢同郞共。含笑語檀郞「何須更斷腸」！

其他如高陽台題李香君小影的臨風弔古，滿紙淒涼，亦爲眞情流露的佳作。其詞云：

疊臉勻紅，修眉暈碧，內家裝束輕盈。長板橋頭，最憐歌管逢迎。無端譁鼓驚鴛夢，悵倉皇雲鬟飄零。黯銷凝，舊院春風，芳艸還生。 桃花扇子攜羅袖，問天涯何處，寄與多情？廿四樓空，白門明月淒清。江山半壁成何事？但蒼茫一片蕪城。莫傷心，金粉南朝，猶賸娉婷。

她又有賀新涼題紅樓夢傳奇一詞，專對絳珠仙子發言，亦頗有警意。其詞云：

情到深于此，竟甘心爲他腸斷，爲他身死。夢醒紅樓人不見，簾影搖風驚起。漫贏得新愁如水。爲有前身因果在，拚今生滴盡相思淚。還喚取，顰兒字。 瀟湘館外春餘幾。襯苔痕殘英，一片斷紅零紫。飄泊東風憐薄命，多少惜花心事。攜雅帚爲花深瘞。歸去瑤台塵境杳，又爭知此恨能消未？怕依舊，鎖蛾翠。

五三 陳蘊

陳嘉字子淑，仁和人。貞靜好禮，妙解文辭。嫁同邑高望曾。咸豐十年，（公元一八六〇年）遭洪楊之亂，自杭州東渡錢塘，避居蕭山的桃源鄉。她有洞仙歌述途中所見云：

錢江東去，蕩一枝柔櫓。大好溪山快重覩。算全家數口，同上租船，疑眺處，隔岸峯靑無數。

桃源今尚在，黃髮垂髫，不識人間戰爭苦。卽此是仙鄉，千百年來，看雞犬桑麻如故。問何日扁舟賦歸歟？待掃盡欃槍，片帆重渡。

事定后，復歸杭州。明年冬，城被圍，她家不及逃出。食將盡，她脊粟進姑，自食糠粃。城破，奉姑出奔。適逢大風雪，餓不能起，遂托姑于妯娌而死。

她是個理性超過於感情的女性，她的餓死事小，存姑事大的意志，却使她成了個十足舊式典型的好女子。但這也是人世間難能之事。吾們不要去問她的動機如何？她究竟袒負了一樁人所不堪受的工作。世界上不是滿佈着嘴裏仁義道德，肚裏男盜女娼的人物嗎？所以能夠言乎仁義而行乎仁義的人們，還沒有到吾們必須去攻擊的時候。這樣，她的行動，還不妨加上以『偉大』兩字。

她也是個專力於作詞的女文學家。她著有寫眉樓詞稿，凡載詞二十四首。其中佳詞甚多，如柳梢靑新柳云：

望裏魂銷。和煙和雨，綠遍亭皋。半拂征塵，半牽離恨，亂逐風飄。 踏青纔過花朝。聽一路鶯聲畫橋。淺蹙翠眉，微開倦眼，低舞纖腰。

又如踏莎行花朝云：

芳草侵階，落花辭樹。韶光一半隨流出。杏錫門巷又清明，踏青試約鄰家女。 旅燕初歸，流鶯欲語。垂楊綠遍閒庭宇。二分春色一分陰，一分不定晴和雨。

又如夢令春日聞杜鵑云：

試問春歸何處？幾度欲留不住。樓上子規啼，似向東風說與。歸去歸去，滿院落紅如雨。

詞意是這樣的清麗和平，可見她平昔的生活，是十分瀟洒自在的。

五四 俞慶曾

俞慶曾是名著作家曲園先生的孫女，字吉初，德清人。她生而穎慧，十齡誦古詩，已琅琅上口。偶然學做，便多佳句。及長，嫁上元人宗子岱爲繼室。子岱年少多才，未冠已掇巍科。結婚之日，她的祖父親書『金榜題名，洞房花燭』八字，榜于東西兩楹。人家都很豔羨。她嫁給了這樣一個多才早達的丈夫，她的心的中愉悅可想而知。她的繡墨軒詞中有憶江南消夏之作八闋云：

紅閨裏，晨起未梳妝。爲愛早涼拋角枕；因憐曉色倚迴廊。霞影認微茫。

紅閨裏，睫粉晒花枝。修竹陰濃風細細；紗廚人定日遲遲。午倦睡些時。

紅閨裏，多事惱鴉鬟。偶觸簾鉤驚夢醒；偸觀庭樹報花開。又道有人來。

紅閨裏，浴罷晚風涼。橫竹閒吹新笛譜；添香重換薄羅裳。小步繞荷塘。

紅閨裏，螢火撲西東。一樹刺桐花爛漫；半鉤新月影玲瓏。未麗晚香濃。

紅閨裏，消盡水沈香。曲檻風微花影靜；鳴蟲聲亂露華涼。愛月不關窗。

紅閨裏，無賴是檀郎。惟恐涼風欺翠袖；頻呼小婢閉紗窗。絮絮惱人腸。

紅閨裏，露重怯微寒。自覆羅衾長簟滑；遙聞銀箭短更殘。夢裏憶江南。

這是她們婚后閨中生活的一頁。有時他外出了，孤棲的寂寞，別離的哀愁，就齊集到她的筆下。她的虞美人長至前五日云：

退紅簾底西風緊，妝卸慵開鏡。今宵還比昨宵寒。呼起銀燈，回首影兒單。尋常小別難禁受，忍說輕分手——春來容易燕啣泥。子細安排，怎樣看雙棲。

夫婦間這樣的親愛，往往會引起她的婆婆的反感。陸游和唐夫人事就是前車之鑒。大概她們倆實在太和好了，覺到了難割難捨的境地。她的醉花陰云：

一抹晚霞花氣暝。翠韻書聲應。香篆鎖窗紗；下了簾櫳，小語防人聽。　月明如水人初定。郎識儂情性。笑促卸殘妝；卸了殘妝，相倚同窺鏡。

下簾小語，倚鏡同窺，在她們倆是何等的慰情悅意！但在她的婆婆看來，她的費盡了精力養育大的孩子，忽然走進了一個與他無恩無怨的年輕女子的懷抱裏去，的確有些難堪。她早已忘懷了她過去也曾同樣經歷過的紅情生活，因爲過去的追憶總敵不過現實的權威。於是她憤怒了。她不怪她自己的兒子遠離了她的膝前；她只怪她媳婦似磁石般的把她的兒子吸引了去。她不知脫離了雛年的燕子應該讓他們去雙棲；她不知成熟了的果子，應該任牠另外找尋了土地去繁殖。她要發洩她的憤怒除了虐待她的媳婦外，實無別法。她也不管傷了她兒子的心，更不管她的媳婦也是她的父母費盡了精力養育大的，只知道一味的加以壓迫。但我們這位不幸的女詞人慶曾，或許爲了愛她的丈夫的關係，始終忍受着，屈服着。到了不能再忍受的時候，她還不肯積極的和她反抗，到底也走上了一般不幸女子常走的舊路，昔人的記載裏說她『以非命死，』她大概是自殺了！

在她全詞部集中，却看不出一些她的不幸生活的寫照。她無論是一個怎樣善于忍耐的人，我想，決不會連在她筆下也是『諱莫如深』的。這僅是我的猜想：今本的繡墨軒詞，或者是已經過她的丈夫或夫家的人的刪剔的，所以把她的有關於姑媳間的抒寫都除去了。

她的小令頗清麗，附錄二首在后面，以調和讀者憤慨的感情。

往事慣消魂，銀甲金尊。珠絲應罥舊題痕。孤館簾垂燈上早，疎雨江村。　夢裏暫溫存，祇見分明。花陰燕子鎖重門。兩地燈施酒醒后，一樣黃昏。——浪淘沙

秋露冷冷，秋風細細，秋蟲切切如私語。有人不寐倚秋鐙，銀屏疎影清如水。　秋入愁腸，愁生秋際，秋聲聽徹無情緒。開簾獨自看秋星，秋風隱隱微波起。——踏莎行秋夜

五五　陸蕙

著有得珠樓箏語的陸蕙，字璞卿，一字又瑩，吳江人。幼卽明慧，並長詞畫。嫁詩人張春水。春水名澹，字新之，亦工書，嘗於同光間旅食滬城，以詩畫自給。她們兩家距離甚近。春水喪偶，讀了她的作品很傾佩，遂倩人委禽。結婚后，巡簷索句，刻燭聯吟，殆無虛日。春水嘗刻她們閨中倡和諸作爲雙聲合刻，傳爲文壇韻事。

得珠樓箏語今已不見，祇玉璁集中錄存詞三闋，及五湖漁莊圖題詞一闋。玉璁集三闋，都爲和

外寄外之作，可見她們的婚姻，確是結合於情投意合的條件上，所以感情也不同尋常。她們又有一小印，刻曰：「文章知己，患難夫妻，張春水陸璞卿合印。」那三首詞是：

正苦花深霧重，密字銜來青鳳。一字一明珠，照徹心心俱痛。如夢，如夢，夢裏將愁細種。——如夢令寄外子客館

清暉兩地明如此，將人置入相思裏。形影不能雙，淒然獨掩窗。 愁思腸角繞，香篆心頭裊。瘦筆一枝擕，新詞和淚題。——菩薩蠻和外子韻

檐鐸郎當雁唳孤，霜風走葉柝聲粗，可憐情味倩誰摹！ 一點寒燈挑不起，兩行清淚洒將枯。問君此境似儂無？——浣溪沙十月十九夜寒甚寄外子客中

她的五湖漁莊圖題詞調寄憶舊游云：

指湖光一抹，翡翠雙螺，縹緲堪尋。天末迷離影，賸濃雲擁絮，漏斷烟岑。卜居水竹何處？遐想碧波深。便畫出巢痕，訪來詩境，煞費仙心。 沈吟。故鄉路，歎樹杪斜陽，覷了歸禽。驀向圖中見，有鷗眠遠渚，鷺立寒潯。漁莊似此清劇，未許點塵侵。試卷上疏簾，西山爽氣，涼到衣襟。

春水晚年很貧困，她乃教授女弟子，得束修以維生活。她後來竟因處境艱苦，憂傷憔悴而卒。

她又工書，愛寫墨蘭，著有甦香畫錄。亦善詩，有寒食自感詩云

轉眼驚看歲序移，陌頭芳草又離離。插來楊柳憐春晚，落盡棠梨有夢知。漸覺變更新局面，怕聽人道舊家基。禁烟時節寒猶峭，簾幌淒涼引步遲。

「怕聽人道舊家基，」難道她的身世，另有什麼難言之隱嗎？

五六　沈鵲應

沈鵲應字孟雅，侯官人，林旭的夫人。旭爲戊戌六君子之一，死於戊戌之難。她亦以身殉。她所著晻樓詞中有浪淘沙一闋云：

「報國志難酬，碧血誰收？篋中遺稿自千秋。腸斷招魂魂不到，雲暗江頭。　繡佛舊妝樓，我已君休！萬千悔恨更何尤！拚得眼前無盡泪，共水長流！」

這首詞當是她的絕筆，慷慨悲壯，如見其人，如聞其聲！

晻樓詞中佳作甚多，如長亭怨慢西湖弔厲樊榭云：

向湖畔停舩閒步，遠望東園，個人門戶。寂寞春空，柳絲深鎖若烟霧。湖州羈旅，偏載取桃根去。去得幾何時，已化作飄零風絮。　郎主對芭蕉洒泪，芳草殯宮天暮。夜來月上，向誰訴此時

情苦悵望是今日蕭條，恨重入江淹詞賦。

「猩猩自古惜猩猩，」顧翎左錫嘉的傾倒於黃仲則，和她對于樊榭的憑弔，在心理上並無二位。

她又喜新腔譜舊事。白樂天潯陽江上聞琵琶，本是椿最富于哀感的故事，蘇東坡曾用來譬醒了妓女琴操的迷夢。元明清三代，有好幾個大戲曲家取以爲題材，成了他們不朽的傑作。吾們這位女詞人沈鵲應，也用西河長調來寫成江州琵琶一詞。詞云：

行復止，歸舟尚滯沙際。荻花瑟瑟夜江頭，月明似水。未歸反作送歸人，臨風愁殺居士。 尋聲問，幽寂地。哀弦一面誰理！京華舊跡已茫然，錚錚又起。相逢一樣可憐生，天涯淪落顦顇。 蕭娘莫洒老大淚，感當時司馬情意，漫撥數聲無俚。賸長歌寫恨，孤亭灑弔，千載悠悠傷心事！

曾迺敦《中國女詞人》

曾迺敦，福建漳州人，上海持志大學畢業。

《中國女詞人》為應姚名達編《女子文庫》邀請而作。本書共分六章，第一章導言敘述詞的起源，次就唐女詞的胚胎、五代宋遼女詞的繁榮、元明女詞的衰落、清女詞的極盛，及中國婦女與詞的關聯分別論述。此書由上海女子書店 1935 年出版。本書據 1935 年元新書局版影印。

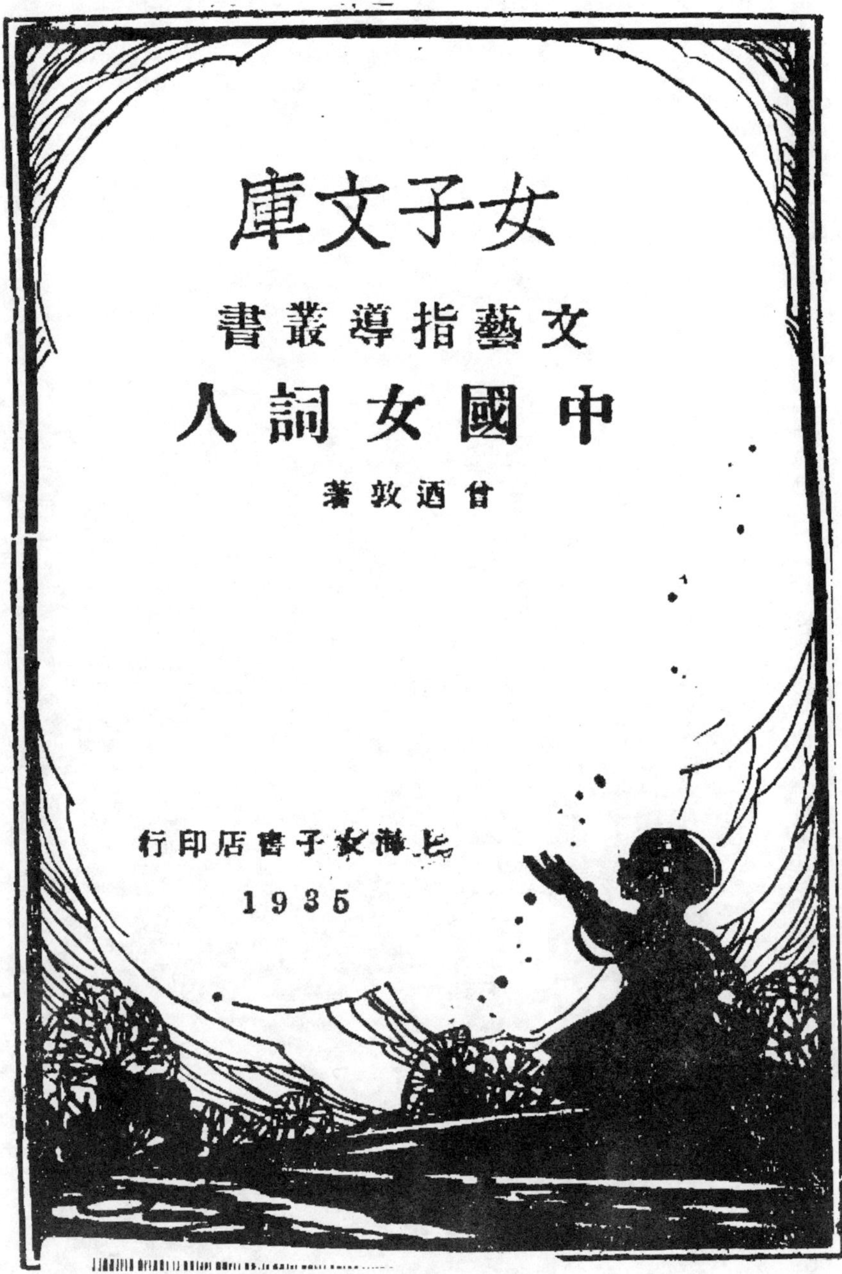
女子文庫
文藝指導叢書
中國女詞人
曾迺敦著
上海女子書店印行
1935

曾迺敦　**中國女詞人**

自序

姚名達先生主編女子文庫，由女子書店印行，全部叢書，發刊有日；以「中國女詩人及其代表作」，「中國女詞人及其代表作」兩書相託，當即着手編著，伏案數月，本書遂先告成。

全書編製，計分六章，每章又分若干節。取材範圍自唐以迄於清。第一章導言敍述詞的起源，次就唐女詞的胚胎，五代宋遼女詞的繁榮，元明女詞的衰落，清女詞的極盛，及中國婦女與詞的機聯，分章詳述。其中對於詞人之身世，有不厭求詳者，有從略者；蓋因女子多才，一經吟詠，詞詩並見：目爲「詞人」可，目爲「詩人」亦未嘗不可。只能因其短長，就其偏頗，分別列入兩書；故有同一作家，於「女詞人」書中較詳，於「女詩人」書中卽略；於「女詩人」書中略者，則「女詞人」書中特詳，以避重複；雖詩人亦自有不能詞者，然自宋而後，不多覯也。

今書成矣，爲日匆匆，未得詳加校訂，錯漏終所難免，惟候明教！追溯本書之草著，正當「閩變」事起，漳州實當首衝飛機轟炸之地；「一二二二」之役，房舍倒塌，人物粉碎，已可惕目驚心，更奚堪其後日有所聞！吾時處於小樓一角，鼯墨疾書，竟忘死神之繞飛於頭上，生命之繫在俄傾間也！

際此時也，國事日非，死者死矣；生者惴惴然惟恐禍及，吾書得於此惴惴之間告成，亦未始非大幸，而足資紀念者！

時在中華民國二十二年除夕之夜，龍溪曾迺敦記。

中國女詞人目錄

目錄

目錄

中國女詞人及其代表作

第一章　導言——詞的起源

『詞』是中國過去文學重要的一部肢體，在那綿延偉大的歷程中，她便是走到登峯造極最美備的境界下，至可珍貴的一種產物！

她具有着樂府與詩曲交流新聲的生命，她具有着容易使人抒寫胸懷發表情感的格式，她替代了那平板陳腐的詩調，她創造出可以倚聲填譜長短錯落的句子，這便是古今之所謂「詞」。

「詞」的名稱，不單謂「詞」，自唐以下，別號百出，詞家每喜標新立異，文人通病，原無足怪；但後來學者，却因此而旁徵博引，必欲從此死路，去尋找詞的源流起始，不獨無補於事，且不免爲古人竊笑！

據唐宋詞人專集，詞的名稱可列成一表：

詞的異名

詩餘	吳潛履齋先生詩餘等
樂府	蘇軾東坡樂府等
長短句	秦觀淮海居士長短句等
樂章	劉一止苕溪樂章等
歌曲	姜夔白石道人歌曲等
琴趣外篇	歐陽修醉翁琴趣外篇等
癡語	高觀國竹屋癡語
別調	劉克莊後村別調
語業	楊炎西樵語業
樵歌	朱敦儒樵歌
漁笛譜	周密蘋洲漁笛譜等

綺語債	張輯東澤綺語債
曲子	柳三變續添曲子
小稿	趙崇嶓白雲小稿
集	溫庭筠金奩集等
大曲	史浩鄮峯眞隱大曲
鼓吹	夏元鼎蓬萊鼓吹
漁唱	陳允平日湖漁唱
遺音	陳德武白雪遺音

表上每個名稱之下，隨便舉一家做例子，其多者均在數家以上，有的還多至十數家呢！例如以詩餘爲詞之源。宋翔鳳說：「謂之詩餘者，以詞起於唐人絕句，如太白之清平調，卽以被之樂府。太白憶秦娥菩薩蠻皆調之變格，爲小令之權輿，旗亭畫壁賭唱，皆七言絕句。後至十國時，遂變爲長短句，自一字兩字至七字，以抑

揚高下其聲；而樂府之體一變。則詞實詩之餘，遂名曰詩餘。」——（樂府餘論）——此論汪森已有斥辯，他說：「古詩之於樂府，近體之於詞，分鑣並馳，非有先後。謂詩降爲詞，以詞爲詩之餘，殆非通論。」——（詞綜序）——清毛先舒卽更進而謂：「塡詞不得名詩餘，猶曲自名曲，不得名詞餘，又詩有近體，不得名古詩餘，楚騷不得名經餘也……故塡詞本按實得名，名實恰合，何必名詩餘哉？」

又例如以長短句爲詞之源，汪森說：「自有詩而長短句卽寓焉，南風之操，五子之歌，是已。周之頌三十一篇，長短句居十八，漢郊祀歌十九篇，長短居其五。至短簫鐃歌十八篇，篇篇皆長短句，謂非詞之源乎？」楊用修也說：「塡詞必泝六朝者，亦探河窮源之意。長短句如梁武帝江南弄（詞略）梁僧法雲三洲歌（略）梁臣徐勉迎客曲送客曲（略）隋煬帝夜飲時眠曲（略）王叡迎神歌送神歌（略）此六朝風華委靡之語，後世詞家之所本也。」——（詞綜序）——此論亦未能成立，我們知道，詞體雖是用長短句組成，但這是體的一方面，未可以此而論斷其起源。否則，便是荒謬！

又例如以樂府爲詞之源，徐釚說：「塡詞原本樂府，菩薩蠻以前，追而溯之，梁武帝江南弄，沈約六憶詩，皆詞之祖，前人言之詳矣。」——（詞苑叢談）——此論雖有可通，可是若尋詞源而遠溯至漢魏，亦非的論！

至其餘各家所謂「別調」，「語業」，「樵歌」，「漁歌」等等，那不過是我前面所謂「標新立異」，播弄名詞而已。自然也不能都謂其皆存深意。

事實卽是雄辯，以下我們要從情理的當中，拿出歷代遺留給我們比較可靠的證據，尋找出這詞的起源來。

詞的起源，並不是偶然的事，尤其不是出自一人的創作，或出自一朝的發明。她有着她的生機，這生機也正有她延綿的歷史，不受詩與樂府的節制，她們是一分道揚鑣」在挺進的！

成肇慶說：

「十五國風息而樂府興，樂府微而歌詞作，其始也皆非一成律以爲范也。抑揚抗隊之音，短修之節，連轉於不自已，以漸適歌者之吻，而終乃上躋於雅頌，下衍爲文章之流別，詩餘名詞，蓋非其溯也。唐人之詩未能胥被絃管，而詞無不可歌者。」——（七家詞選序）

這話我引來做我前面的話的注脚，同時我們也得從這目標出發，更進一步的搜索證據，因爲詞也是一種歌曲，一種從樂府舊體材中蛻化替代中興而受過異邦音樂的影響而成的歌曲！

先看王灼的話：

「西漢時，今之所謂古樂者漸興，晉魏爲盛。隋氏取漢以來樂器歌章古調，併入清樂，餘波至李唐始絕。唐中葉雖有古樂府，而播在聲律鮮矣，士大夫作者，不過以詩一體自名耳。——（碧雞漫志。）

再看舊唐書音樂志的記載：

「宋梁之間，南朝文物號爲最盛。人謠國俗亦世有新聲。後魏孝文宣武用師淮漢，收其所獲南音，謂之清商樂，隋平陳，因置清商署，總謂之清樂。遭梁陳亡亂，所存蓋鮮，隋室以來，日益淪缺。武太后之時，猶有六十三曲，今其辭存者惟有白雪、公莫舞、巴渝、明君、鳳將雛、明之君、鐸舞、白鳩、白紵、子夜、吳聲、四時歌、前溪阿子、及歡聞、團扇、懊儂、長史、督護、讀曲、烏夜啼、石城、莫愁、襄陽棲、烏夜飛、估客楊伴、雅歌、驍壺、常林歡、三洲、採桑、春江花月夜、玉樹後庭花、堂堂、泛龍舟、等三十二曲，明之君、雅歌各二首、四時歌四首、合三十七首，又七曲有聲無辭，上林、鳳雛、平調、清調、平折、命嘯、通前爲四十四曲存焉。……自長安以後、朝庭不重古曲，工伎轉缺，能合於管絃者，唯明君，楊伴，驍壺，春歌，秋歌，白雪，堂堂，秋江花月夜等八曲。」

由上節引看來，我們可以知道，兩漢時的古樂漸興，至隋取晉魏中興以來，才把樂器，歌章，古調，併入清樂，餘波至唐卽絕。然而搜索其源，我們又要知道宋梁之間，南朝文物雖盛，可是人謠國俗也有新聲，後魏孝文宣武在淮漢收所後的南音，叫做清樂，到隋平陳，又設立清商署的樂府，但自經梁陳喪亂，亡國哀音，所存很少。隋室又不注意，以致至武太后時，淪亡得只存六十三曲，又至唐其辭存者只有三十七首，和有聲無辭的七曲，也只有四十四曲而已。無如當時朝廷，專尙詩歌，却不重古曲，工伎也慢慢的少了，不唱了！在這盛朝的唐世，難道野朝人士，因爲古曲的淪亡，古曲的不能合於管絃，此道工伎的轉少，就可停止他們聲樂的享樂而再不彈唱了嗎？不！決不！他們會跟從時代的演變，別尋蹊徑去追求今曲子，創造彈唱的享樂！詞便這樣地產生了。這是詞的起源的一點動機，一點線索！

在下面我們要搜檢她產生的程序，剖解她成就的體質；要先明白隋唐自己構成系統的燕樂，其中已經深受有外產胡聲的影響或與同化，郭茂倩曾給我們一個證明。他說：

「隋自開皇初，文帝置七部樂：一曰西涼伎，二曰清商伎，三曰高麗伎，四曰天竺伎，五曰安國伎，六曰龜茲伎，七曰文康伎，至大業中，煬帝乃立清樂，西涼，龜茲，天竺，康國，疏勒，安國，高麗，禮畢，以爲九部，樂器弓衣，於是大備。唐武德初，因隋舊制，用九部樂，太宗增高昌樂，又造讌樂而去禮畢曲；其合者十部：一曰讌樂，二曰清商，三曰西涼，四曰天竺，五曰高麗，六曰龜茲，七曰安國，八曰疏勒，九曰高昌，十曰康國，而總謂之燕樂。新聲繁雜，不可勝紀，凡樂諸燕曲，始於武德貞觀，盛於開元天寶，其著錄者十四調，二百二十二曲。」（樂府詩集）

隋唐之所謂疏勒，龜茲，西涼等部，這不是很顯明地告訴我們是胡樂嗎？但花樣多着呢，這樂曲當中，還有着雅俗之分的。唐書禮樂志紀載：

「自周陳以上，雅鄭淆雜而無別。隋文帝始分雅俗二部，至唐更曰部當。凡所謂俗樂者二十有八調（調略）皆從濁至清，迭更其聲。下則益濁，上則益清，慢者過節，急者過蕩，其後聲器浸殊，或有宮調之名，或以倍四之度，有與律呂同名而聲不近雅者，其宮調仍應夾鍾之律，燕設用之。絲有琵琶，五絃箜篌筝。竹有觱角篥篪笛。匏有笙。革有杖鼓，第二鼓，第三鼓，腰鼓，大鼓。土則附革而爲鞚。木則有拍板，方响，以應金應石而備八音，倍四本屬清樂，形類雅音，而曲出於胡部。復有銀字之名，中管之格。皆前代應律之器也。後人易其傳更以異名，故俗部諸曲，悉源於雅樂。周隋絃管雜曲數百，皆西涼樂也，鼓舞曲，皆龜茲樂也。唯琴工猶傳楚漢舊聲，及清調蔡邕五弄，楚調四弄，謂之九弄，隋亡，清樂散缺，存者纔六十三曲。」

（卷二十二）

隨唐的樂曲，既然和入了胡聲胡樂，樂器又兼出胡戎，雅俗合奏，琵琶絃管共彈，古曲既已淪亡，今曲亦漸產生，詞遂醞釀胚胎於後，這是詞的起源的一個程序，一個節奏！

在沒有決定詞的起源之前，從體質方面着眼，我們要先查明舊唐書音樂志的紀載：

「自開元以來，歌者雜用胡夷里巷之曲。」

又宋史樂志的紀載：

「唐貞觀增隋九部為十部，以張文收所製名燕歌，而被之管絃。厥後至坐伎部琵琶曲盛流於時，匪直漢氏上林樂府縵樂，不應經法而已。」

我們在前面說過，古樂零落到唐，聲律已尠，而唐人的詩又「未能胥被絃管，」了。可是舊唐書音樂志明明是說「自開元以來，歌者雜用胡夷里巷之曲，」這可知「胡夷里巷之曲」即是詞初生的雛形！胚胎的體質！

唐是聲樂最盛的一個朝代，黎園教坊，到處林立，而他們所彈奏的樂曲，若從崔令欽所成教坊樂，雜曲二百七十八種，大曲四十六種，加以分析，內中出自里巷的，胡戎的，或邊戍的，舊調翻新的，不是很多很多嗎？例如唐五代抛球樂，清平樂，破陣樂，浣溪沙，浪溪沙，歸國遙，生查子，南歌子，長相思，楊柳枝等五十一曲，和宋之夜半樂，還京樂，雨霖鈴，安公子，蘇幕遮等十八曲，旣見於五代詞中，又名爲敎坊曲調。於是樂曲慢慢變成詞了，這可不是詞孕育於唐樂曲的强有力的證據嗎？最少我以爲。

至此我們可以引沈括的話：

「古樂府皆有聲有詞，連屬書之，如曰「賀賀賀」「何何何」之類，皆和聲也。今管絃中之纏聲亦其遺法。唐人以詞塡入曲中，不復用和聲。此格雖云自王涯始，然貞元元和之間，爲之者已多。」（夢溪筆談）

又朱熹的話：

「古樂府只是詩，中間却添許多泛聲。後來人怕失了那泛聲，逐一添個實字，遂成長短句，今曲子便是。」——（朱子語類）

再全唐詩的紀載：

「唐人樂府原用律絕等詩，雜和聲歌之，其並和聲歌作實字，長短其句以就曲拍者為填詞。」——（第十二函第十冊）

而證明詞的起源係在於唐，固無疑義！推沈括，朱熹，全唐詩他們的見解，都以為詞的起源係出於詩，這錯誤前面已經有辯正。此處我們引用，只能取其所述詞的填法，來做證明：

（一）詞起源於唐，其時尚沒有完備的詞調，不過文人詞客，隨取曲調——不管胡夷里巷之曲，或雜拾遺音——不管隋唐之舊——倚聲填而成詞。有時調失譜亡，也擅自掇採改竄，目的在乎能歌，不一定有嚴格的規律。

（二）詞的起源，完全產生自音樂，即時代所使然也！並不是隨便成就有於某時，或偶然創造自一人，這是很顯明的事了。

綜上各說，詞的起源可無疑地作着這樣的結論：

（A）詞的起源在唐開元天寶年間，其因緣由於樂曲的淪亡散失，時代又需要着歌曲彈唱，而詩調又極平板呆滯不能倚聲入樂，不得不另尋蹊徑，探制新調。一方面又由於隋唐留存曲調，多雜有里巷之曲，或與胡夷之樂相混，且原有樂曲既可歌，於是遂採擷樂曲及里巷之曲譜而填成詞，或融化胡夷之樂而爲其調，或改削樂工歌伎之辭，共成立此種可歌的新文體之詞。宋姜夔霓裳中序第一敍說：「又於樂工故書中，得商調霓裳曲十八闋，皆虛譜無辭，按沈氏樂律：『霓裳道調』，此乃商調。樂天詩云：『散序大闋』，此特兩闋。未知孰是？然音節閒雅，不類今曲。余不暇盡作，作中序一闋傳於世。」——（白石道人歌曲卷三）——這是一個證明。又有初期作家的劉禹錫白居易皇甫松，和大詞人溫庭筠等人，難道不是依舊曲填詞的嗎？劉禹錫的「春詞」：「春去也，多謝洛陽人。弱柳從風疑舉袂，叢蘭裛露似霑巾——獨坐亦含顰。」正是依白居易憶江南：「江南好，風景舊曾諳，日出江花紅勝火，春來江水綠如藍，

——能不憶江南？」而成的。所以他很老實的說明：「和樂天春詞，依憶江南曲拍爲句。」這又不是强有力的證明嗎？

(B)詞自產生了後，作者輩出，歌唱入雲，精通音律之士，看到了胡夷里巷之曲，隋梁亡國之音，居然登於廊廟，出乎管絃；於是有的便自創新聲，製作宮調，詞體遂完全獨立，自己發展了！

(C)詞自獨立之後，體材百出，所謂「近」，「引」，「令」，「慢」，「犯」，便應運而生，甚至有的爭訟紛紜，莫衷一是。——非關本章範圍，暫不敍述——要之，這也是一種新文體發生後應有的現象呢！

若列爲表，成：

詞的起源
- 取隋唐樂曲之舊調倚聲塡詞
- 受胡夷里巷之曲融化的影響
- 改歌伎樂工之曲辭成形

我們把詞的起源的問題解決了後，所謂「詞」這東西也就明白了。於是我們便可以開始來訪問中國歷代寥寥可數的女詞人，及檢驗其代表作了。要不是這樣先把詞的來源尋找出來，不但全篇無從寫起，即雖滔滔的寫了起來，也令人摸無頭緒，所以解決詞的起源，便是談詞者的第一步工作，第一個問題！而今我之談女詞人自然也不例外。

第二章　唐女詞的胚胎

女詞的胚胎亦自唐代，若謂隋侯夫人的看梅詩（後更名爲一點春），即稱爲詞的濫觴，殊有未當。最多我們只能說她這首詩有點詞曲化而已，未可以詞的雛形目之也！她的看梅詩云：

「砌雪無消日，捲簾時自顰。庭花對我有憐意，先露枝頭一點春。香淸寒豔好，誰惜似天眞。玉梅謝後陽和動，散與羣芳自在春。」

至唐才有女詞出現，却沒有十分嚴整，只可稱爲胚胎的雛形而已。除了唐末耿玉眞的一闋菩薩蠻完全成詞之外。

楊貴妃

楊貴妃，小字玉環，楊國忠的妹子，初為女道士，故號太眞，唐玄宗嬖之，立為貴妃。安祿山之亂，玄宗出奔至馬嵬坡，「六軍不發無奈何，宛轉峨眉馬前死。」貴妃遂不得不縊死了。她有着可歌可泣的一生豔史，留在中國文藝界的史冊篇章之中，夠人尋味！還有一首贈張雲容舞（後人更名阿那曲）云：

「羅袖動香香不已，紅蕖裊裊秋烟裏，輕雲嶺上乍搖風，楊柳枝邊初沸水。」

這只能稱為詞的胚胎之一！

劉采春

劉采春，浙妓，周季南妻。善歌，容貌佚麗，勝過薛濤。元稹廉訪浙東。方擬遣使到蜀召濤，適采春自淮甸來，見其所作囉嗊曲（即望夫歌），即贈詩云：「新妝巧樣畫雙蛾。慢裹恆州透額羅。正面偷輪光滑笏，緩行輕踏皺紋靴。言詞雅措風流足，舉行低回秀媚多。更有惱人腸斷處，選詞能唱望夫歌。」於是劉名大噪。她的囉嗊曲五首云：

「不喜秦淮水，生憎江上船，載兒夫婿去，經歲又經年。借問東園柳，枯來得幾年？自無枝葉分，莫怨太陽偏。莫作商人婦，金釵當卜錢。朝朝江口望，錯認幾人船。

「那年離別日，只道在桐廬，桐廬人不見，今得廣州書。昨日勝今日，今年老去年。黃河清有日，白髮黑無緣。」

這只能稱爲詞的胚胎之二！

柳氏

柳氏，李生姬，後贈與韓翃爲妾。翃就侯逸幕，留柳都下，遭亂爲尼，被刦於番將沙吒利，虞候許俊以計取之，復歸翃。柳有答翃楊柳枝一詩云：

「楊柳枝，芳菲節。可恨年年贈離別！一葉隨風忽報秋，縱使君來豈堪折。」

這只能稱爲詞的胚胎之三！

耿玉真

耿玉真，唐末女子。有菩薩蠻一詞云：

「玉真人去秋蕭索，畫簷鵲起梧桐落，欹枕悄無言，月和殘夢圓！背燈唯暗泣，甚處砧聲急？眉黛遠山攢，芭蕉生暮寒。」

這才是一闋完全成熟的詞呢！

第三章　五代宋遼女詞的繁榮

自唐而後，經過五代的醞釀，婦女之詞，遂漸成熟。到宋遼而極盛，其繁榮足以驚震中國歷代文壇，輝耀中國文學史書的。而可堪大書特書者，不但詞史之光，抑亦婦女文學之幸也！

然而，在豐收之前，只能見到那微渺的成績，五代的女詞人便是這樣！

第一節　五代的兩貴族詞人

陳金鳳

陳金鳳，閩王鏻之后。本係鏻父審知之婢，後鏻愛之，遂立爲后。有樂曲游云：

「龍舟搖曳東復東，采蓮湖上紅更紅。波淡淡，水溶溶，奴隔荷花路不通。」

花蕊夫人

花蕊夫人，徐姓，徐匡璋女。(作費民誤)蜀主孟昶納之，拜爲貴妃，別號花蕊夫人。以貌比花，以人比蕊，可見其深情了！乾德三年，宋師平蜀，太祖聞其名，命送入汴。路過葭萌驛，題醜奴兒詞於驛壁上。詞云：

「初離蜀道心將醉，離恨綿綿，春日如年，馬上時時聞杜鵑……」

書未畢，爲將軍催行。其下行闋，爲後人所續，頗豔麗，丹鉛錄辯爲僞作。又有玉樓春詞云：

「冰肌玉骨清無汗，水殿風來暗香滿。簾間明月獨窺人，欹枕釵橫雲鬢亂。起來庭戶啓無聲，時見疏星渡河漢。屈指西風幾時來，只恐流年暗中換。」

遺闋詞有人謂爲孟昶所作，現無法可考。夫人至京，太祖納於後宮，因眷戀舊主，畫祂以祀，揚言「祀此神者多子」。一日爲太祖所見，亦托前言，並稱張仙。後因輸織室，以罪賜死。古來才女，同羅薄命，眞可慨嘆了！

此外毛先舒塡詞名解說：

「大周后嘗雪夜酣讌舉杯屬後主起舞。後主曰：汝能創爲新聲則可。后卽命箋綴譜，喉無滯音，祂無停思，譜成，名邀醉舞破。又作恨來遲破，二詞俱失，無有能傳其音節者。」

古代宗法社會重男輕女，婦女能文，不但不能爲人所賞識，而且還要受罪：苟有所作，那也不過遮遮掩掩，借詞曲詩文，以發洩胸懷情感，事後卽行毀去，並無保存深意！縱有遺留，自然也是很少很少的了！所以有史至今，不知埋沒了多少詞人才女，給文學史上以無涯之痛！周后生當五季之亂，更何能例外呢！

第二節　兩宋的偉大詞人

李清照

李清照，這大名該令中國文壇如何震驚呢！她是過去中國婦女作家，最成功的一位。這成功又是多方面的！如果你單以偉大的詞人而視清照，那你便爲文學鑑賞家所竊笑了。何況古來多少偉大的男作家，還自甘愧服於她呢。

李清照，號易安居士，宋濟南人。父李格非，官至禮部員外郎，文名極盛！曾受蘇軾賞識過的。母王氏，狀元王拱辰的孫女，（胡適詞選說是女兒）亦善爲文。她生於神宗元豐四年，（卽一〇八一）一說生於元豐五年，（卽一〇八二）那山川靈秀的歷城西南的柳絮泉，便是這位千古卓絕女詞人的生長地了。

韶華如煙霞般消逝！女詞人已由髫齡的女兒，長成至窈窕的少女，這時她家庭敎育良好的薰陶，早把易安造成一位吟風詠月的詞人了。

當她在這閨裏度到二十一青春的那年，（其出嫁之年，宋史作十八。金石錄後序作二十。）她就嫁與太學諸城趙明誠爲妻。（時當一一〇一）明誠是吏部侍郞趙挺之的兒子，也是一位文士，她倆夫妻却很幸福地過着黃金似「夫唱婦隨」美滿的時日——你看「繡幕芙蓉一笑開，斜偎寶鴨依香腮，眼波才動被人猜。」——（浣溪沙）——「怕郞猜道：奴面不如花面好，雲鬢斜簪，徒要敎郞比並看。」——（減字木蘭花）——「絳綃薄，冰肌瑩，雪膩酥香，笑語檀郞，今夜紗幮枕簟涼。」——（採蓮子）——像這樣婚後甜蜜的生涯，眞可使人「欣做鴛鴦不羨仙」了。但是，她倆結婚不久，明誠卽負笈遠遊，易安魂銷別緒，因覓錦帕一方，寫一剪梅詞送爲紀念。詞云：

「紅藕香殘玉簟秋，輕解羅裳，獨上蘭舟，雲中誰寄錦書來？雁字回時月滿樓。（一作西樓）花自飄零水自流，一種相思，兩處閑愁，此情無計可銷除，纔下眉頭，却上心頭。」（一剪梅）

如此滿紙相思的好詞，舍易安外，誰能寫出「纔下眉頭，却上心頭。」這樣的生動呢？

別離是最傷心的，憧憬是最美麗的，溫情都變化了淚水！這無可奈何離恨悱惻的環境中，我們情感濃厚的女詞人的作品，便得到意外的收穫，卓絕的成功；那是自明誠去後，易安常常寄詞給他。有一次他又以重陽醉花陰詞函寄明誠，「明誠嘆絕，苦思求勝之。廢寢食者三日夜，得五十闋，雜易安詞於中，以示友人陸德夫。德夫玩之再三，謂只三句絕佳：『莫道不銷魂，簾捲西風，人比黃花瘦』。（此事見瑯環記）——這正是易安之作，明誠到此，也只有愧服了。那詞道：

「薄霧濃雰愁永晝，瑞腦銷金獸，佳節又重陽，玉枕紗櫥，半夜涼初透。

東籬把酒黃昏後，有暗香盈袖，莫道不銷魂，簾捲西風，人比黃花瘦。」

——（醉花陰）

在明誠年二十一歲，倘作太學生時「……每朔望謁告出，質衣取半千錢，步入相國寺市碑文果實歸，相對展玩咀嚼，自謂葛天氏之民也。」這又是多麽富有詩意的享樂呢！但「後二年出仕宦，便有飯蔬衣練，窮遐方絕域，盡天下古文奇字之志……後或見古今名人書畫，三代奇器，亦復脫衣市易……」明誠本有金石的嗜好，雖至「脫衣市易」亦所不惜！但他倆却能於此中求無窮的樂趣，誠不多有。至後明誠「連守兩郡，竭其俸入，以事鉛槧。每獲一書，卽共同校勘，整集籤題，得書畫彝鼎，亦摩玩舒卷，指摘疵病。夜盡一燭爲率……每飯罷，坐歸來堂烹茶，指堆積書史，言某事在某書某卷，第幾葉，第幾行，以中否角勝負，爲飲茶先後。中卽舉盃大笑，至茶傾覆懷中，不得飲而起。」——（上錄各節，引金石錄後序。）曾有一次。有人拿一幅牡丹圖要賣二十萬錢，她已答應了，但爲了錢沒有出處，只得退還人家，因爲這幅牡丹圖，她倆還相對惆悵數日呢！

以後十年的光陰，明誠裏足鄉居，享受那淸貧的幸福。後又得官守靑州，萊州這時候，她們仍是埋頭在古董堆裏，過度神仙也似的時光。金石錄三十卷，就在「[illegible]列[illegible]枕席狼藉，意會心謀，目往神授，樂在聲色狗馬之上」的當中著成了。這著作，易安的博學，幫助明誠很多，每使他心折。

樂極生悲，環境之玩弄人生，使你却掙脫不出這自然牢獄。我們偉大詞人，青春年少甜蜜的生涯，漸由現實而成夢幻了。人生的悲哀，慢慢兒嵌入於她的生命之中；那便是她四十六歲的那年，明誠奔母喪於金陵，易安方孤棲自度；豈意十二月，金人突陷青州，把她倘未曾攜同的古器，書畫，印籍十餘屋的收藏，盡付一炬。其時她生父受政敵自己阿翁之讒而被罷免，使她剛哭「……人間父子情」的眼淚未乾，又要再為她被焚燬的珍藏啜泣；更要為那奔喪在故鄉的情人相思。幸福之花，到此已結成悲哀之果，將復奚言！

南渡以後，易安更懷北都，幸而她倆得在江寧聚首，否則：「落日鎔金，暮雲合璧，人在何處？染柳煙濃，吹梅笛怨，春意知幾許？元宵佳節，融和天氣，次第豈無風雨，來相召？香車寶馬，謝他酒朋詩侶。中州盛日，閨門多暇，記得偏重三五，鋪翠冠兒，燃金雪柳，簇帶爭濟楚。如今憔悴，風鬟霧鬢

，怕夜見間出。不知向簾兒底下，聽人笑語。」（永遇樂）

那故鄉的憬憧，愛人的倦念，更不知怎樣的難過!?

不久，明誠官被罷免，任職江寧只七月。她們剛想移家贛水，而詔書直下，令明誠轉知湖州，宦海重負，又肩在他的身上，時當建炎己酉（一一二九）明誠隻身別易安赴任，中途染病。易安在池陽聞訊，順流東下，日夜行三百里。比至，病已入膏肓，在那落葉蕭瑟的深秋，易安已號天愴地在哀吟着她的：「嗚呼！白日正中，歎龐公之機敏，堅城自墮，憐杞婦之悲深」的祭夫文了！哀矣，安易！

明誠身後，尚有書二萬餘卷，金石刻二千卷，及其他書畫古器若干，易安給他送往洪州，同年十二月，金人又陷洪州，亦遂委棄。這時易安已如絕塞孤雁，惟有孤苦地流浪她那哀老的餘生。在變亂中，她逃至建康染沉疴，且為「玉壺」事幾被獄，悲憤之餘，走台州依其弟，不幸那時台州亦亂，乃泛海由章安至越州，復至衢州。甲寅（一一三四）又避亂西上，過嚴子陵釣臺，時易安年已五十有三，乃與弟李逃卜居金華，在前一年（五十二歲，一一三二）作金石錄後序，述她倆身世甚詳，可供後人稽考。

中國東南半壁，既爲詞人流離殆遍，易安風霜憂患之餘，遂盡發於詩詞，如：

「風住塵香花已盡，日晚倦梳頭，物是人非事事休！欲語淚先流。聞道（一作說）雙溪春尚好，也擬泛輕舟：只恐雙溪舴艋舟，載不動許多愁。」——（武陵春）

往事的悲哀，追憶，盡在晚年的作品中流露出來。我們看她無限辛酸的悼亡詞：

「簾外五更風，吹夢無蹤。畫樓重上與誰同！記得玉釵撥火，寶篆成空。回色紫金峯。玉闕煙濃，一江春水醉醒中。留得羅襟前日淚，彈與征鴻！」——（賣花聲）

玉梅詞隱曰：「此悼亡詞也……晚節之證，忍令斯人忍受耶！」什麼是「晚節之誣」呢？那便是易安晚年，人謂其改嫁張汝舟，夫婦不睦，易安才有：「猥以桑榆之晚境，配此駔儈之下材」的怨語。由於苕溪漁隱叢話，雲麓漫鈔，繫年要錄諸書的互相轉載，幾成定案，直至清俞正燮，替她編易安居士事輯，李慈銘作輯補，才極力爲她辯誣，事得伸雪，女詞人如有知，亦應含笑了。

易安被誣之因果：由於明誠在池陽時，學士張飛卿（即汝舟）以玉壺示他，相語久之方携去。時建康置防秋安撫使，擾攘之際，或疑其饋璧北朝，言者聞于上，有人謂趙張皆當置獄；時明誠已死，易安大病，聞「玉壺」事，懼極，遂傾家赴越州，而高宗已出奔明州，中書舍人綦崇禮爲明誠辯護，事得大白。易安與綦有親，這回又得他的助力，因作啓謝之。啓曰：

「素習禮義方，粗明詩禮，近因疾病，欲至膏肓，牛蟻不分，灰釘已具。豈期末事，乃得上聞，取自宸衷，付之廷尉，序欲挽進家器，因抵雀損金……」

不知如何，繫年要錄作者，却謂易安晚年改嫁張汝舟，不睦請離，綦爲之處理？要有理由，不得不把易安的信改為：

「……牛蟻不分，灰釘已具。弟已可欺，持官文書來，輒信身幾欲死，非玉鏡架，亦安知呻吟未定，強以同歸。猥以桑榆之末景，配茲駔儈之下才。……視聽才分，實難共處。惟求脫去，決欲殺之，遂肆欺凌，日加毆擊。豈期末事，乃得上聞，取自宸衷，付之廷尉。……」

據李慈銘辯謂許是張汝舟之妻也姓李，或與易安同是一家人，與夫不睦，訟訴離異，而她也會做文章，故作文自述身被欺凌以洩憤，時人以易安意氣凌雲，目空一切——（視易安之批評屯氏，子野為「詞語塵下」「碌碌何足名家，」晏殊，永叔，子瞻為「句讀不葺之詩。」介甫，子因為「若作小歌詞，則人必絕倒。」叔原，方回，少游，魯直為「譬如良玉有瑕，價自減半。」當時大詞人尚被她這樣抨擊，其自負即可知了）——為人所憎恨。且盛名之下，損者必衆，於是就有人把張汝舟妻附會為易安了，茲摘錄各家替她闢誣的證據如後：

(1)所說易安嫁汝舟是綦宗禮處理婚事，但紹興十二年(一一四二)五月十三日，綦宗禮的女壻陽夏謝伋寓台州，自序四六談麈，尚稱易安爲「趙令人李」。伋那有不知而以此稱她呢？況易安此時亦已六十歲了。

(2)建炎以來繫年要錄說：張汝舟，因妻李氏，「訟其妄增舉數」，得罪除名，或因此疑李氏卽易安改嫁。李慈銘指出繫年要錄，明載此事在紹興二年九月朔，而易安作金石錄後序，在紹興二年十月朔，尚自稱「易安室」。「豈有三十日內，忽在趙氏爲嫠婦，忽在張氏訟其夫？

(3)李慈銘又指出，她在紹興三年五月上胡松年詩有「嫠家祖父生齊魯」之句，若易安既已改嫁，奚可稱嫠家。

(4)淳佑元年張端義作貴耳集，尚稱「易安居士趙明誠妻。」則易安以寡婦終其身，固無疑了。

由上數點，可知易安晚年改嫁之說，未能成立。雖易安之改嫁與否，在現在看來，實無問題，不過無中生有，「忍介斯人忍受耶」！易安死年，葬處，皆不可考。千古至今，女詞人之孤墳安在？臨風懷想，未免使人欷歔了！

易安著有漱玉詞一卷，作風跟着她的生活一樣，可以劃成一道鴻溝。她前一期的生活，有着歡娛的青春，少女的情懷，唱隨的幸福，激盪成活躍的生命。才會寫出「怕郎猜道：奴面不如花面好，雲鬢斜簪，徒要教郎比並看」，「眼波才動被人猜」。風趣環生，細膩動人的句子，這是一種婉麗的作風。

四十六歲以後呢？她的生活，已由美滿的現實而變成夢幻的人生：遭際的慘痛，孀居的孤涼，流落的悽苦，造成她飄泊頹廢的晚境。才會寫出「物是人非事事休，欲語淚先流」，「只恐雙溪舴艋舟，載不動許多愁。」哀情婉約的詞章，這又是一種蒼涼的作風。

易安生活分野於此，詞也分野于此，爲了她是難得的詞人，而她潰留下來惟一的產物——漱玉詞。在過去究竟受到如何的批評，好？壞？這也是研究中國女詞史的人不可不知：

(1)貴耳集說：「易安南渡後，懷京洛舊事，作元宵詞——（前已錄過）——『落日鎔金，暮雲合璧，』已自工緻，至『染柳煙輕，吹梅笛怨，春知幾許？』氣象更好；後云：『於今顦顇，風鬟霧鬢，怕見夜間出。』皆以尋常語言，度入音律，山谷謂以故爲新，以俗爲雅者，易安先得之矣。」

(2)彭羨門說：「李易安『被冷香消新夢覺，不許愁人不起，』皆用淺俗之語，發清新之思，詞意並工。……」

(3)易安詞人極拜服，不獨明誠而已。如「如夢令」一詞中之「綠肥紅瘦」苕溪漁隱叢話謂黃了翁云：「一問極有情，答得依舊，答得極淡。跌出知否二句來，而綠肥紅瘦。無限悽惋，卻又妙在含蓄。短幅中藏有無限曲折，自是聖於詞者。」再如「一剪梅」，（前面錄過）花草蒙拾謂：「易安亦從范正文『都來此事，眉間心上，無計相迴避』語脫胎，李特工。」

(4)碧鷄漫志說：「易安詞於婦人中爲最無顧藉，並有詩名，才力華贍，逼近前輩。」

以上所引評論雖少，已可概見其詞的本質的藝術，技術，成就之如何了。如宋朝專講道學的朱熹也說：「本朝婦人能文章者，曾相布妻魏氏，及李易安二人而已！」更有水車日記，且攻擊「易安詞爲不祥之物」是可見其詩之價值與偉大了。

在易安的漱玉集裏，好的眞太多了，那裏抄得完呢。只好讓讀者自己咀嚼吧。這兒，我來抄引一首，以見一斑：

「尋尋，覓覓，冷冷，清清，淒淒，慘慘，戚戚。乍暖還寒時候，最難將息。三盃兩盞淡酒，怎敵他晚來風急？雁過也，正傷心，卻是舊時相識。滿地黃花堆積，憔悴損，如今有誰堪摘？守着窗兒，獨自怎生得黑！梧桐更兼細雨，到黃昏點點滴滴。這次第，怎一個愁字了得。」——(聲聲慢)

這一首詞，連疊十四字同聲的字，讀之有如「大珠小珠落玉盤」。敢問如此雕金擲玉的技巧，是那一個大詞人所寫得出？這不可謂爲詞的創格嗎！

朱淑眞

李易安之後數十年，誰料錢塘會有這麼一位苦命的女詞人朱淑貞！朱淑貞，號幽棲居士，錢塘下里人，（梁小玉古今女史以爲海寧人，朱文公熹的姪女，亦可備一說。）她的家，後來遷至湧金門內，家中也有園亭樓閣之勝，可是除她的斷腸集的詩詞及璿璣圖記之外，我們只知道她是一位薄命的詞人，至其父母及其身世，都湮沒而不可知，令人每讀書至此，輒爲廢卷欷歔咧！

她是一位苦命的詞人，詞人而又至於苦命，該是春花不足以喻其貌，春草不足以喻其色，秋雲不足以喻其際，秋風不足以喻其遇了！可看我們女詞人：「徒覺湘裙剩帶圍，情懷常是被春欺，半簾落月飛花後，一陣輕寒微雨時。幽谷想應鶯出晚，舊巢卻怪燕歸遲！間關幾許傷懷處，悒悒柔情不自持。——（春陰詩）——以物暗喻身世，更覺哀怨欲絕了！

淑貞當在那黃金少女時代的妙齡，便聽從父母之命，嫁給一「市井細民」爲妻；以一個詩情宛約，顏色如花的詞人而竟下嫁一個名利是圖，傖俗滿腹的市儈，那能怪她不終日：「悶無消遣只看詩，又見詩中話別離，添得情懷轉蕭索，始知伶悧不如癡！」（自責詩）自嘆「所適非偶」呢！

不久，她那位市儈的丈夫，居然獲得一官，還而帶她從宦江南！於是詞人也不得不跟精神上和自己叛離千里於人，往來於吳楚間了。

那迢遙的旅途，處處都是「滿江流水萬重波，未似幽懷別[illegible]多。目斷親幃瞻不到，臨風揮淚獨悲歌」——（舟行卽事）——而使她有「山色水光隨地改，共誰裁剪入新詩？」觸景思鄉，增益所適非偶之嘆！

在她斷腸集裏有着一闋生查子偷期密約的詞，但在歐陽修的六一居士集，也正同樣有着這一闋詞，於是帶着道德眼鏡，擁護朱歐兩派的鐵賞家們，遂聚訟起來了。有的說着道德古文家的歐陽修決不會有這樣的詞。有的說着女詞人苦命已是堪傷，必無作此淫奔之行，而有着這淫奔之詞。爭論至今，各言其是，遂成懸案。所可恨者，今人無反魂之術，可召朱歐對薄公庭，而嚴詰之，爲中國文學史上，判息無限爭端。

吾意此詞爲朱淑貞之作，應無疑義；可看其元夜詩第三首的第三至第六：「新歡入手愁忙裏，舊事驚心憶夢中！但願暫成人繾綣，不妨常任月朦朧。」難道這不是生查子詞：「月上柳梢頭，人約黃昏後。偷期密約的旁證和註脚嗎？

看她描摹自己在西湖的一幕情景的詞吧，

「惱煙露，留我須臾住。攜手藕花湖上路，一霎黃梅雨。嬌癡不怕人猜，和衣睡倒人懷。最是分攜時候，歸來懶傍妝臺。」——（清平樂）

難道這不是在一個黃梅細雨的時光，她懷抱着滿腹詩情，和愛人留戀攜手於藕花湖畔，和衣睡倒在人懷，無論怎樣嬌癡都不怕人猜，最後分手撩開，回來又懶傍妝臺的一幕「情人會面」的情景嗎？如果說這情人就是她那丈夫，我想她不但不願作着這樣快樂欣歡的詞章，甚至也不會寫出如此風流嬌豔的佳句來呢！

再看她一闋清平樂的詞吧：

「風光緊急，三月俄三十。擬欲留連計無及，綠野煙愁露泣！　倩誰寄與春宵，城頭畫鼓輕敲。繾綣臨歧囑付：來年早到梅梢。」（清平樂）

「獨行獨坐，獨唱獨酬還獨臥。佇立傷神，無賴輕寒著摸人！　此情誰見，淚洗殘妝無一半？愁病相仍，剔盡寒燈夢不成。」（減字木蘭花）

「山亭水榭秋方半，鳳幃寂寞無人伴。愁悶一番新，雙蛾只舊顰。　起來臨繡戶，時有疏螢度。多謝月相憐，今宵不忍圓。」（菩薩蠻）

「斜風細雨作春寒，對尊前，憶前歡，曾把梨花寂寞淚闌干。芳草斷煙南浦路，和別淚，看青山。　昨宵結得夢因緣，水雲間，悄無言，爭奈醒來愁恨依然！

淚轉衾裯空懊惱，天易見，見伊難！」——（江城子）

「年年玉鏡台，梅蕊宮妝困。今歲不歸來，怕見江南信。　歡從別後疏，淚向愁中盡，遙想楚雲深，人遠天涯近！」　（生查子）

這些，這些，難道不是送別愛人，又從愛人去後相思，自己刻劃出來的供狀嗎？不信？你看「今歲不歸來，」「歡從別後疏，」「人遠天涯近，」「對尊前，憶前歡，」「昨宵結得夢姻緣，」「天易見，見伊難！」這可不是滿紙相思，綣戀前歡，殷念情人的情話嗎？如果謂這天涯的人，就是她自己的丈夫，那「天易見，見伊難。」的句子，不是明明說自己的丈夫，時時在見面，所不能見面的，却是那天涯的情人嗎？

這應該是無可遮掩的事實！

斷腸集（詩詞均有）是「其詩為父母一火焚之。」刼灰以後，遺留下來惟一的生命，更覺可珍惜的了。我們看那集子的序文吧：

「比往武陵，見旅邸中好事者傳誦朱淑貞詞，每竊聽之，淸新婉麗，蓄思含情，能道人意中事，豈泛泛者所能及？未嘗不一唱而三歎也！」

其詞能博得一般人的欣賞，傳誦，即可見其價値了。若欲讀「淸新婉麗，蓄思含情」之作，斷腸集中儘多着呢！順便拈出一二吧。

「遲遲風日弄輕柔，花徑暗香流。淸明過了，不堪回首！雲鎖朱樓 。午窗睡起鶯聲巧，何處喚春愁？綠楊影裏，海棠枝畔，紅杏梢頭。」——（眼兒媚）

「春已半，觸目此情無限，十二闌干閒倚遍，愁來天不管！好是風日暖煥，輸與鶯鶯燕燕，滿院落花簾不捲，斷腸芳草遠！」——（謁金門）

「樓外垂楊千萬縷，欲繫青春少住，春還去，猶自風前飄柳絮！隨春且看歸何處。綠滿山川聞杜宇，便做無情，莫也愁人意，把酒送春春不語，黃昏却下瀟瀟雨。」——（蝶戀花）

「雪舞霜飛，隔簾花影，微見橫枝，不道寒香，解隨羌管，吹到屏幃！箇中風味誰知，睡乍起，烏雲甚欹，嚼蕊挼英，淺顰輕笑，酎半醒時，——（柳梢青）

她在斷腸集中有和魏夫人宴會詩，於是，人都說她是北宋人了。但這位魏夫人是不是曾子宣的夫人，却很有疑問。況且她的璿璣圖記作於紹定三年，（一二三〇）二月，蕙風詞話說紹定爲紹聖之誤，尤見武斷！我們可讀其元夜詩第一首，便知如果宋室沒有南渡，杭州怎會變成帝城中元夜的都城呢？這一點，我們必須附帶說明的。

吳淑姬

湖州何幸？偉大詞人吳淑姬，却生於斯地斯世，豈亦名山秀水所鍾育，而必使其陽春白雪詞以輝耀千品耶？

吳淑姬，吳興人，著有陽春白雪詞五卷，今只存三闋。設這三闋也不幸而一併湮沒，即誰知宋時吳興竟有此偉大女詞人吳淑姬之降生呢？

淑姬身世之湮沒，詞卷之喪亡，至今雖令人惋惜，然此三詞亦足以見詞人矣。其幸運較之五代周后又好多了！

夷堅支志庚集卷十有一段關於淑姬身世惟一的記載；

「湖州吳秀才女，慧而能詩詞，貌美，家貧，為富民所擄。或投郡訴其姦淫。王龜齡為太守，逮係司理獄，既伏罪，且受徒刑，郡僚相與詣理院觀之，仍具酒引使至席，風格傾一座。遂命脫枷侍飲，諭之曰：『知汝能長短句，宜以一章自詠，當宛轉白待制，為汝解脫。不然，危矣！』女即請題。時冬末雪消，春日且至，命『道此景作相思令』，提筆立成，曰：

烟霏霏，雨霏霏「雪向梅枝上堆，春從何處？醉眼開，睡眼開，疎影橫斜安在哉！從敎塞管催。

諸客賞歎，爲之盡歡。明日，以告王公，言其寃。王淳直，不疑人欺，亟使釋放。其後無人肯禮娶。周介卿之子買以爲妾，名曰淑姬。王三恕時爲司戶　屬理，正治此獄，小詞藏其處。」

這兒，我們知道女詞人，還在少女的時光，爲了家貧，不得不出賣自己的青春，出賣自己的色笑，在經濟的壓迫下任人玩弄。終於爲了妬——！你想，像這樣貌美秀慧能詩詞的詞人，而願隨意供人娛樂，那走馬王孫，隨鞭公子，又怎能不爭妬呢？！

而女詞人的賣淫遂被告發了，幾至入獄，好在那些郡僚亦知風雅令其侍酒賦詞，乃爲釋放，此後社會更以淫娃蕩婦目之。向其玩弄者，卽仍欲玩弄之，若欲結婚者，卽無人肯與禮娶，此人受盡人們的鄙棄，能得出賣爲妾，那社會還算其惻隱之心，而周公子也更是菩薩心腸了？

我們要知道，淑姬的賣淫，還不是當時社會經濟壓迫下，無可謀生的弱女子惟一求生的出路嗎？弄玩者，正該如何同情其可憐之境遇，淒涼的身世，把她拯拔，把她救濟！且反進以自己淫慾的利益而告發其爲變相娼妓，使受徒刑而後快。設非女詞人能吟章詠句，自己忍辱解脫，「不然，危矣！」而社會又以淫娃蕩婦而鄙棄之，必欲置在死地而後已，則女詞人不降格而爲人妾媵，苟度求生，又安可得乎！

嗚呼！中國宗法社會之欺壓女子，凌辱婦孺，可謂至矣盡矣！無可復加矣！吳淑姬可身受而令人髮指者，幸以其能詞，得載於詩人於文士之記集中，可堪慨歎之一耳！若古來浩浩之史冊中，將不知更有若干記載，與多少埋沒無聞之受同樣壓榨的婦女呢？

我爲女詞人同情一哭！我爲無數與吳淑姬受禮教同樣壓迫毒刑之婦女一哭！她的詞在唐宋諸賢絕妙詞選中，已受黃昇「佳處不減李易安」的賞贊，而其人，也受他「女流中黠黠者」的稱許咧。

看詞吧：

「謝了荼蘼春事休，無多花片子，綴枝頭。庭槐影碎被風揉，鶯雖老，聲尚帶嬌羞。獨自倚妝樓。一川煙草浪，襯雲浮。不如歸去下簾鉤，心兒小，難著許多愁！」——（小重山）

「岸柳依依拖金縷，是我朝來別處。惟有多情絮，故來衣上人留住。兩眼啼紅空彈與。未見桃花又去。一片征帆舉，斷腸遙指苕溪路。」——（惜分飛）

『粉痕銷，芳信斷，好夢久無據。病酒無聊，欹枕聽春雨。斷腸曲曲屏山，溫溫沈水，都是舊看情人處。久離阻，應念一點芳心，相思知幾許。偷照菱花，清瘦自羞覷。可堪梅子酸時，楊花飛絮，亂鶯啼催春去。』——（祝英台近）

像這樣的詞，豈在易安之下？

張玉孃

這兒，浙江松陽蘭雪集的作者張玉孃，正該大書特書了。

張玉孃字石瓊，號一貞居士，浙江松陽人。父懋，字可翁，號龍巖野父，做過提舉官。母劉氏，將五十才生玉孃。父母因爲她生有殊色，聰慧異常，所以很鍾愛。她的祖父，曾祖父，高祖父，都做過官，可說是書香世代了。

她黃金般澄澄的童年，那才是可羨呢！因爲家學有源，自少即擅長詩詞，耽好文墨，時人比爲「漢之班姬」。紫娥霜娥，松陽縣志作輕紅淡這兩個有才色的女孩兒，就是她的詩婢，還蓄有一頭鸚鵡，所以有「閨房三清」的雅號。

可是：「青年男子誰個不善情鍾？妙齡女人誰個不善懷春？這是我們人性中之至聖至神啊：怎麽從此中有慘痛飛迸？」——（歌德詩）——啊，怎樣從此中有慘痛飛迸？玉孃和沈佺可就不是嗎？

玉孃有表兄沈佺，他原有大名鼎鼎的沈晦之後，少年英俊，不同凡響。因爲他和她既是中表關係，男女的隔膜，應該不會如何嚴密？接觸會晤的機會，自然也多，她們倆就慢慢兒發生了愛情，雙方的父母，也不十分的頑固，就性索給她們訂了婚約。俗語所謂有情人終成了眷屬。

可是，可是，花無常好的，花也不長圓呀：自古男女要由愛的結合，那恐還比不上大海裏飄蕩的小舟的安穩咧！她倆就是一個咧。

『白楊花發春正美，黃鵠簾垂低燕子；雙去復雙來，將雛成舊壘。秋風忽夜起，相呼渡江水；風高江浪危，拆散東西飛！朱戶瑣窗旅夢違；憔悴衛佳人，年年愁獨歸。』——（雙燕離）

這闋詞就是玉孃在她父母後來不知怎樣要向沈佺悔婚，聽到消息時所作，恐懼哀傷，充滿在字裏行間啊。

此後，女詞人便陷于愁網了，被那纏綿的情絲捆住了她！

不久，沈佺隨父遊學京師，這生離便使玉孃無限哀痛。舊歡的追憶，往事的憶懷，美麗的現實「纏綿的溫情，却已變成淚水！流為夢幻了！在她全部的詞中，你可以看到七八。例如：

「素女煉雲液，萬籟靜秋天。瓊樓無限佳景，都道勝前年。桂殿風微香度，羅襪銀床立盡，冷浸一鈎寒。雲浪翻銀屋，身在玉壺間。玉闌愁，金屋怨，不成眠。粉郎一去，幾見明月缺還圓。安得雲環香臂，飛入瑤臺銀闕，兎鶴共淸全。竊取長生藥，人月兩嬋娟。」——（水調歌頭）

「霜天破夜，一陣寒風，亂淅入簾穿戶。醉覺珊瑚，夢回湘浦，隔水曉鐘聲度。不作高唐賦，笑巫山神女，行雲朝暮。細思算，從前舊事，總爲無情，頓相辜負，正多病多愁，又聽山城，戍笳悲訴。强起推殘繡褥，獨對菱花，瘦減精神三楚。爲甚月樓，歌亭花院，酒淸詩懷輕阻，待伊趨前路，爭如我，雙鸞香車歸去。任春融翠閣，晝堂香藹，席前爲我翻新句，依然京兆成眉嫵。」——（玉女搖風佩）

「極目天空樹遠，春山蹙額，倚遍雕闌。翠竹參差，聲聲似環珮珊珊。雲肌香，荊山玉瑩，蟬聲亂，巫峽雲寒。拭淚痕，鏡光羞照，辜負青鸞。此時星前月下，閒將清冷，細自溫存，薊燕秋勁，玉郎應未整歸鞍。數新鴻，欲傳佳信，閣兔毫，難寫悲酸。到黃昏，敗荷疎雨，又幾度消魂。」——（玉蝶蝶）

有時候也因爲「玉京縹緲，雁魚耗絕。」那更覺愁腸百結，心緒如麻！你看：「星轉曉天，戍樓聽，單于吹徹。擁翠被香衾，霜杵尙喧落日。楚江夢斷，但帳底暗流清血。看臂釧金釧，一寸眉交千結。雨阻銀屏，風傳錦字，怎生休歇？未應輕散，磨寶簪將折。玉京縹緲，雁魚耗絕。愁來休，窗外又敲黃葉。」——（蕙蘭芳引）

然而這空虛的慰籍，有時尙會魚沉雁斷，而沈佺的刻骨相思，怎麼不病呢。沈佺病了，這消息一吹到玉娘的耳朶裏來，她知道愛人的病原爲婚事而起，於是寫信給佺道：「穀不偶於君，死願以同穴！」可是太遲了，太遲了！佺雖安心，生命却不允許他有點兒留戀，他那答覆玉孃的詩，終於成爲絕響！在沈佺得到玉孃的誓言，算是安心瞑目而逝了。可是她生奚堪呢！

佺的詩還希望：

「隔水度仙妃，清絕雪爭飛。嬌花羞素質，秋月見寒輝。高情春不染，心鏡杳難依。何當飲雪液，並跨雙鸞歸！」

誰知道這希望終成泡影，玉孃的痛哭傷心更將如何悽切啊：你看她：

「中路憐長別，無因復見聞，願將今日意，化作陽台雲！仙郎久未歸，一歸笑春風。中途成永絕，翠袖染啼紅。悵恨生死異，夢魂還再逢。寶鏡照秋水，明此一寸衷，素情無所著，怨逐雙鴻飛！」

這哭聲不是一字一淚嗎？但痛定思痛，觸景傷情，眼看自己女弟京孃的美滿姻緣，極盡「齊眉舉案」之樂。更覺悲從中來：

「三月江南綠正肥，陰陰深院燕初歸。亂銜飛絮營新壘，閒逐花香避繡幃。

却笑秋風紅樓在，獨憐舊事玉京非！蘭閨終日流香淚，愧爾雙飛拂洛暉。」

新燕憶女弟京孃詩

一至秋風七夕，天上人間，兩共團圓，顧影堪憐，尤有斷絃莫續之悲！

「涼蟾吹浪羅衫濕，貪看無眠久延立，欲將高調寄瑤琴，一聲絃斷霜風急；鳳膠難羨寸人傷，茫然背向西窗泣。寒機欲把相思織，織又不成心愈戚。掩淚含羞下階看，仰看牛女隔河漢。天河難隔牛女情，一年一度能相見；獨此絃斷無續期，梧桐葉上不勝悲。抱琴曉對菱花鏡，重恨從風手上吹。」

（瑤琴怨）

在父母看愛女青春辜負，欲擬爲續斷絃，玉孃却很決絕告訴她的雙親道：「女所以未亡者，有一親耳。」雖然長者有心，也是無可奈何了。

那月「時値元夕，父媼出觀燈，詔女伴强之行。不可，託疾，隱几。忽燭影揮鵜下，見沈郎（佺）宛若，厲曰：「若殞自重！幸不寒夙盟，固所願也。」張且驚且喜，往，握其衣，不相迎。顧覷燭影，以手擁髻，悽然泣下，曰：「所不與沈郎者，有如此燭！」語絕，覺，不見。張悲絕，久乃甦，曰：「郎舍我乎？」遂得疾以卒。「……（明王詔張玉孃傳）

她的父母可憐她的癡誠，遂請求沈佺與氏合葬，從此白楊荒塚沈張之願償矣！後霜娥悲主憂傷卒，紫娥念舊亦自經死。越日鸚鵡又悲鳴逝，父母并以殉葬，名曰鸚鵡塚。從此「張房三清」追隨玉孃左右了。

女詞人的生卒年月不可考，惟知其在宋末而已。其好詞亦有不亞於易安之處。如：

「門外車馳馬驟，綺閣猶藏春酒。頓覺翠衾寒，人在枕邊如舊。知否，知否？何事黃花俱瘦？」——（戲和李易安如夢令）

「玉影無塵雁影來，繞庭茂砌亂蛩哀，涼窺珠箔夢初回。壓枕離愁飛不去，西風疑負菊花開，起看秋清月滿臺。」——（浣溪紗）

「月光微，簾影曉。庭院深沉，寶鼎餘香裊。濃睡不堪聞鳥語！情逐梨雲，夢入青春香。海棠陰，楊柳杪。疎雨寒烟，似我愁多少。誰唱竹枝聲繚繞？臨風自訴東風早如。」——（蘇遮璈）

「春雨動輕寒，金鴨無心爇麝蘭。庭院深深人不到，憑闌，盡日花枝獨自看。清睡報雙鬟，茗鼎香分缺鳳團。雪浪不須除酒病，珊珊，愁繞香叢淚未乾。」——（南鄉子）

朱希眞

同樣和朱淑眞一般有着可憐的境遇，薄命的身世的，卻有着一位朱希眞。朱希眞這名字和朱淑眞，只差了一個字，有人說是朱淑眞之譌，也有人說是朱淑眞的姊妹。最奇特的，是有着同樣的身世，恰好又同是一代薄命的詞人！那才是詞壇的佳話咧。

朱希眞小字秋娘，聰明俊雅，博學尙吟詠。年十六，嫁同邑商人徐必用，必用重利輕別離，商久不歸，秋娘閨中懷念，情思抑鬱，作「閨怨詞」一闋寄之云：

「梅妬晨妝雪妬輕，遠山依約與眉靑。尊前無復歌金縷，夢覺空餘月滿林。魚與雁，兩浮沉，淺顰微笑總關心。相思恰似江南柳，一夜東風一夜深。」（鷓鴣天）

又：

「簾烘淚雨乾，酒壓愁城破。冰壺防飲渴，培殘火。朱消粉褪，絕勝新梳裹。不是寒宵短，日上三竿，玉人猶要同臥。如今多病，寂寞章臺左。黃昏風弄雪，門深鎖。蘭房密愛，萬種思量過，也須知有我，着這情悰，你但忘了人呵。」（滿江紅）

秋娘詩詞，極盡綺麗風騷之致，別後容光，相思滋味，追憶處，更覺無限悽涼了。其詞淸淡蕭空：情致盎然，盡在筆下：

「檢盡歷雨冬又殘，愛他風雪耐他寒。拖條竹枝家家酒，上面籃輿處處山。添老大，轉癡頑，謝天教我老來閒；道人還了鴛鴦債，紙帳梅花醉夢間。」

——（鷓鴣天除夕）

「插天翠柳，被何人推上一輪明月。照我藤牀似涼水，飛入瓊臺銀闕。露冷笙簫，風清環珮，玉鎖無人掣，閒雲收盡，海光天影相接。誰信有藥長生，素娥新煉就。飛霜液雪，擊破珊瑚，爭似看仙桂，扶疏奇絕，洗盡凡心，滿身清露，浸蕭蕭華髮。明朝塵，記取休向人說。」——（念奴嬌詠月）

秋娘身世與遭遇，幾與朱淑眞相似，但其一生事歷，較朱淑眞尤爲隱晦，這也是詞人的不幸呀。

可是一讀她的：

「別離情緒，奈一番好景，一番愁感。燕語鶯啼人乍遠，還是他鄉寒食。桃李無言，不堪攀折，總是風流客。東君也自怪人，冷淡蹤跡。花豔草芳、春事每隨花意薄，疎狂何意？除却清風並皓月，脈脈此情誰識？料得文君，重簾不捲，只等閒消息。不如歸去，受他真個憐惜。」（念奴嬌）

「武陵春色濃如酒，遊冶才郎，初試花間手，絳蠋殘，人靜後，眉峯便作傷春皺。一霎風狂和雨驟，柳嫩花柔，渾不禁僝僽！明日餘香知在否？粉羅猶有殘紅透。」（蝶戀花）

則又酷似淑真一樣的同有所戀。這也不算奇特的，還是她的名字竟和樵歌的作者男性詞人朱希真相同，那才弄得人迷糊不清呢。

第三節　兩宋的貴族詞人

朱熹說：「本朝婦人之能文者，只有李易安與魏夫人；」易安已敍之於前，這兒，讓我們來介紹貴族詞人的魏夫人吧。

魏夫人，丞相曾布的夫人，曾封魯國夫人，家籍襄陽。丈夫曾布字子宣，唐人大古文家之一的曾鞏的弟弟，累居顯官，夫妻榮貴，可謂極盛時了。

據朱熹的話看來，魏夫人不但能詩詞，甚至還有文名，但今所傳者僅僅虞美人古詩一首和詞數闋而已。貴族階級之婦女，且有文名於時，而曾受道學家之賞識的魏夫人，其身世與詩文，尚不易流傳，足見中國歷來婦女之文事，爲人所輕視了！魏夫人之外，不知還埋沒了多少珍貴的女作家呢!?這該是婦女文學所不能發達的一個因緣啊。

雅編云：「魏夫人有江神子，捲珠簾諸曲，膾炙人口，其尤雅正者，則菩薩蠻……深得國風卷耳之遺。」其作風疎秀有致，蘊藉大方。她能寫出少婦所共有的情懷，才子佳人所共有的愁恨。如好事近，江神子，點絳唇，菩薩蠻，武陵春，減字木蘭花，蝶戀花，繫裙腰俱是難得之作：

「溪山掩映斜陽裏，樓臺影動鴛鴦起，隔岸三家，出牆紅杏花。　綠楊堤下路，早晚溪邊去，三見柳綿飛，離人獨未歸。」　（菩薩蠻）

「雨後曉寒輕，花外曉鶯啼歇，愁聽隔溪殘漏，正在一聲淒咽。不堪西望，去程賒，離腸萬回結，不似海棠花下，按涼州時節。」——（好事近）

「別郎容易見郎難，幾何般？懶臨鸞鏡，憔悴容儀，陡覺縷衣寬，門外紅樓將謝也，誰信道，不曾看？曉妝樓上望長安，怯輕寒。莫憑闌，嫌怕東風，吹恨上眉端。爲報歸期須及早，休誤妾，一春閑！」——（江神子）

「波上清風，畫船明月人歸後。——漸消殘酒，獨自憑闌久。聚散匆匆，此恨年年有，重回首——淡煙疏柳，隱隱蕪城漏。」——（點絳脣）

「記得來時春未暮，執手扳花，袖染花梢露。暗卜春心共花語，爭尋花朵爭先去。多情因甚相辜負？有輕折輕離，問誰分訴，淚溼海棠花之枝處，東君把奴吩咐。」——（蝶戀花憶舊）

「燈花耿耿漏遲遲，人別後，夜涼時，西風瀟灑夢轉回，誰念我，就單枕，皺雙眉。錦屏繡幌與秋期，腸欲斷，淚偷垂。月明還到小窗西，我恨你，我

憶你，你怎知？」——（繫裙腰）

「小院無人簾半卷，獨自倚闌時。寬盡春來金縷衣，憔悴有誰知？玉人近日音書少，應是怨來遲。夢裏長安早晚歸，和淚看斜暉。」（武陵春）

「落花飛絮，杳杳天涯人甚處。欲寄相思，春盡衡陽雁漸稀。離腸淚眼，腸斷淚痕流不斷，明月西樓，一曲闌干一倍愁。」（減字木蘭花）

孫道絢

孫夫人名道絢，號冲虛居士，是黃銖的母親。年三十喪夫，生年著作很多，可惜晚年遭回祿，燼焚無餘。後由黃銖搜集，只得到詞數首而已。她所作的南鄉子及淸平調兩種，後人推其可與易安頡頏：

「曉日壓重簷，斗帳春寒起未眠。天氣困人梳洗懶，眉尖，淡畫春山不喜添。閒把繡絲撏，認得金鍼又倒拈。陌上遊人歸也未？懨懨，滿院楊花不捲簾

。」（南鄉子）

「燕燕颺颺，做盡輕模樣，半夜蕭蕭窗外響，多在梅邊竹上。朱樓向曉簾開，天花片片飛來，無奈熏爐烟霧，騰騰扶上金釵。」（淸平調）

還有醉思仙，和秦樓月兩闋，亦極哀婉之思：

「晚霞紅。看山迷暮靄，烟暗孤松。動翩翩風袂，輕若驚鴻。心似鑑，鬢如雲，弄清影，月明中。謾悲涼歲冉冉。蕣華潛改衰容。前事銷凝久，十年光景匆匆。念雲軒一夢，回首春空。彩鳳遠，玉簫寒，夜悄悄，恨無窮。歎黃塵久埋玉，斷腸揮淚東風。」（醉思仙）

「秋寂寞，秋風夜雨傷離索，老懷無奈，珠淚零落，故人一去無約期，尺書忽寄西飛鶴，西飛鶴！故人何在？村水？山郭？」（秦樓月）

孫夫人

又有一孫夫人，太學生秀洲鄭文的夫人。文在都下肄業，夫人寄以憶秦娥一詞。詞云：

「花深深，一鈎羅襪行花陰。行花陰，閒將柳帶，試結同心。日邊消息空沉沉，畫眉閣上愁登臨。愁登臨，海棠開後，望到如今。」（憶秦娥）

這闋詞，音節哀婉而有情思，一時都下酒樓妓院，相率譜入絃管彈唱。如風中柳一詞，幽麗柔婉，情思尤勝！

「銷減芳容，端的爲郎煩惱。鬢慵梳宮妝草草。別離情緒，待歸來都告，怕傷郎又還休道。韁利鎖名，幾阻當年歡笑，更那堪鱗鴻信杳！蟾枝高折。願從今始早，莫辜負鳳幃人老。」（風中柳）

延安夫人

延安夫人，宋丞相蘇子容的妹妹，有寄其姊妹之詞。亦哀婉可誦。寄季玉妹更漏子詞云：

「小闌干，深院宇，依舊當別處。朱戶鎖，玉樓空，一簾霜月紅。弄珠江，何處是？望斷碧雲無際。凝眼淚，出重城，隔溪羌笛聲。」（更漏子）

寄季順妹臨江仙詞云：

「一夜東風穿繡戶，融融暖應佳時。春光何處最先知？平明堤上：染遍鬱金枝。姊妹遊來時節近，今朝應怨來遲！憑誰說與到家期？玉釵頭上勝，留待遠人歸。」（臨江仙）

寄姊妹蝶戀花詞云：

「淚濕征衣脂粉幾，四疊陽關，唱了千千遍。人道山長山又斷，瀟瀟微雨聞孤館。惜別傷離方寸亂，忘了臨行，酒盞深和淺。若有音書憑過雁，東萊不似蓬萊遠。」（蝶戀花）

楊妹子

楊妹子宋甯宗皇后之妹，書史會要稱其詩似甯宗，馬遠畫其所題，有詞訴衷情即題馬遠松院鳴琴之作也。詞云：

「閒中一弄七絃琴，此曲少知音。多因淡然無味，不比鄭聲淫。松院靜，竹林深，夜沉沉，清風拂軫，明月照林，誰會幽心？」（訴衷情）

第四節　兩宋的娼妓詞人

時代一至於兩宋，聲樂享樂旣盛，倚聲塡譜，披入管絃，嘗歌嘗哭者多矣！一面藉以發洩自己身世的苦痛，一面用爲勾名娛客的工具，因此娼妓也能詞了。惜人賤位卑，所以大都散佚不傳，所存者，因其與當時詞客詩人交遊，故造詣很深。作風與其身世關係，多趨眞摰哀豔之途。且每有蘊藉婉約之作，爲世所珍，較之詞匠的堆金砌玉，或騷人的裝腔作勢，遠勝多矣！

嚴蕊

嚴蕊 字幼芳，台州妓。詞名甚著，人格亦爲士大夫所崇重。學者唐仲友爲台州守，很賞識她。嘗命他賦紅白桃花，蕊卽席成如夢令。那詞是：

「道是梨花不是，道是杏花不是。白白與紅紅，別是東風情味。曾記，曾記，人在武陵微醉。」（如夢令）

後朱熹這位道學先生，做官浙東提舉，因與唐仲友有私怨，遂奏劾仲友與妓女嚴蕊姦淫，把他捕刑，嚴加拷打，兩月之間，受了兩次杖責，她終於忍受着酷刑，淸白地不肯誣害着她的詞友。至朱熹去後，岳飛之子岳商卿繼任，憐其哀屈，命作詞自陳，而後判令她從良。她那自陳的詞道：

「不是愛風塵，似被前緣誤，花落花開自有時，總賴東風主。去也終須出，

住也如何住？若得山花插滿頭，莫問奴歸處。」——（卜算子）

此詞道出身世淪落爲妓的苦哀，如怨，如慕，如泣，如訴，哀而不傷，豈獨擅長詞令！亦可見敗柳殘花中，猶盡有不甘墜溷者在也。

她又有七夕一詞云：

「碧梧初出，桂花纔吐，池上水花微謝。穿鍼人在合歡樓，正月露玉盤高瀉。蛛忙鵲懶，耕慵織倦、空似古今佳話。人間剛道隔年期，怕天上方纔隔夜。）——（鵲橋仙）

聶勝瓊

聶勝瓊，長安妓。與李之問戀愛，李之問欲離長安，聶氏作鷓鴣天一詞寄別。詞云：

「玉慘花愁出鳳城，蓮花樓下柳青青，尊前一唱陽關曲，別箇人人第五程。

尋好夢，夢難成。有誰知我此時情！枕前淚共窗前雨，隔着窗兒滴到明。」

——（鷓鴣天寄別李生）

青泥蓮花記云：「李之問解長安幕，詣京師，改秩都下。聶勝瓊名娼也。質性慧黠，公見而喜之。李將行，勝瓊送別，餞於蓮花樓，唱一詞，末句曰：『無計留春住，奈何無計隨春去？』李復留經月，爲細君督歸甚切，遂飲別。不旬月，聶作詞以寄李云，蓋寓調鷓鴣天也。之問在路中得之，藏於篋間，抵家，爲其妻所得，因問之，具以實告，妻喜其語句清健，遂出妝奩，資夫娶歸。瓊至，即棄冠櫛，損其妝飾，委曲以事主母，終身和悅，無少間隙焉。」

勝瓊之作，只留此一首，女詞人之歸宿，約如上述矣。但讀其別離之詞，清麗宛約之風，尚溢於字裏行間也！

琴操

琴操，杭州妓，蘇東坡在杭時，過從甚密，後爲東坡所感化，削髮出家。先是有一日，西湖有倅者，閑唱少游滿庭芳，偶然誤舉一韻云：「畫角聲斷斜陽。」琴操在側，因爲之更正曰：「畫角聲斷譙門，非斜陽也」。倅因戲之曰：「爾可改韻否？」琴操卽改作「陽」字韻云：

「山抹微雲，天連衰草，畫角聲斷斜陽。暫停征轡，聊共飲離觴。只少蓬萊舊侶，頻回首，煙靄茫茫。孤村裏，寒鴉數點，流水繞紅牆。魂傷當此際，輕分羅帶，暗解香囊。漫贏得薄倖名狂。此時何時見也？袖襟上，空有餘香。傷心處，高城望斷，燈火已昏黃。」——（滿庭芳）

這雖是改作，但其才思敏捷，也着實可驚呢！

洪惠英

洪惠英，會稽妓。有詞云：

「春梅如雪，剛被雪來相挫折；雪裏梅花，無限精神總屬他。梅花無語，只有東君來作主；傳語東君，來與梅花作主人。」

鄭云娘

鄭云娘，不知何地人。有寄張生西江月，和寄張兜兜鞋兒曲兩詞；妖豔情白，意傳幽會，香韻欲流，亦娼妓筆下之上乘也。詞云：

「一片冰輪皎潔，十分桂魄婆娑。不施方便是如何，莫是姮娥妬我？雖則清光可愛，奈緣好事多磨！仗誰傳與片雲呵，遮取霎時則個。」——（西江月寄張生）

「朦朧月影，黯淡花陰。獨立等多時，只怕冤家乖約，又恐他側畔人知。千回作念，萬般思想，心下暗猜疑。驀地得來廝見，風前語，顫聲低。輕移蓮步，暗卸羅衣，攜手過廊西。正是更闌人靜，向粉郎故意矜持。片時雲雨，

雖多歡愛，依舊兩分離！報道「情郎且住，待奴兒上鞋兒。」——（鞋兒曲張兒兒）

蜀　妓

蜀妓，亦能詞。陸游之蜀，愛之攜以同歸，居以別墅，約數日一會，後游因病稍疏，妓疑其變心，游即填詞一闋以自解。妓也步原韻答道：

「說盟，說誓，說情，說意：動便春愁滿紙。多應念得脫空經，是那個先生教底？不茶，不飯。不言，不語，一味供她憔悴。相思已是不會閑，又那得工夫咒你！」

全闋都用通俗言語入詞，更見情切，如何身世，令人呼之欲出！亦別具一格也。

蜀妓

又有一蜀妓，爲客作送別云：

「欲寄意渾無所有，折盡市橋官柳。看君着上春衫，又相將放船楚江口。後會不知何日又？是男兒休要鎮長相守！苟富貴，毋相忘，若相忘，有如此酒！」——（市橋柳）

詞中帶有深意，非一味作女兒情長者可比！

劉燕哥

劉燕哥，宋名妓。亦有送客遠行詞云：

「故人別我出陽關，無計鎖雕鞍，今古別離難！兀誰畫蛾眉遠山； 一尊別酒，一聲杜宇，寂寞又春殘！明月小樓間，第一夜相思淚彈。」——（太常引）

趙才卿

趙才卿，成都妓。能詞。値師府作食送都鈴師，令她應命作詞。她卽席成吟：

「細卿營中有亞夫，華宴簇名姝。雅歌長許佐投壺，無一日不歡娛。君王拓境思名將，捧飛檄，欲登途。從前密約悉成虛，空贏得淚如珠。」——（燕歸梁）

馬瓊瓊

馬瓊瓊，南渡後方爲妓。與朱端朝互相傾心，端朝的費用，都由她供應。端朝及爲南昌尉，爲瓊瓊脫籍以歸，於家園闢東西兩閣，東居正室，西居瓊瓊。朱遂單身赴伍，臨行約：「此去書信來往，兩閣混同一緘，復書亦是如此。」半年之後，東閣有書，西閣卽無。瓊瓊乃密遣人往南昌遞信，端朝接書，開緘內無字，只有畫雪梅的扇面，後寫詞道：

「雪梅妬色，雪把梅花勤相抑；梅性溫柔，雪壓梅花怎點頭？ 芳心欲訴，全仗東風來作主；傳語東君，早與梅花作主人！」

端朝即棄官回家，置酒會二閣，東閣道：「君且判斷雪梅是非安在？」端朝遂作詞云：

「梅正開時雪正狂，兩般幽韻孰優長，且宜持酒細端詳。梅比雪花輸一出，雪如梅蕊少些香，花公非是不思量！」——（浣溪沙）

此後遂各歡好如初。瓊瓊的詞，與洪惠英（前已引過）所作大同小異，豈亦一事兩傳耶？

嘉定

嘉定間，有平江妓，作送太守詩云：

「春色原無主，荷東風着意看承，等閑分付。多少無情風雨，又那更蝶嫉蜂妬！算燕雀眼前無數。縱使簾櫳能愛護，對於今已是成遲暮。芳草碧，遮歸路。看看做到難言處，怕仙鄉輕颭，旌旗易歌襦袴。月照西樓絃索靜，雲蔽崐城城府。便恁地一帆輕舉？獨倚闌干愁掐碎，慘玉容淚眼如經雨。去與住，兩難訴。」

第五節　兩宋的無名詞人

詞雖極盛，得女作者，除數大家爲人所注意，因而得傳之外，苟有所作者，仍與其身世一樣不得傳。其不至湮沒無聞，亦寥寥可數，今集而珍之，應是本書之急務乎！

盧氏

盧氏，天聖時人，父官漢州，女跟父到任，後任滿回鄉，過泥溪驛，題蝶戀花於壁上詞云。

「蜀道青天煙霧翳，帝里繁華，迢遞何時至！回望錦川揮粉淚，鳳釵斜嚲烏雲膩 綬帶雙垂金縷細，玉佩珠璫露滴寒如水，從此鸞妝添遠意，畫眉學得遙山翠。」——（蝶戀花）

舒 氏

舒氏，王顏齡妻，哲宗時人。夫婦原是一對詞家，唱隨之樂，自不待言！可是舒氏父親卻是個武人，顏齡因故得於彼，遂合舒氏歸甯。從此離異！舒氏寂居父家，獨行池上，懷念丈夫，因作點絳脣一詞紀其懷念云：

「獨自臨池，悶來祇把欄干凭。舊恨新愁，耗卻年時興。鷺散魚潛，煙斂風初起。波心靜．照人如鏡，小箇年時影。」——（點絳脣）

吳城小龍女

吳城小龍女。詞綜轉載冷齋夜話說：黃山谷在荆州柱間見江亭怨一詞，夜夢一女子云：「有感而作」，山谷驚悟，以爲卽吳城小龍女之詞。詞云：

「簾捲曲闌獨倚，江展暮雲無際。淚眼不曾晴，家在吳頭楚尾。數點雪花亂委，撲漉沙鷗驚起。詩句欲成時，沒入蒼煙叢裏。」——（江亭怨）

竊杯女子

竊杯女子。宣和遺事記：「宣和間，上元張燈，許士女縱觀，各賜酒一杯。一女子竊所飲金杯，衛士見之，押至御前。女誦鷓鴣天詞，徽宗大喜，以金杯賜之，衛士送歸。」詞云：

「月滿蓬壺燦爛燈，與郎攜手至端門。貪看鶴陣笙歌舉，不學鴛鴦失却羣。

天漸曉，感皇恩，傳宣賜酒飲杯巡，歸安恐被翁姑責，竊取金杯作照憑。

」——（鷓鴣天）

姚月華

姚月華，宋人，隨父寓揚子江，與鄰舟書生楊達相遇，見達昭君怨詩，愛其「匣中縱有菱花鏡，羞向單于照舊顏。」私令侍兒向其乞稿，遂相往來。一日楊偶爽約不至，姚作呵那曲，苑詞叢談記之如此。詞云：

「銀燭清尊久延佇。出門入門天欲曙。月落星稀竟不來。煙柳朦朧鵲飛去。

」——（呵那曲）

紫竺

紫竺，工詞。尤善調謔。恆謂天下無其偶。一日，手李後主集，其父元伯問曰

：「後主詞中，何處最佳？」答曰：「問君還有幾多愁，恰似一江春水向東流。」其父默然。後與秀才方喬以詩詞往來。有生查子一詞，風致可想矣，豔異編記此事方得傳。詞云：

「晨鶯不住啼，故喚愁人起，無力曉妝慵，閑弄荷錢水。欲呼女伴來，鬥草花陰裏。嬌極不成狂，更向屏山倚。」——（生查子）

陳妙常

陳妙常，古今女史謂：「宋女貞觀尼陳妙常，年二十餘，姿色出羣，詩文俊雅，工音律。張子湖授臨江令，宿女貞觀，見妙常以詞調之，妙常亦以詞拒之。後與子湖故友潘法成私通，情洽。潘密告子湖，以計斷爲夫婦。」有詞云：

「清靜堂中不捲簾，景悠然。閑花野草漫連天。莫狂言！獨坐洞房誰是伴？一爐煙。閑來窗下理琴絃，小神仙。」——（太平時）

建陽人阮逸

建陽人阮逸，天聖進士，有女能詞，僅存兩闋。其一云：

「仙苑春濃，小桃開，枝枝已堪攀折。乍雨乍晴，輕暖輕寒，漸近賞花時節。柳搖臺榭東風軟，簾櫳靜幽禽調舌。斷魂遠，閒尋翠徑，頓成愁結。此恨無人共說—還立盡黃昏，寸心空切！強整繡衾，獨掩朱扉，枕簟為誰鋪設？夜長更漏催聲遠，紗窗映銀缸明滅。夢回處，梅梢半籠淡月。」——（花心動）

其二云：

「寒棲東風裏，燕子還尋舊壘。餘寒猶峭，紅日薄侵羅綺、嫩草方抽碧玉茵，媚柳輕拂黃金縷、鶯囀上林，魚游春水。幾曲闌干遍倚，又是一番新桃李。佳人應怪歸遲，梅妝淚洗—鳳簫聲絕沉孤雁，望斷清波無雙鯉。雲山萬

里，寸心千里。」——（魚游春水）

范仲胤妻

范仲胤妻，姓名不傳，有詞一闋云：

「西風昨夜穿簾幕，閨院添蕭索。最是梧桐零落。迤邐秋風過却，人情音信難托。教奴獨自守空房，淚珠與燈花共落。」——（伊川令）

亦清麗可喜！

韓玉

韓玉，（一作玉文）清照的女弟子，杭州人。（一作秦人，避亂來杭）！嫁林子安。子安得官後，爽約不來迎，乃隻身自去尋找。看她的且坐令，番槍子僅有的兩詞，即可爲其身世對照了！

「閒院落，誤了清明約。杏花雨過燒胭脂綽，緊了秋千索。門了人歸，朱門悄掩，梨花寂寞。 書滿紙，恨憑誰托，纔封了，又揉却。知他何處貪歡樂，引得我心兒惡！怎生全不思量著，那人人情薄？」——（且坐令）

「莫把團扇雙鸞隔，要看五溪頭，春風客。妙將風格蕭閒，翠羅金縷瘦宜窄。轉面兩眉攢，青衫濕。到此月，想精神，花生秀質，待與不清狂，如何得？奈他難駐朝望，易成春夢，恨又積！送上七香車，春草碧。」（番槍子）

讀其「書滿紙，恨憑誰托，纔封了，又揉却。」哀怨之氣，固不在言語間也。

鄭意娘

鄭意娘，楊思厚之妻。被撤八太尉自盱眙掠得，不辱而死。有詞云：

「往事與誰論，無語暗彈清血！何處最堪腸斷？是黃昏時節。 倚樓凝望又徘徊，誰解此情切？無計可同歸雁，赴江南春色，」——（好事近）

幼卿

幼卿，徽宗時人。初屬意表兄，願爲夫婦，後因父命不許，改嫁他姓。表兄亦只得另娶，心怨幼卿負約。迨表兄做官陝州，幼卿也跟夫在陝州統兵，彼此邂逅，表兄竟揚鞭馳馬而去，略不一顧，幼卿因塡詞陝州驛上見意。詞云：

「極目楚天空，雲雨無蹤。漫留遺恨鎖眉峯。自是荷花開較晚，孤負東風。

「客館歎飄蓬，聚散匆匆。揚鞭那忍驟花驄！望斷斜陽人不見，滿袖啼紅。

」——（浪淘沙）

這詞哀怨欲絕，可知幼卿固未負其表兄，實處當時絕無女權的社會，父命不得不從耳。要是抗爭，那談何容易啊！

王嬌紅

王嬌紅，字瑩鄂，蜀人。嬌紅本和內兄申純戀愛，私約為夫婦。後她的父親把她改嫁他姓，嬌紅無力抵抗，大為感傷，題寄別詩兩首：其一：「如此鍾情古所稀，吁嗟好事到頭非！汪汪兩眼西風淚，猶向陽台作雨飛。」其二：「月有陰晴與圓缺，人有悲歡與會別；擁爐細語鬼神知，拚把紅顏為君絕。」乃更填滿庭芳一詞，自示己意，遂鬱鬱死。申純亦絕食身殉。詞云：

「籠影嬌紅，簟紋浮水；綠陰庭院清幽。夜長人靜，贏得許多愁。空憶當時月色，小窗外，情話綢繆。臨風淚，拋成暮雨，猶向楚山頭。殷勤紅一葉，傳來密意，佳好新求；奈百端間阻，恩愛休休，應是紅顏薄命，難消受，俊雅風流。須相會，重等舊約，休忘杜家秋！」——（滿庭芳）

特別的中國儒家倫理思想，維繫着宋時的宗法社會，男女要談戀愛，自然是非死不可！而嬌紅竟不為惡勢力所屈從，任其情感奔馳。可謂「如此鍾情古所稀」呀！難怪她深自得意，然而，嬌紅既不能像幼卿一樣地忍受，屈服，跟隨着她精神上漠不相關的人生活。又不得不死了。

慕容嵒卿妻

慕容嵒卿妻，姑蘇人。一日月夜，有客於平江雍熙寺，聞婦人歌浣溪沙詞，傳之姑蘇，嵒卿聞之，曰：此亡妻平生作也。寺正其妻殯處。詞云：

「滿目江山憶舊遊，汀花汀草弄春柔，長亭艤住木蘭舟。好夢易隨流水去。芳心猶逐曉雲愁，行人莫上望京樓。」——（浣溪沙）

徐君寶妻

徐君寶妻，岳州人。遭金人之亂，被掠至杭州，居韓蘄王府。主者欲犯之，她哀告道：「俟祭先夫，然後為君婦」。主者許可，乃焚香再拜，題詞於壁上，投池中死。詞云：

「漢上繁華，江南人物，尙遺宣政爲流。綠窗朱戶，十里爛銀鈎。一旦兵刀擠擧，旌旗擁百萬貔貅。長驅入歌樓舞榭，風捲落花愁。　清平三百載，典章人物，掃地都休！幸此身未北，猶客南州。破鑑徐郎何在？空惆悵，相見由無！從今後，夢魂千里，夜夜岳陽樓。」——（滿庭芳）

蔣氏女

蔣氏女，徽宗時人。金兵破汴京，女父蔣興祖任陽武令，爲金兵殺，女被擄去，到雄州驛，題詞壁上。詞云：

「朝雲橫度，轆轆車聲如水去：白草黃沙，日照孤村三兩家。　飛鴻過也，百結愁腸無晝夜，漸近燕山。回首鄉關歸路難！」——（減字木蘭花）

唐氏

唐氏初嫁陸游，夫婦倆愛情很篤，但游母却與唐氏不和，迫游離婚，遊只得出之。唐氏乃改嫁同郡趙士程，春日，游出游，相遇於禹跡寺南之沈園，唐語其夫，爲置酒肴。游悵然賦釵頭鳳云：

「紅酥手，黃籐酒，滿城春色宮牆柳。東風惡，歡情薄，一懷愁緒，幾年離索，錯，錯，錯！春如舊，人空瘦，淚痕紅浥鮫綃透。桃花落，閒池閣，山盟水在，錦書難托，莫，莫，莫！」——（釵頭鳳）

唐氏亦和釵頭鳳詞云：

「世情薄，人情惡，兩送黃昏花易落，晚風乾，淚痕殘。欲箋心事，獨語斜闌。難，難，難！人成各，今非昨，病魂常似秋千索。角聲寒，夜闌珊。怕人尋問，咽淚妝歡。瞞，瞞，瞞！」——（釵頭鳳）

未幾，卽怏怏卒。游復過沈園時，傷感萬分，更賦一詩道：「落日城頭畫角哀，沈園非復舊池臺。傷心橋下春波綠，曾見驚鴻照影來。」這故事可太悲慘了！

又有謂陸游到蜀

又有謂陸游到蜀，宿一驛中，見有題詩壁上。詢之，知爲驛卒女兒所作，遂納爲妾。半年來，爲夫人逐之，乃賦詞而別：

「只知眉上愁，不識愁來路。窗外有芭蕉，陣陣黃昏雨。 曉起理殘妝，整頓教愁去。不合畫春山，依舊留愁住。」——（生查子）

更有謂陸游到蜀，攜一妓能詞，歸居別墅。此段已載於第四節中，是否此妓即驛卒女，是否驛卒女即唐氏？輾轉傳訛，已不得而知。抑亦詩人浪漫，攜妓納妾，自足常事；況當斯世，一夫多妻，已成社會制度，陸游以愛才而偏娶，更非情理所無了。

戴復古

戴復古未遇時，游江西武寗，有富翁愛其才，以女嫁之。三年後，欲歸浙江，方言家已有妻室，富翁大怒，女反委曲爲其解釋，盡以奩具贈戴。戴別。又贈以詞，乃投江而死。詞云：

「惜多才，憐薄命，無計可留汝！揉碎花箋，仍寫斷腸句！道傍楊柳依依，千絲萬縷，抵不住一分情緒。捉月盟言，不是夢中語；後回君若重來，不相忘處，把杯酒，澆奴墳上土。」——（碎花箋）

亦哀婉也！

趙秋官妻

趙秋官妻，與秋官同有才名於宋室。一日於歧陽郵亭上，秋官妻，題有詞云：

「人道有情還有夢，無夢豈無情！夜夜思量直到明。有夢怎教成！　昨夜偶然來夢裏，鄰笛又還驚。笛韻淒涼不忍聽。總是斷腸聲」！——（武陵春）

美奴

美奴，陸藻侍兒，亦能詞。有卜算子一闋云：

「送我出東門，乍別長安道，兩岸垂楊鎖暮煙，正是秋光老。一曲古陽關，莫惜金樽倒！君向瀟湘我向秦，魚雁何時到？」——（卜算子）

此傷別之作也！

張淑芳

張淑芳，錢塘樵夫女，賈似道姿。後淑芳知以道孤行必敗，遂逃出爲尼以終。有詞云：

「墨痕香，紅蠟淚，點點愁人離思。梧桐落，蓼花殘，雁聲天外寒。五雲嶺，九溪塢，傳到秋來更苦。風淅淅，水淙淙，不教蓬徑通。」——（更漏子）

詞境清幽而有韻意，婦女詞中之創格也。

（子）

賈月華，字娉娉，台州人，賈似道的女兒，月華母方有孕。即與魏鵬母指腹爲婚；後鵬長，到賈宅，月華母有悔婚意，命以兄妹禮相見，不談婚事，鵬只得乘機向月華直言，遂生愛戀。後魏鵬做官浙東提舉，向賈似道求婚，似道不許；更因月華第得官陝西咸陽尹，就繫月華同去。月華悲痛欲絕，集唐人詩句成永別詩三十絕，並填踏莎行一詞，後鬱鬱死。詞云：

「隨水落花，離絃飛箭，今生無處能相見。長江縱使向西流，也應不盡千年怨！盟誓無憑，情緣有限，願化作啣泥燕，一年一度一歸來，孤雌獨入郎庭院。」——（踏莎行）

又是一個婚姻不自由下犧牲的悲慘故事了！

第六節　遼的貴族詞人

遼時文風不振，無文學可稱。據遼史文學傳載，男作家不過蕭韓家奴，王鼎數人而已。至於婦女作家。僅傳道宗蕭后，天祚蕭妃兩人。蕭后。蕭妃均以詩稱；惟蕭后有何心院詞十首，情思悽惋，能披管弦，既不似詩，自可謂詞。蓋當時遼主，禁止其國文書流入中土，而蕭后有此作品，僥倖得存，兼有一段哀豔悽惻宮闈的歷史，那正是一篇很豔美的文學故事，更値得我們珍貴的敍述了。

蕭皇后，欽哀皇后第北面宮南院樞密使惠的少女。母耶律氏，重熙九年（一〇四〇）五月五日，夜夢月墜懷，生皇后，姸麗爲諸女子冠。琵琶尤精絕，人皆以觀音識之，遂名觀音。二十二年道宗在春宮，慕后賢淑，聘納爲妃。及道宗即位，於淸寧元年（一〇五五）十二月冊爲皇后。二年八月，道宗獵秋山，皇后率妃嬪從行，到伏虎林，命皇后賦詩。后應聲道：

「威風萬里壓南邦，東去能翻鴨綠江，靈怪大千都破胆，那教猛虎不投降。」道宗大喜，予羣臣前贊「皇后爲女才子」，明日，道宗親射獵，有虎突林出，他說：「朕射得此虎，方可不愧后詩。」果一發而中，羣臣呼萬歲，是年十一月，羣臣上皇帝命尊號曰：天佑皇帝。皇后曰：懿德皇后。

三年秋，道宗作君臣同志華夷同風詩，皇后亦應制屬和，明年生太子濬，皇太叔重元妃入賀，流目近媚，倫極趨承，后道！「貴家婦宜莊以臨下，何必如此！」妃歸，謂重元曰！「汝若有志，當除此恥，笞撻此婢！」於是重元父子謀叛於九年七月。後伏誅，討亂大功爲北極密院事，趙王耶律乙辛。

遼國風尚，君臣好獵，后常慕唐徐賢妃行事；每於御前進諫得失，並上疏痛諫獵害。道宗雖嘉納，心却厭煩，咸雍之末，頗多離后；后因作回心院詞，披之弦管，以寓望幸。詞云：

「掃深殿，閉久金鋪暗。游絲絡網塵作堆，積歲青苔厚階面。掃深殿，待君宴。

拂象牀，憑夢借高唐，敲壞半邊知妾臥，恰當天處少輝光。拂象牀，待君王。

換香枕，一半無雲錦。為是秋來展轉多，更有雙雙淚痕滲。換香枕。待君寢。

鋪翠被，羞殺鴛鴦對，猶憶當時叫合歡，而今獨覆相思塊，鋪翠被，待君睡。

裝繡帳，金鈎未敢上。解卻四角夜光珠，不教照見愁模樣。裝繡帳，待君貺。

疊錦茵，重重空自陳。只願身當白玉體，不願伊當薄命人。疊錦茵，待君臨。

展瑤席，花笑三韓碧。笑妾新鋪玉一牀，從來婦歡不終席。展瑤席。待君息。

剔銀燈，須知一樣明。偏是君來生彩暈，對妾故作青熒熒。剔銀燈，待君行。

爇薰鑪，能將孤悶蘇。若道妾身多穢賤，自沾御體香徹膚，爇薰鑪。待君娛。

張鳴箏，恰恰語嬌鶯。一從彈作房中曲，常和窗前風雨聲。張鳴箏，待君聽。」

此詞情思悽惋，嬌倩動人。不意北夷之音。竟有如此成就！中原婦女中恐無此真摯旖旎的作品，難怪那時的伶人，除負有聰明的伶官趙惟一外，誰也不能彈奏了。

蕭有宮婢單登，本重元家婢，自負善彈箏及琵琶。時道宗欲召登彈箏。后諫道：「此叛家婢，女中獨無豫讓乎？安得輕近御前。」因遣值外院，登怨后，每於其妹清子虛誣后與惟一淫通。清子時方與耶律乙辛狎暱，盡告之。乙辛欲害后，乃請人作十香淫詞，用爲誣案。詞成，托清子使單登乞皇后手書。登見后乃詭言道：「此乃宋國忒里蹇（皇后）所作，若更得皇后御書，便稱雙絕。」后取讀極贊之，因爲手書，並附已作懷古詩一絕於後。詩云：

「宮中只數趙家妝，敗雨殘雲誤漢王，惟有知情一片月，曾窺飛鳥入昭陽。」

登得書後，由清子交乙辛，乙辛乃密奏道宗，道宗大怒，召后痛詰。后哭辯曰：「妾托體國家，已造婦人之極，況誕育儲貳，近且生孫，兒女滿前，更何忍作淫奔失行之人。」「道宗出証十香詞曰：」「此汝親手所書。」后道：「此宋國忒里蹇所作，妾從單登處得來，就寫賞賜她，且國家無親蠶事，妾作那時有親蠶詞。道宗更罵道：「詩正不妨以爲無有，如詞中「合縫鞾」亦非汝所著而爲宋國服耶?!」，又以鐵骨朶擊后，幾殞。遂命張孝傑與乙辛治其事，乙辛以灼湯醋鞫惟一，案遂定。樞密副使蕭惟信請反案，不聽，但道宗却也躊躕起來，指紙後懷古詩道：「這是皇后寫飛燕的詩，如何會再作十香詞？」孝傑上奏道：「宮中只數趙家妝，惟有知情一片月，二句中正包着趙惟一三字。」道宗意乃決，卽日誅惟一族，並敕后自盡，時太子及齊國諸公主，披髮流涕，求代母死，不許。后乞一面，亦不許。乃作絕命詞云：

「嗟薄祜兮多幸，羌作儷兮皇家。承昊穹兮下覆，近日月兮分華。托後鈞兮凝位，忽星凝兮啓耀。雖釁累兮黃妝，庶無罪兮宗廟。欲貫魚兮上進，乘陽德兮天飛。豈禍生兮無朕，蒙穢惡兮宮闈。將剖心兮自陳，冀回照兮白日。甯庶女兮多歎，漸遇飛霜兮下擊。顧子女兮哀頓，對左右兮摧傷。共西曜兮將墜，忽吾去兮椒房。呼天地兮慘悴，恨今古兮安極。知我生兮必死，又焉愛兮旦夕。」

吟後閉宮，以白練自縊死，時年三十有六。道宗怒猶未息，命裸屍以葦蓆裹遷其家。人咸稱奇冤，皇太子伏地宣誓必報母仇，旋又被乙辛所陷死。

遼國惟一的貴族女詞人，沉此奇冤，直至大安二年（一〇八六），居第二女趙國公主，以匡救中央，誅乙辛，戮孝傑屍復仇，時涿州，王鼎著焚椒錄一書，專敍此案至詳。並謂蕭后之取禍有三：（1）好音樂。（2）能詩詞。（3）善書文。由此更足見蕭后乃一全能之文學家，推爲詞人誰曰不宜呢！至今，北平瓊華島，尚有皇后妝洗樓舊址。清代大詞人朱彝尊塡台城路詠其事云：

「層巓不厭波光冷，明霞遠捎魚尾。烟草含茸，圓荷倚蓋，猶與舞衫相似。採籃片水，曾簇蝶前紅，影蛾描翠。鍋石秋花，當時穩貼，早羅髻。春城幾番士女，從嬉遊元夕，沙界烟寺。黃面瞿曇，白頭宮監，也說千年遺事。回心院子，問殿却香泥，可留爾字？懷古心情，焚椒尋蠹紙。」——（臺城路）

同時大詞人如陳維崧，納蘭性德等均有塡詞，以憑弔芳魂！蕭后被誣的十香詞却不可不錄的：

「青絲七尺長，挽出內家裝；不如眠枕上，倍覺綠雲香，
紅綃一副強，輕蘭白玉光，試開胸探取，尤比顫酥香，
芙蓉失新豔，蓮花落故妝，兩般總堪比，可似粉腮香。
蝤蠐那足並，長須學鳳凰，昨宵歡臂上，應惹領邊香。
和羹好滋味，送語出宮商，定知郎口內，含有煖甘香。
非關兼酒氣，不是口脂芳。却疑花解語，風送過來香。
既摘上林蕊，還親御苑桑，歸來便攜手，纖纖春筍香。
鳳鞾拋合縫，羅襪卸輕霜，誰將煖白玉，雕出軟鉤香。
解帶色已戰，觸手心愈忙，那識羅裙內，消魂別有香。
咳唾千卸釀，肌膚百和裝，元非敬沉水，生得滿身香。」

這十首淫豔柔媚，一氣呵成，亦傑出也。可惜我們不能知道這位冥鼎的作者是誰，也是遺憾。

蕭后的死，完全犧牲在她有偉大的藝術，有文學的素養，所以終於不免演出這一齣貴族階級宮闈的悲劇，在婦女史中，染成這一幕動人悱惻的故事。對於她自身和文學史話，是幸呢？還是不幸呢？我將不忍批判了。

第四章　元明女詞人的衰落

朝代一至元明，詞的本質已漸演化而成散曲，傳奇遂替代而興，詞乃不爲人所注目了。男詞作家，尙且寥寥，何能怪得女詞作家之默默無聞呢。文學至此，雖呈衰落現象，要知有淸的復興，亦正基功于此；我們知道光明的前夜，應有黑暗的來臨，轟烈的復興，也應有屛息的準備，我們又何能苛求於時代呢？

第一節　宋亡國宮人之詞

入元，宋的宮人，多流離四散，或以色衰見逐，或因兵亂失所，能詞者所傳不多，亡國哀音，實有令人不忍卒聽者！

王清惠

王清惠，宋代昭儀。入元後削髮爲尼，號冲虛。有滿江紅一詞，於宋亡出奔時，題在驛壁上。極國亡家喪，與人生離亂之感！詞云：

「太液芙蓉，渾不是，舊時顏色。曾記得，承恩雨露，玉樓金闕。名播蘭簪妃后裏，暈潮蓮臉君王側。忽一朝，鼙鼓揭天來，繁華歇。 龍虎散，風雲滅，千古恨，憑誰說！對山河百二，淚沾襟血，驛館夜驚塵土夢，宮車曉碾關山月。願嫦娥相顧肯從容，隨圓缺。」——（滿江紅）

讀此詞有如李後主虞美人的「春花秋月何時了？往事知多少。小樓昨夜又東風，故國不堪回首月明中？ 雕闌玉砌應猶在，只是朱顏改。問君還有幾多愁？恰似一江春水向東流！」「終日以眼淚洗面」之痛，正是尼采所謂：「一切文學予愛以血書者。」清惠之詞，眞所謂以血書者也！

金德淑

金德淑，宋末宮人。入元後，嫁章邱李姓，有望江南一詞。詞云：

「春睡起，積雪滿燕山。萬里長城橫縞帶，六宮燈火已闌珊。人在玉樓間！」——（望江南）

此詞「六宮燈火已闌珊，人在玉樓間」。亦哀婉也！

章麗真

章麗真，亦宋末宮人。有長相思一詞。詞云：

「吳山秋，越山秋。吳越兩山相對愁，長江不盡流。　風颼颼，雨颼颼。萬里歸人空白頭，南冠泣楚囚。」——（長相思）

袁正真

袁正真，亦宋代宮人，同有長相思一詞。詞云：

「南高峯，北高峯：南北高峯雲淡濃。湖山畫圖中。　采芙蓉，賞芙蓉，小小紅船西復東，相思無路通！」——（長相思）

宋代宮人

宋代宮人。一自亡國之後，憧憬舊日繁華，傷感身家漂零，發爲詞章者，應不止此戔戔？但亡國哀音，徒增悵恨，反而不讀爲佳也？

第二節　元管道昇及其她

元代的能詞者，幾無可見，有之，惟書家趙孟頫的夫人管道昇這位女藝術家了。

管道昇，字仲姬，一字瑤姬，浙江吳興人。她的父親名伸，字直夫，性倜儻。以任俠聞鄉閭。膝下惟有兩女：一是道杲，亦能詩，次即道昇便是。道昇忼爽有父風，二十八歲那年（一二八九）才嫁給同郡書家趙孟頫爲妻。孟頫爲宋宗室。後仕元，官翰林學士承旨。

孟頫在宦海浮沉中，數次昇遷，可是年華易逝。女詞人却已由青春的少婦變成半老的徐娘了。那時她已有四十多歲，孟頫很想納妾，便寫一首小詞剌探她道：

「我爲學士，你做夫人；豈不聞陶學士有桃葉。桃根，蘇學士有朝雲，暮雲？我便多娶幾個吳姬越女無過分。你年紀已過四旬，只管占住玉堂春！」

道昇看了也便答他一首惝趣橫生的詞道：

「你儂我儂，忒煞情多，情多處，熱似火！把一塊泥，捻一個你，塑一個你，塑一個我。將咱兩個一齊打破，用水調和，再捻一個你，再塑一個我。我泥中有你，你泥中有我。我與你生同一個衾，死同一個槨。」

孟頫看了大笑而止。閨房調笑，却用詩詞，也算風雅了！道昇工詩詞書畫，墨竹梅蘭水仙，那便是她的專長。書曾奉旨與其兒子雍，各書千字文。詔中並有：「令後世知我朝有善書婦人，且一家皆能書」，推崇備至的話，畫亦嘗畫墨竹等進奉，得蒙賜內府上尊酒。並曾受皇太后，命坐賜食，奉旨寫梅花的獎賞，而得到無限的榮譽的。嫏嬛記云：「管對人性嗜蘭梅，下筆精妙，不讓水仙。有時夫庭中修竹亦自興至不能自休。」即可知其藝事的工夫與興趣了。她的詞以漁父詞爲第一。詞有四闋約作於皇慶元年，（一三一二）之後。詞云：

「遙想山堂數樹梅，凌寒玉蕊發南枝。山月照，曉風吹，只爲清香苦欲歸。

南望吳興路四千，幾時閒去雪溪邊。名與利，付之天，笑把漁竿上畫船。

身在燕山近帝君，歸心日夜憶東吳。斟美酒，鱠新魚，除卻清閒總不如。

人生貴極是王侯，浮利浮名不自由。爭得似，一扁舟，弄月吟風歸去休。」

——（漁父詞）

此詞之後，有孟頫識語云：「吳興郡夫人，（按：卽仁宗賜道昇封號，後廷佑加封，魏國夫人。）不學詩而能詩，不學畫而能畫，得於天者然也。此漁父詞皆相勸以歸之意，無貪榮苟進之心。其與老妻強顏道道雙鬢未全斑，何苦行吟澤畔，不近長安者異矣。」——（淸河書畫舫）——亦可看她的性格了。

陳鳳儀

陳鳳儀元成都名妓。有送客上京詞云：

「蜀江春色濃如霧，擁雙旌歸去。海棠也似別君難，一點點，啼紅雨。此去馬蹄何處？向沙堤新路。禁林賜宴賞花時，還憶着西樓否？」——（一絡索）

羅愛卿

羅愛卿，又名愛愛，元嘉興名妓，色藝冠一時。有一次和郡中諸文士，集會於鴛湖的凌虛閣，翫月賦詩，愛卿揮筆成四絕，合座讀後都擱筆。同郡趙生，慕其名聘而爲室。趙生將赴京師，愛卿置酒中堂，囑趙生捧觴壽母，自歌齊天樂。一闋送別。詞云：

「恩情不把功名誤，離筵又歌金縷！白髮慈親，紅顏幼婦，君去有誰爲主？流年幾許，况悶悶愁愁，風風雨雨！鳳拆鸞分，未知何日更相聚？蒙君再三吩咐！向堂前侍奉，休辭辛苦。官誥蟠花，宮袍製錦，要待封妻拜母。君須聽取：怕日暮西山，易生愁阻。早促回程，綵衣相對舞。——（齊天樂）

歌能，泣數行下。趙生乘醉解纜去。爲了功名事別妻離母，趙生之心早碎了。乘醉不去，醒後傷心，更覺無可奈何！這可見環境的支配人生是這樣的慘酷呀；

趙生的母親因爲念子病亡，葬未三月；適張士誠陷平江，楊參政率兵拒於嘉興，趙生住宅爲劉萬戶所據，欲逼奸愛卿。她乃托詞入室自縊死，劉以綉褥裹瘞後園銀杏樹下。及趙生他日歸，發屍觀之，面貌如生，因納棺葬於白苧村母塋側，日日過墓慟哭，希求一面。一夕，果相逢於夢中，並贈以沁園春一詞與生，雞鳴始去，這悲劇可太悽愴了；

張妙淨

張妙淨，字惠蓮，元錢塘人。有竹枝詞一闋，哀怨似有棄婦之感。詞云：

憶把明珠買妾時，妾起梳頭郎畫眉。郎今何處妾獨在，怕見花間雙蝶飛。

（竹枝詞）

第三節 明閨秀的詞

入明。婦女文學，多流為纖穠綺麗之音。作家雖衆，而詞人很少，其可以卓然名家者，更是不可多覯了。但如中葉陸（卿子）徐（小淑）酬唱，王家（鳳嫻）母女聯珠。末世沈葉一門四傑，幾欲振元明之衰，步兩宋之後，亦不能稱非名家矣。

先述閨秀之詞吧。

張紅橋

張紅橋明初閩縣人，聰敏善屬文，曾語其父母：「欲得如李靑蓮者事之」。這消息一傳出去，於是操觚之士，都以五七言詩躍躍而試，希望能得入選為女作家之夫以為榮，詩卷雖堆積案頭，在紅橋看來，可是無一適意。同時閩中十才子之一的林子羽，也投以詩道：

「桂殿焚香酒半醒，露華如水點銀屏。含情欲訴心中事，羞見牽牛織女星。」

紅橋閱後，驚其才華，也援筆答詩道：

「梨花寂寞門嬋娟，銀漢斜臨繡戶前。自愛焚香消永夜，從來無事訴青天」

此後遂往來唱酬，兩情融洽，不久也就結婚。踰年子羽遊金陵，紅橋深閨獨處，感念而卒。她倆雖是由愛的結合，但別離的辛酸，相思的情懷，終於把她倆生生的拆散了，這也是一幕人生的悲劇！紅橋和子羽唱酬的詩很多，這兒，只錄她一闋念奴嬌別情詞，以見一斑。詞云：

「鳳凰山下恨聲聲，玉漏今宵易歇。三疊陽關歌未竟，城上烏催別。一縷情絲，兩行清淚，漬透千金鐵。重來休問，樽前已是愁絕。　還憶浴罷描眉，夢回攜手，踏碎花間月。漫道胸前懷豆蔻，今日應成虛設。桃葉津頭，莫愁湖畔，遠樹雲烟疊，剪燈簾幕，相思誰與同說？」——（念奴嬌別情）

這闋詞情思哀婉，內心愁恨寫來纖毫畢露

陸卿子

陸卿子。明中葉長洲人，吳中寒山趙凡夫妻也，秉心玄澹，不飾榮利，與趙結廬寒山，髣髴長邁，吟詠無間，有臥雲閣考槃諸集，時謂文采勝凡夫。但夫妻倆却同有超然遺俗之志！她的詩多古體，且多酬贈之作，亦有清麗澹空者，我最愛其山中憶范夫人暨酬范夫人兩詩。詩云：

「石壁倒垂霜葉紅，一溪流水月明中；月明何處偏生恨，江左滇南路不通。萬壑松風萬壑秋，一聲啼鳥一聲愁，愁心欲寄憑誰說，寄與溪流帶淚流。」

卿子的詞，如畫堂春春怨，憶秦娥感舊兩闋—雖工整可誦，惜係餘枝，未能步其紫蛺蝶花賦等有名詞文之後塵。詞云：

「晴空煙裊柳絲微，亂紅風定猶飛。杏花零落燕空歸，門外鵑啼。 慵病不禁寬帶，諱愁無那尖眉，香消斜依畫屏時——此恨誰知？」

——（畫堂春春怨）

「砧聲歇，梅花夢斷紗窗月，半枝疎影，一簾淒切。 心頭舊願難重說，花

飛春老流鶯絕，今宵試問幾人離別？」——（憶秦娥感舊）

徐媛

徐媛，字小淑，法名淨照，明中葉長洲人。徐貫維女，范允臨妻也。小淑亦能文善書，與寒山陸卿子爲詞友，她倆唱酬很多，才力均在伯仲之間難分軒輊。方維儀曰：「徐小淑與陸卿子唱和，稱吳門大家。然小淑所著絡緯吟視卿子尤猥雜。」——（宮閨詩評）——梅花草堂筆談也謂：「徐小淑詩高自標致，陸卿子詩幽倩古淡。」惟小淑著有絡緯吟十二卷行世，詩詞文雜較卿子爲富耳。

小淑亦詩勝於詞，其如虎邱懷古暨明妃詞兩詩，則詩境高標，一則神韻悠揚，洵可名家！看她的虎邱懷古詩吧：

「石梁飛澗水滄茫，伏虎巖前草色黃，古邱尙留踐鳥跡，空餘疏柳泣斜陽，」再看她的明妃詞：

「漢曲琵琶馬上彈，含悲緒怨度桑乾。獨憐瀚海千秋月，夜夜嬋娟青塚間。

但詞俊逸清新之作，其絡繹集誠多也。如：

「雙鬟門碧，寒玉雕秋璧。兩道凝螺天半橫，無限青青色。拍岸濤千尺，似鼓湘靈瑟。窗下鏡臺鸞去。空留得春山跡」——（霜天曉角題采石蛾眉亭）

「板扉小隱青溪曲，夜月羅浮花覆屋。木籠戛戛搖牛轂，莊田熟，桔槔懸向菰蒲宿。青山一片芙蓉簇，林罩遠靄颺橫竹，遠浦輕帆低鷺幅。漁睡足，笑看少婦雙鬟綠」。——（漁家傲詠莫愁陵郊居小齋）

「一上高樓，夕陽影裏無窮路，冷烟衰草送秋歸！曾記臨岐語，歸信莫教輕誤。恨西風偏成間阻，虛窗促織，別院寒砧總添愁苦。過盡征鴻蹤跡，沒計傳哀素，纔將綃字又模糊，顛倒難重數，小月花梢微露，鏡台前，暗窺眉嫵，玉簫聲斷，金鴨香寒，夢回誰訴」——（燭影搖紅寄遠）

「煙啼霧掃玉珊珊，寂寞蒼梧雲影寒，青淚未隨香骨盡，至今餘恨着琅玕」。——（楊柳枝，竹枝）

「紅袖隨風紫陌東，門前斜插碧芙蓉，妾從江上投魚信，郎在瀟湘暮雨中」。——（楊柳枝）

王鳳嫻

王鳳嫻，字瑞卿，號文如，松江華亭人。解元王獻吉妹，宜春令張孟端妻。（一作張本端。）著有雙燕遺音貫珠集，焚餘草等集。衆香詞謂：「瑞卿垂髫時，大父試以駢句云：『秀眉新月小』。即應聲曰：『眞髮片雲濃。』叔子范濂許其詩曰：「高華絕響錢劉，清新迥出溫許。」即可見她的才思了。

她的詞工處，也正在華贍清新。你看她的下列三闋，正有着這樣筆力：

「花嬌柳媚，問東君正是芳菲時節。帳暖流蘇雞報曉，睡起悄寒猶怯！鳥鳥情牽，青鸞信杳？追憶當年別，臨岐淚濕柔腸，哽咽難說！望斷行雲，柴門倚遍淒涼，空對閒風月。屈指歸期無限恨，惹得愁懷疊疊，鏡影非前，人情異昔，怎禁心摧折；欲訴憑誰？盡在數莖白髮」！——（念奴嬌寄長女引元）

「香徑軟，萬山明試羅輕，碧草萌芽遍，遠汀嬉遊情。好鳥調歌弄舌，鳴鳩喚雨呼晴，十二珠樓簾盡卷，按新聲」。——（春光好立春）

「新篁曲徑野花香，閃閃隨風蝶翅忙，柳絮飛墜點羅裳。人在景中憐日永燕翻波面舞春長，野橋古渡半斜陽」。——（浣溪沙再同翁夫人郊遊）

鳳嫻自和孟端結婚後，生有二女長引元，次引慶，皆能詩詞，均不幸早殤。她晚年備遭憂患，夫亡女殤，哀怨之氣，塞乎辭語之間，何能怪其徒作衰颯語呢？

「珠簾不捲銀蟾透，夜涼獨自凭欄。瑤琴欲整指生寒，鶴歸松露冷，人靜井梧殘。天際一聲新度鴈，翱翔似覓回灘。浮生幾見幾悲歡，三秋今已半，

楓葉醉林丹」。——（臨江仙秋興）

「牽裾別，欲行還止心摧折，心摧折，羅衫袖漬，哀腸淚血。何門月斷魚書絕，驚聞已逐波流月，波流月，空悲老我，雙鬢垂雪。」——（憶秦娥月夜憶亡女引慶）

「桃花飄，杏花飄，爭奈王孫去路遙，誰將眉黛描？鶯語嬌，燕語嬌，晝永閒庭鎖寂寥，此時魂暗銷。」——（長相思寄孟端夫子）

「長歌咽，芳魂不返徒悲切，徒悲切，塞烟芳樹，將為愁結！烏棲啞啞人聲絕，傷心一片中天月，中天月，可憐獨照舊粧闕。」——（憶秦娥）

張引元

張引元，字文姝，又字蕙如，鳳嫺長女。楊安世妻，著有貫珠集。衆香詞謂：「文姝容止婉孌，天姿穎敏，六歲能誦唐詩……」即可見其才華。又謂：「……」

日從父宦遊渡江，忽夢神示曰：「汝爲玉帝掌書記，暫謫人間三九年，當非召歸香案。須善自護持，忽墮塵刼！」妹聞之，憬然有覺。後適楊子安世，甚貧；妹力苦茹荼，日夕吟咏與妹引慶和倡，皆不雅俊拔，大類劉長卿風骨，其詞多憶母之作，永言孝思，後果神授之年，遘疾而卒。………」此段記載，所謂玉帝書記也者，不過好事文人，依附其說，以傳美譚，不足置信。然亦可知文妹多才薄命，死時年方廿七耳。范濂序其集謂：「非但無宋人煙火氣，即長慶西崑諸體皆不逮也。」看她的詞：

「時節清明，暖風初入芭蕉院；歸期日盼，鬆盡黃金釧。病起南樓，愁睹將離燕；無由見雲聯，十二欄干凴遍，」——（點絳唇答母）

「落紅飛盡，翻風片，芭蕉初放青葵扇，掩袂立斜陽，歸來雙燕忙。金章空自舉，不破愁千縷，生計轉無凴，風波何日清？」——（菩薩蠻）

即尚未臻此境。雖言之太過，但讀其浪淘沙憶母，念奴嬌春日懷家寄母之詞，固婉麗有情思也。詞云：

「新月冷，雕鴛離思綿綿，椒花未學已潸然，可惜清光如晝也，兩地愁看！撥盡玉爐烟，蘭麝慵添瑤章，三復持情牽，目斷征帆何處是，錦字誰傳！」——（浪淘沙憶母）

「燕舞鶯嬌，看韶光又是清明時節！乍捲湘簾春晝永，病體素羅猶怯；恨寫孤桐，書傳隻雁，字字傷離別，欄干徒倚，一腔心事難說。繁華瞬息，當年舊遊回首，惟有西樓月，親老北堂違菽水，望裏暮雲遮斷，事業無成，紅顏易改，風景摧心折！珠沉璧委，恐驚明鏡容髮。」——（念奴嬌春日懷家憶母）

張引慶

張引慶，字嫻珠引元妹，鳳嫻次女，亦能詩詞。惜不幸早殤！與姊連珠，為世所稱。迨至嘉靖以後，吳江才有沈葉一門繼起，不讓王張專美於前。豈獨文壇幸事，亦開清閨媛之源也！

沈宜修

沈宜修，字宛君，吳江人，著有鸝吹詞一卷。嫁葉紹袁，生有三女，長曰紈紈，次曰小紈，季曰小鸞。皆以詩詞戲曲鳴於時。宛君通經史，嫻風雅，與紹袁皆隱汾湖。紹袁字仲韶，號天寥道人。天啓（一六二一——一六廿七）進士，官工部主事。工六朝駢體，風神雅令，與宛君同子女刻意詩詞以自娛，極人間之樂事。宛君除鸝吹集外，尚著有詠梅花絕句百首曰雪香。並錄當時名媛之作曰伊人思。她的詩詞在早年即殊有風趣，迨至愛女相繼殀亡，則又轉成淒楚之音，令人不忍卒讀，鸝吹集中觸目皆是也。

看她饒滿風趣的詞吧：

「綠暗蘅屏，紅飄苔鏡，春付浮萍東。素寒消薄羅香，細數盡歸程。 簟新

翠徑初成，微雨後，荷珠瀉傾，玉管聲沉，桐華影外，一段閑情。」——（柳梢青初夏）

「遊絲撲絮，酣嬌困，落蕊寒香。素華留恨，檀融暈。鏡中休問，還羞認。隔花梢，鶯語新悶，芳菲損！能消幾度花信？情難說，春風幽韻。愁青鬢！」——（瑤池燕和君晦韻）

「西風自古不禁秋，奈窮秋，思悠悠，何以長江滾流只東流！霜景蕭疏催晚色。新月影，挂簾鈎。　芙蓉寂寞水痕收，淡煙浮、吟芳洲，斷鴈殘雲猶且倚頭樓。總有茱萸堪插鬢？須不是，少年頭！」——（江城子重陽感懷）

姊又有望江南詞湖上曲十二闋，自序謂：「余自初笄時，姑大人往天竺禮大士。過西湖堤上，時值暮秋，疎柳環煙，嵐光凌碧；迴波清淺，掩映空山。恨不能遍覽湖光山色，悵然歸，徒然神往。至戊辰歲已二十年矣！復隨姑大人再禮大士，過此，時落紅將盡，餘綺翻風，細草茸青。鳥啼碧野，聊欲登覽，又已斜日銜，暝煙籠樹，大人急渴歸途，已月出矣。時正暮春十日，遙憶湖光，泛影山色，浮嵐此際不知是何景也！聊作望江南十二闋，以記其略，惜余之遊非遊，愧余之詞非詞爾。」卽可見她的心情了。現在我們來認識她心上憧憬的西湖，筆下夢幻的湖山，究竟是如何的綺麗？下只抄錄三闋：

「湖上柳，羅帶舞風輕，煙鳥千條眠曉日，絲垂萬縷拂春城。飛絮落繁英！寒食後，綠鏡遠山橫，自少灞陵橫上折！長如芳苑殿舟盆，渾欲不勝情。」

——（望江南）

「湖上山，一抹鏡中鬟，南北峯高青日日，東西塔鏁碧環環，澹掃作雲環。微雨過，滿袖翠紅斑，石磴半連煙繚繞。蔦蘿深護澗潺湲，遙望四天間。」

——（望江南）

「湖上女，高髻簇金鈿，脂粉遂人隨意傳，綺出趁體及時穿。綽約晚風舟，勞望眼，何處最嬋娟，可是行雲歸楚峽？疑未解佩離湘川。空惹惱人憐！

——（望江南）

看她淒楚的哭女詞吧：

「梅萼驚風，梨花謝雨。疎香點點猶如故，鶯啼燕語一番新，無言桃李朝還暮。春色三分二分已過，算來總是愁難數，迴腸催盡淚空流，芳魂渺渺知何處！」——（踏沙行）

她有水龍吟兩闋，自序謂：「丁卯，余隨宦治臣，諸兄弟應秋試，俱得相晤。後仲韶獨北遷燕中，余幽居忽忽，悒焉三載，賦此志慨。」詞云：

「西風昨夜吹來，閑愁喚起依然舊。苔錢繡澁，蓉姿粉瀉，悴絲搖柳。煙銷餘香，露流初引，一番迢又！想秦淮故迹，六朝遺恨，江山不堪回首！莫問當年秋色，瑣牕長自簾垂繡。淹留歲月，消殘今古，落花度皺。客鬢初凋，鐘聲半曙，鴈飛歸候。便追尋錦字春綃，多何與塞笳奏。」——（水龍吟）

「砧聲敲動千門，波頭斜日疎煙逗。蓮歌又罷，蓮房將採；愁凝翠岫。巫峽波平，衡皋木脫，粉雲涼透。歎無端心緒，台城柳色，難禁許多消瘦！古道長安漫說，小庭閑盡應憐否？紅樓雨細，碧闌天香，三更銀漏。塞鴈無書，青燈空蘂，但餘綠酒！想當年白傅青衫，還倩祖留雙袖。」——（水龍吟）

又有水龍吟一詞自序謂：「庚午秋日，余作水龍吟二闋，兒俱屬和，書之扇頭，今經三載，偶簡篋中，扇上之詞宛然，二女已物是人非矣。可勝斷腸！不禁泪沾衫袖，因緘舊韻賦此。」其凄楚可知矣。詞云：

「空明蟀碎流光，迴腸一霎難尋舊。芳花消盡，涼蟾何意？半垂疎柳。飛葉恨驚，凝雲愁結，重重還又。愴秋宵寥廓，夜虫悽楚，傷心幾回低首。盼望音容永絕，斷腸祇剩文如繡。橫煙拂柳，征鴻將度，日寒花皺。斜日啣江，園山歌陌，昔季時候。痛而今淚與江流，總向西風同奏！」——（水龍吟）

「石城潮打千秋，消磨不盡還相逗。閑雲無定，野水長縈，繽紛繞岫。古古今今，朝朝暮暮！如何參透。歎依然風景，茫茫交集，但邀得秋容瘦。看取嬋娟秋色，西風搖落應憐否？碧天空闊，寒煙無數，怨砧淒漏，把杯邀月，醉濃愁極，情同苦酒！悵幽山叢桂飄殘，何處斷香盈袖。」——（水龍吟）

葉紈紈

葉紈紈，字昭齊，宛君長女。嫁袁了凡，能詩詞，兼工書，遒勁有晉人風。崇禎（一六三二）妹小鸞將嫁，作催妝詩，甫就而訃至，哭妹過哀，殘疾而卒。著有芳雪軒詞一卷。其父紹袁刻入午夢堂集中，改為愁言。詞多愁苦悱愛之作。

其父紹袁序其集，述其遭遇謂紈紈「十七結褵，二十三而夭，七年之中，愁城為家。視飛花之辭樹，對芳草之成茵，聽一葉之驚秋，照半牀之落葉，歎春風之入戶，愴夜雨之敲燈，愁塞雁之南書，悽霜砧之北夢，泣芙蓉之隕落，怨楊柳之啼鶯，恨金爐之夕燼，泣錦字之晨題，愁止一端，感生萬簇。左貴嬪之詠離思，跂予望之；班婕妤之自賦自悼，傷哉悴矣！」在棄先生這一大堆堆金砌玉的話看來，我們已經知道她是怎樣的一位女子了。名媛集稱其詩：俊逸蕭永，如新桐初引，青山照人。其詞亦爾爾。

「小院黃昏，一庭澹月，人聲悄。梅花開了，春信知多少？又是一番芳草天涯道，傷懷抱，季季憔悴！不侶春早歸。」——（點絳唇早春有感）

「往事堪傷，傷遊蹤遍，池塘上。閑愁千丈；暗逐庭蕪長！自古多情，偏惹多惆悵！添悽愴，寒宵澹月，一片淒涼況。」——（點絳唇）

「桂苑香消芙蓉老，白蘋浪起。又漸是寒煙古木，夕陽流水。玉遂悲涼，秋旅怨金砧，淒楚關山思。看斷霞明月照涼煙黯凝佇。詩酒興，消殘矣！愁與悶，偏無已！念驂鸞別後，水雲煙瀰。惆悵不通天際信，江南風景如

此。聽秋聲蕭瑟，夜蛩清，心如死。」——（滿江紅秋思）

紈紈小詞，輕婉可誦，若滿江紅一闋，卽復沉鬱蒼涼矣！宛君作水龍吟哭其二女，自謂偶簡篋中扇上之詞，悵觸三年前紈紈等人在時屬和之樂，因續舊韻而賦。

現在我們看紈紈屬和的原詞吧：

「秋來憶別江頭，依稀如昨皆成舊，羅巾濕淚，魂銷古渡，折殘煙柳。砌冷蛩悲，月寒風嘯。幾口驚秋，又嘆人生世上，無端忽忽，空題往事搔首。猶記當初曾約，石城淮水山如繡。追遊難許，空嗟兩地，一番眉皺。枕簟涼生，天涯夢破，斷腸時候！願從今日向花前，莫問流光如奏。」——（水龍吟次母韻早秋感舊同兩妹作）

「蕭蕭風雨江天，淒涼一片秋聲逗。香消菡萏，綠摧遺草，煙迷遠岫。浪捲長空，雲輕河淡，薄羅涼透。恨西風吹起，一腔閑悶，那勝鏡中消瘦！寂寞文園秋色：這情懷問天知否？簷鈴敲鐵，琅玕折玉，聽殘更漏。澹月疎

簾，小庭曲檻，且還斟酒！算從來千古堪悲，何用空沾衫袖。」——（水龍吟仝上）

又如蝶戀花秋懷，菩薩蠻代閨人春怨兩闋亦佳。詞云：

「羅巾拭遍傷春淚，夜長香冷人無寐；獨坐小窗前，孤燈照黯然。關情雙紫燕，腸斷鴛鴦侶；無奈武陵迷，恨如芳草萋。」——（菩薩蠻代閨人春怨）

「畫簾垂不捲。庭院蕭條，已是秋光半；一片閒愁難自遣，空憐鏡裏容華換。寂寞香殘屏半掩；脈脈無端，往事思量徧；正是消魂腸欲斷，數聲新鴈南樓晚。」——（蝶戀花秋懷）

葉小紈

葉小紈，字蕙綢，宛君次女，嫁沈永禎。能詩詞，且精曲律，有鴛鴦夢雜劇一編共四齣，其劇首題目：『三仙人吟賞鳳凰臺，呂純陽點破鴛鴦夢。』全劇大意，可於此二語見之，自然是悼其姊妹而作了。著有存餘草。因其父母姊妹先卒二十餘年，故集中多是哭父，哭母，哭姊，哭妹之作。詩詞多黯淡憂傷。如：

「芳草雨乾，垂楊烟結，鵑聲又過清明節。空梁燕子不歸來，梨花零落殘如雪。　春事闌珊，春愁重疊，篆烟一縷銷金鴨。憑欄寂寂對東風，十年離恨和天說。」——（踏莎行過其草軒憶昭齊先姊）

「剪剪春寒絳綃，幾番風雨送花朝，黃昏時節轉無聊。　夢裏家鄉和夢遠，愁中尺素與愁消，夢魂書信兩難招。」——（浣溪沙春日憶家）

她的詞也盡有清新雅淡的：

「髻薄金釵半嚲輕，佯着微笑隱湘屏，嫩紅染面太多情。　長怨曲闌看鬥鴨，慣嗔南陌聽啼鶯，月明簾下理瑤箏。」——（浣溪沙）

「纖影黃昏到小樓，弱雲扶住柳梢頭，捲簾依約見銀鉤。　妝鏡慵開才出匣，蛾眉學畫半含愁，清光先自映波流。」——（浣溪沙新月）

「舊日園林殘夢裏，空庭閒步徘徊，雨乾新綠徧蒼苔，落花驚鳥去，飛絮滾愁來。探得春回春已暮，枝頭纍纍靑梅，年光一瞬最堪哀！浮雲隨逝水，殘照上荒臺。」——（臨江紅經東園故居）

葉小鸞

葉小鸞，字瓊章，一字瑤期，自號煑夢子，宛君季女，年十七，許字崐山張立平。嫁前五日而卒，詩詞勝兩姊，才華卓絕，惜天不假以年，使盡其才，則文采當不止如是也！著有疎香閣詞一卷。其父紹袁刻入午夢堂集中，改爲返生香。小鸞四歲能誦離騷，七歲能屬對，鈕玉樵在觚賸中謂：「小鸞七歲値秋夜，父紹袁命以句云：『桂寒淸露溼。』卽對曰：『楓冷亂紅凋。』時以爲夭折之徵」

我們這位天才的詞人，短命的淑女，她只有着匆匆十七載的生命，她只見過閃閃十七番的春信，便有着這樣驚人的成就；而輝映于這衰落明室的文壇，作着最後反照的迴光！要是天假以年，她筆下偉大的成就，當非我們所敢預料吧。難怪她死後，文人會給她附會成一段很香艷的神話了。據說小鸞死後，家中人爲之請泐大師招魂，小鸞魂來後，願從大師受戒，但大師却告訴她道：凡「受戒者必先審戒，我當一一審你，仙子曾否犯殺否」？對云：「犯。」師問：「如何？」女云：「曾呼小玉除花虱，也消輕紈壞蝶衣。」

「曾犯盜否？」女云：「犯。不知新綠誰家樹。怪底濤聲何處簫？」

「曾犯淫否？」女云：「犯。晚鏡偷窺眉曲曲。春裙新繡鳥雙雙。」

「曾犯妄言否？」女云：「犯。自謂前生歡喜地，詭云今坐辯才天。」

「曾綺語否？」女云：「犯。團香製就夫人字，鏤雪裝成幼婦詞。」

「曾兩舌否？」女云：「犯。對月意添愁喜句，拈花許出短長籌。」

「曾惡口否？」女云：「犯。生怕簾開譏燕子，爲憐花謝罵東風。」

「曾犯貪否？」女云：「犯。經營湘帙成千軸，辛苦鶯花滿一庭。」

「曾犯嗔否？」女云：「犯。怪她道鑪敲枯硯，薄彼雀徵撲玉釵。」

「曾犯癡否？」女云：「犯。勉棄珠環收漢玉，戲捐粉盒葬花魂。」

師大贊：「此六朝以下，溫李諸公血竭髯枯，驚咤累日，子於受戒一刻，隨口而答，然則子固一綺語罪耳。」遂與之戒。名曰智斷，字曰絕際。這傳說雖是附會，更可由這附會，知道女詞人之驚震一時了。她那綽綽的文名，她那喋喋的綺語！

然而，我們要認識這位僅僅十七歲年青的卓絕詞人的短促的一生，所謂知女莫若母，我們就請她那嫻雅的母親，來含淚敘述吧。我們有着崇仰的熱誠，我們有着認識詞人的決心，那綺麗的事跡，更是我們所要知道的！

宛君的季女瓊章傳說：

「女小鸞，字瓊章，一字瑤期，余第三女也。生纔六月，即撫於君庸舅家。明年春，余父自東魯掛冠歸，余歸甯；值兒週歲頗穎秀。妗母即余表妹張氏端麗明知人也。數向余言：「是兒靈慧，後日當齊班蔡，姿容亦非尋常比者。」四歲能誦離騷，不數遍，即能了了。又令識字，他日故以謬戲之，兒云：『非也！母誤耶？』舅與妗甚憐愛之！十歲歸家，時初寒，清燈夜坐，檻外風竹蕭蕭，簾前月明如畫，余因語云：『桂寒清露濕。』兒即應云：『楓冷亂紅凋。』爾時喜其敏捷，有柳絮因風之思。悲夫！豈竟為不壽之徵乎？後遭妗母之變，舅又潛燕邸。每言念顧復之情，無不欷歔泣下。兒體質較長，十二歲，髮已覆額，娟好如玉人，隨父金陵，覽長干桃葉，教學詠，遂從此能詩，今檢遺篋中，無復一存，想以小時語未工，兒自棄去耶？十四歲能弈，十六歲有族姑善琴，略為指教，即通數調，清泠可聽。嵇康所云：『英聲發越，采采粲粲也。』家有畫卷，即能摹寫：今夏君牧弟以畫扇寄余，兒倣之甚似；又見藤箋上作落花飛蝶，甚有風雅之致；但無師傳授，又學未久不能精工耳。性高曠，厭繁華，愛煙霞，通禪理；自恃穎姿，嘗言欲博盡今古，故為父所鍾愛。然於姊妹中，略無恃愛之色，或有所與，必與兩姊共之；然貧士所與，不過紙筆書香而已！即今年春夏來，余製羅衫幾件，為更其舊者，竟不見着；至死時檢之，猶未開摺也。其性儉如此！因結褵將近，家貧，無所措辦，父為百計營貸，兒意甚不樂，謂：「荊釵裙布，貧士之常，父何自苦為。」然又非纖嗇視金錢若浼，淡然無求，而濟楚清雅，所最喜矣！兒壓髮素額，修眉玉頰，丹唇皓齒，端鼻笑靨，明眸善睞，秀色可餐，無妖豔之態，無脂粉之氣，比梅花覺梅花太瘦，比海棠覺海棠少清，故名為豐麗，實是逸韻風生；若謂有韻致之人，不免輕佻，則又端麗莊靚；總之王夫人林下之風，顧家婦閨房之秀，兼有之耳。父嘗戲謂「兒有絕世之姿」，兒必愠曰『女子傾城之色，何所取貴？父何必加之於兒！』已已十四歲，與余同過舅家，歸時君晦舅贈兒詩，有『南國無雙應自貴，北風獨立詎為憐；飛去廣寒身似許，比來玉帳貌如甘。』之句，皆非兒意中所悅也。一日，曉起立余牀前，面酥未洗，宿髮未梳，風神韻致，亭亭無比，余戲謂之曰「兒嗔人讚汝色美，今蠡服亂頭，尚且如此，真所謂處處生芳步步移妍矣。我見猶憐，未知畫眉人道汝何如？」悲夫！熟意兒牀前之立，今不復見，夫婿不得一識面乎！作詩不喜作豔語，集中或有豔句，是詠物之興，塡詞之體，如秦少游晏少山代閨人爲之耳。如夢中作鷓鴣犬，此其志也。每日臨王子敬洛神賦，或懷素草書，不分寒暑，靜坐北窗下，一爐香相對終日，余喚之出中庭，方出，否則默默與琴書爲伴而已，其愛情幽恬寂有過人者。又最不喜拘檢，能飲酒，善言笑，蕭蕭多致，與情曠達。夷然不屑也。心仁慈，寬厚，侍女紅子曾未一加呵責，識鑒明達，不拘今昔間事，言下即了然徹解，或有所評論，定出余之上。余曰：「汝非我女，我小友也。」九月十五日，粥後猶教六弟世信暨幼妹小繁讀楚辭，卽是日婿家行催粧禮至，而兒卽於是夕病矣，於歸已近，竟成不起之疾。十月十日，父親不得已，許婿來求婚，卽至房中對兒云：「我已許彼矣，努力自攝，無誤佳期。」兒默然。父出，卽喚紅子問曰：「今日何日？」云：「十月初十。」兒歎曰：「如此甚速。如何來得及？」太兒以病未有起色，婿家催迫爲焦耳。不意至次日天明，遂有此慘禍也！聞病者擡頭則危，兒雖憊，擧體輕便，神采清爽。臨終略無惛迷之色，曾欲起坐，余恐久病無力，不禁勞動，扶枕余臂間，星眸炯炯，余念佛之聲，明朗淸徹，須臾而逝。余幷呼數聲，兒已不復聞矣。初見兒之死也，驚悼不知所出，肝腸裂盡，血淚成枯。後徐思之，兒豈凡骨！若非瑤骨玉女，必靈鶯之侍者。應是再來人，豈能久居塵世耶？死後日夜望其再生，故至七日方入殮，雖芳容消瘦已甚，面光猶雪，唇紅如故。余含淚書「瓊章」二字于臂上，尙柔白可愛，但骨瘦冰冷耳！痛哉！初兒寄在外塾，各有紙記一，余倣樣以木爲之，取其不易壞。玆九月初，兒亦請作一面，手書其上『石從春風長綠苔』一句，問之，曰『兒酷愛此語。』爾時不覺，今憶之，乃劉商詩，上句是仙人來往行無跡也。豈非讖乎？兒眞仙去無疑矣！十一月初二夜，五兒世儋，夢見兒在一深山茂柏茅菴中，憑几閱書，幅巾淚眼，神色怡暢，傍有烹茶人，不許五兒入戶，隔窗與語而別。五兒尙幼，故但能憶夢境，不復憶所語也。五兒云山名亦恍惚若憶，覺後忘之。數日後，大兒世佺亦夢見以松實數合相遺。余記陳子昂有『還逢赤松子，天路坐相邀』之句。兒之風慧異常，當果爲仙都邀去耳。或有譏余妄言效古長恨歌之說。嗚呼！愛女一死，痛腸難盡，淚眼追思，據實寫出，豈效才人作小說欺世耶？兒生於丙辰年三月初八日卯時，卒於崇禎壬申年十月十一日卯時，年十又七歲，許字峴山張家，婿名立平，長吾女一歲，早有文譽。於是月十六日成婚，先期五日而卒，夫婦不及一相見，余所未經之慘，恐亦世間未有之事。傷哉痛哉！此肝腸寸碎中，略記一二，不能盡述也！」

像這樣瑣屑寫來，眞是一字一淚，母愛的流露，更會令人哭泣！而女詞人的一生，不是躍躍在這紙上嗎？雖然那些涉於迷信的，自然是迷信！但女詞人給人的印象，一定很深刻，說來才會如此生動呢。

她的詞，周勒山說：「昔黃山谷稱晏小山詞爲高唐洛神之流，其下者亦桃葉團扇。今讀返生香諸詞，則全是高唐洛神，非復桃葉團扇可髣髴也。」——（女子絕妙好詞）——小鸞的詞，確能到此境界，看她的水龍吟和她的姊姊次她母親憶舊之作吧：

「井梧幾樹涼飄，滿庭景色仍如舊。啼鴉數點，斜陽一縷，挂殘疏柳。有恨殘花，無情衰草，風吹重又。看輕陰帶雨，天涯萬里，樓高漫頻搔首。記泊石城煙渚，落紅孤鶩常如繡。輕舟畫舫，布帆蘭櫂，暮雲天皺。水靜初澄，蓼紅將謝，早秋時候，對庭前蕭瑟西風，惟有寒蟬高奏。」——（水龍吟秋思次母憶舊之作，時父在都門）

「芭蕉細雨瀟瀟，雨聲繼續砧聲逗，憑欄極目，平林如畫，雲低晚岫。初起金風，乍零玉露，薄寒輕透。想江頭木葉，紛紛落盡，只餘得青山瘦。且問沉寥秋氣，當年宋玉應知否？半簾香霧，一庭煙月，幾聲殘漏；四壁吟蛩數行征鴈，漫消杯酒。待東籬綻滿黃花，摘取暗香盈袖。」——（水龍吟同上）

小鸞有眉子硯一方，集中有題眉子硯七絕二首。此硯後流落人間，文人淑女，題咏很多。詞人身後，愛物能供憑弔，亦文壇哀話了！她還有一侍女紅子（一名隨春）也會作詞，嘗作浣溪沙，詞家都有和作。小鸞死後，歸于龐氏，別字元元。這兒也不妨提起。

再錄她的幾闋好詞吧，太多，限於篇幅，只好遺珠了。

「深深一點紅光小，薄縷微煙裊。錦屏斜背漢宮中，曾照阿嬌金屋淚痕濃。朦朧穗落輕煙散，顧影渾無伴。香消午夜漫凝思，恰似去年秋夜雨窗時。」——（虞美人詠燈）

「風飄萬點紅，零落胭脂色；柳絮入簾櫳，似問人愁寂。　憑欄望遠山，芳草連天碧，深院鎖春光，去盡無尋覓。」——（生查子送春）

「燈夕初過冷未平，乍看今日試微晴，東風已解向人迎。　梨蕊幾時飄弱韵，柳條如欲蕩柔情，隔牆何處按歌聲？」——（浣溪沙早春）

「幾日東風倚畫樓，碧天晴藹半雲浮，韶光多半杏梢頭。　垂柳有情留夕照，飛花無許卻春愁，但憑天氣困人休。」——（浣溪沙）

「曲院鶯啼翠影重，紅妝春惱淡芳容，疏香滿院閉簾櫳。流水畫橋愁落日。

飛花飄絮怨東風，不禁憔悴一春中。」——（浣溪沙）

「情脉脉，簾低西風爭入。漫倚危樓窺遠色，晚山留落日。　芳樹重重凝碧，影浸燈波欲濕，人向暮煙深處憶，繡裙愁獨立。」——（謁金門）

「無數灞陵橋畔，離人淚染，一生自管消魂，只贏得腰肢軟，　陌上樓頭長見，翠絲分綫；和煙幾度落斜暉，誤紫燕歸來晚。」——（上陽春詠柳）

「夢破曉風庭院，粉牆花影，睡起懨懨。幾日雙娥愁損，鏡裏春尖。看盡他鶯枝柳綫，都識就霧錦雲纖。最歎惜；催花小雨，依舊纖纖。　堪憐韶光激景、芊芊芳草，寂寞釣簾。燕子歸來，花香都向綠萃添，散悶愁流紅泛去，消酒困濕翡飛粘。怯春衫香烘鳥鳥，袖護摻摻。」——（玉蝴蝶春愁）

為行文便利，我們再把葉家，幾個有關的詞人談起：

沈樹榮

沈樹榮，字素嘉，吳江人。沈永順女，葉小紈其母，嫁葉紹袁從孫葉舒穎，著有希謝橋月波詞。江蘇詩徵王昱謂：「素嘉葉蕙綢女也，承母教，工詩詞，與龐小畹善。多贈答唱和之作，為時所稱。」但檢其集中，作品為家庭酬唱居多，可見其家學淵源，和環境的關係了。

我們先看她的水龍吟「初夏避兵蔥思三姈母棲鳳館有感，追和外祖母憶舊原韻。」這眞有趣，宛君偶然作一兩闋水龍吟，諸女聯和，已是熱鬧，還要來一個外孫女追和，那才風雅極了！我想葉家諸女子，簡直是以詩詞為職業了！詞云：

「誰知到處徘徊，謝庭風景都非舊！畫堂塵掩，遂生三徑，門垂疎柳。白晝初長，清風自至，流年空又！看多情燕子，飛來飛去，眞個不堪回首。　昔日嬌隨阿母，學拈鍼臨窗挑繡。斜陽樓外，慰殘銅斗，綫紋舒皺，猛吹三眠，鶯啼百囀！落花時候，問東來應否消魂？試聽江城笳奏。」——（水龍吟）

餘如臨江仙病起，如夢令秋日，滿庭芳，中秋夜同諸姈坐月，亦清婉可誦也。

詞云：

「草草粧台梳裹了，捲簾猶憑樓。年光荏苒又深秋，一番風似剪，兩度月如鈎。病裏高堂頻囑道：而今莫更多愁，當時檢點也應休。新來眼底依舊上眉頭！」——（臨江仙病起）

「小院西，風初透，一霎涼生雙袖。幾日怕闌情，猶道芳菲時候；是否，是否？添得鏡中消瘦！」——（如夢令秋月）

「宿雨全收，晚涼乍爽，喜微雲點點綴長天。廣寒宮敞，素面露嬋娟，影浸寒庭如水；看浮雲動竹霧梧烟，相依處團圞共話，八月恰雙圓。　記闌干十二，桂花叢下，分劈紅箋；許時成次韻，學步隨肩。一向秋光隔斷，清輝好兩空懸。今夜永參橫斗轉，幽賞不成眠。」——（滿庭芳中秋夜同諸衿坐月）

沈憲英

沈憲英，字蕙思，號蘭友，吳江人。嫁葉紹袁第三子世佺，與宛君兼有嫡姑姪之親，亦即沈樹榮的三妗，著作甚富，饒有家風。江蘇詩徵王屋謂：「憲英年十七適威期，威期宛君三子也。越二年，威期卒，以節聞。」這眞是不幸，人生的幸福，正在這一個年青的時光，但天却把她粉紅色的幻夢，毀滅了！怎能怪她的詞多悱惻哀傷呢。

「簾幕輕寒，斷腸漸入東風片。遊絲千線，難挽離愁半。　小立迴廊，劃損雕闌面。春誰見？梅花開遍，烟鎖深深院！」——（點絳唇早春）

「冷雲掩映青山老，鬢入霜華早！今宵且醉畫屏前，明月還移，小艇綠楊烟。　黃昏細雨重門鎖，挑盡孤燈火。斷腸無處問天公，夢逐陌頭芳草，付殘紅。」——（虞美人留別錫餘妹）

她有一闋滿庭芳詞，係在一個中秋的晚上，同她的家人和甥女棻嘉看月有感唱和之作。詞云：

「螢火流光，蛩吟向夕，冰輪碾破遙天。香飄雲外，桂子靜娟娟，對月楚人無愁！多半隔遠樹蒼烟，難逢是一庭聯袂，把盞看重圓。無限淒涼況，含毫欲寫，累紙盈箋，任金風拂面，玉露浸肩，還惜良宵苦促，無繩繫皓魄長懸。應飛去廣寒宮裏，清影共愁眠。」——（滿庭芳中秋坐月和素嘉甥女）

我們幻想：在一個皓月當中的中秋佳夕，一家人都在賞月聯吟，把盞臨風，那應該是與奮，是快樂，是韻事的了；可是一至月斜時，人散後，「無限淒涼況，含毫欲寫，累紙盈箋，任金風拂面，玉露浸肩，還惜良宵苦促」這情景，在詞人的筆下點染出來，豈不是哀怨欲絕嗎？

張倩倩

張倩倩，宛君表妹，吳江人。嫁沈自徵，亦善吟詠，午夢堂集中，有宛君替她做的傳。在宛君的鸝吹集中，有很多思念她的詞，大約她倆的感情，一定不錯？茲錄其蝶戀花，丙寅寒夜與宛君話君庸作之詞如後，所謂君庸者，即倩倩的丈夫沈自徵也。詞云：

「漠漠輕陰籠竹院，細雨無情淚濕桃花面；落葉西風吹不斷，長溝流盡殘紅片。千遍相思纔夜半，又聽樓前叫過傷心雁。不恨天涯人去遠，三生緣薄吹簫伴。」——（蝶戀花丙寅寒夜與宛君話君庸作）

以上沈葉一門，詞人輩出，驚震一代；上所略述，藉見一斑耳。正如任心齋所謂：「豈扶輿秀淑之氣，有特鍾歟？抑其濡染家學有由也」。此外，我們還要知道幾位作家：

黃氏

黃氏，遂甯人。黃珂女，文學家楊愼妻。愼字用修，號升庵，新都人。著述甚富，夫婦均長散曲，有集留世。後升庵遠謫滇南，黃氏每有詩詞寄意，傳誦一時。

有詞云：

「巫女朝朝豔，楊妃夜夜嬌。行雲無力困纖腰，媚眼暈紅潮。 阿母梳雲髻，檀郎整翠翹。起來羅襪步蘭苕，一見又魂銷。」——（巫山一段雲）

顧貞立

顧貞立，原名文婉，字碧汾，自號避秦人，無錫人。文學家顧貞觀女兄，侯晉妻，詩詞很多，與王仲英相唱酬，有栖香閣詞。詞如：

「風雨妨春苦不寬，開簾怕見嫩紅殘，錦屏深護早春寒。 新懨一身扶不起，愁痕萬點鏡慵看，空拈斑管寫長嘆。」——（浣溪沙）

「曉起凝妝上翠樓，惱人春色遍枝頭，湘簾風細蕩銀鈎。 燕子未歸寒惻惻，梅花初落恨幽幽，重門深鎖一天愁。」——（浣溪沙）

王朗

王朗，字仲英，金壇人。香奩體專家次回女也。詩書詞畫，靡不精工，小詞尤絕響。生平著述很多，中經兵火，蕩然無存，眞是可惜！著有古香亭詞，嘗寫浪淘沙閨情詞三闋於扇頭，眞是「卻扇一顧，傾城無色矣。」她的浣溪沙春愁一闋，陳其年謂：『抱月懷風』四字，非溫李不能爲也，綠肥紅瘦，何足言譬」。最愛詠之，並盛稱其：「昨夜睡濃兼好夢，一身春懶起還遲」之句。其題扇詞云：

「幾日病淹煎，昨夜遲眠，强移心緒鏡臺前。雙鬢淡烟低髻滑，自亦生憐。
不貼翠花鈿，懶易衣鮮。碧油衫子褪紅邊，爲怯遊人如蟻擁，故揀陰天。」

——（浪淘沙閨情）

「疎雨滴青簾，花壓重檐，繡幃人倦思懨懨。昨夜春寒眠不足，莫捲湘簾。
羅袖護摻摻，怕拂妝奩，獸爐香燼侍兒添。爲甚雙蛾長翠鎖？自也憎嫌。」

——（浪淘沙閨情）

「斜倚鏡臺前，長歎無言，菱花蝕彩倩人蔫。分付侍兒收拾去，莫拭紅綿。滿砌小榆錢，難買春還，若爲留住豔陽天。人去更兼春去也，煩惱無邊。」

——（浪淘沙閨情）

張鴻逑

張鴻逑，字琴友，浙江慈谿人。嫁姚興祁，著有清音詞，孫蕙媛序謂其：「每有駿韻，意到即成，不煩推敲，聲出金石。惜多散帙，大抵其會心應手，有不自期其然者。」這也是天才了！她十二歲學操琴，十三歲見塡詞譜，輒按譜塡之，遂能鼓宮應宮，今存如夢令一闋，即其詞中開卷之第一調。總之，她有音樂的天才，詞塡起來，自然是好的了。

「宿艷嬌春春困，清苦幽蘭豐韻。窈窕勝天香，要得白雲親近；還問，還問

，不共落紅成陣。」——（如夢令詠蘭年十三作）

「相見空憐，許多心事難傳與。不如歸去！又被黃昏雨。玉兎多情，還現娑婆樹，添愁緒。幽閨深處，重憶連牀語。」——（點絳脣與馮太君話舊）

「隔牆何處賣花聲？偷卻嫦娥一片情，無奈儂郎儅價輕。且休驚，留取高枝陪月明。」——（憶王孫聞賣木樨）

這不是多麽輕盈，而又富有音樂的句子麽？

端淑卿

端淑卿，當塗人。歸芮氏，有綠窗詩稿。詞如阮郎歸云：

「園林春到清明節，花柳愁攀折。人生何事輕離別？水遠山重疊。　杜宇啼，殘更月，銀釭照明滅。昨宵有夢輕飛蝶，關心猶未說。」

劉碧

劉碧，字映清，安陸人。衆香謂：「映清著作甚多，少年夭歿，遂具散佚。」

「昨夜雨綿綿，寒滋燈烟，薄衾蕭索不成眠。曉起牀頭看歷日，換了秋天！綠葉尚新鮮，猶想爭妍，教他知道也淒然！眼底韶光容易改，樹且堪憐。」——（浪淘沙新秋）

「亂雲中 殘照裏，又送他歸，懶喚鶯兒起。山徑落紅誰是主？別恨離情，自斷韶華矣！ 擘濤箋飛翠尾，每到關心，逗得愁如綺。歲歲勞人長徙倚，一似楊花暗去，隨流水。」——（蘇幕遮客裏送春）

陳氏

陳氏，華亭人，著有梅霞吟。荷葉杯一詞云：

「不料捨郎欲去——私期欲作燕雙飛，他生與爾畫樑棲——痴麼痴—痴麼痴」

陳氏此詞，殊令人愛煞，亦別具一格也！

上述明代閨秀之詞，頗能詳盡，但滄海遺珠，還是難免，也只好從略。

第四節　明娼妓之詞

明娼妓能詞，其著者：有劉勝，薛素素，楊宛，王微，王微等。

劉勝

劉勝。名妓。有蘇幕遮一詞云：

「恨桃花，憎柳絮，何事春來，浪逐東風去？邂逅從君花下語，無那情凝，夢裏還凝佇！楚台風，巫峽雨。暮暮朝朝，計重相遇。背處偷浮雙玉筋，白多情，翻爲多情誤。」

薛素素

薛素素，蘇州名妓。有臨江仙一詞云：

「喚起提壺池上飲，春殘滿地紅英。忽聞窗外子規聲，不如歸去也，終是不分明！　自抱雲和彈一曲，曲終遺擬湘靈。風前睇淚幾時晴？月高星數點，香冷漏三更。」

楊宛

楊宛。字宛叔，金陵名妓，有集行世。其太平時一詞云：

「娟娟疎枝帶露輕，隔簾櫺。絲絲牽綴別離情。最難勝。幽恨只憑羌管訴，調淒清，臨風半是斷腸聲。不堪聽！」

王微

王微，字修微，號草衣道人，江都產也。往來于西湖，楚粵間，一揮千金無吝色。工繪事，山水花卉其著也，有遠遊草。後皈依禪悅，參五龍憨山大師，度其晨鐘暮鼓的生涯。眾香詞謂其：「常輕舟載書往來五湖間，自傷七歲父見背，致飄落無所依，眉嫵間，常有恨色。其詩娟秀幽妍與李清照朱淑貞不相上下。」但詞最少也值得稱誦了。

「誰勸郎先醉？窗冷燈兒背。抱琴倩婢倚香幃，睡睡睡！忘卻溫柔，一心只戀醉鄉滋味。慚愧鞋兒謎，撩撥愁愁被。問郎曾否脫羅衣？未未未！想是高唐。巫女惜別，不容分袂。」——（醉春風）

「今夜三更春去矣！濃綠嬌紅，總是傷心淚。明日曉來何忍起，黃鶯催殺無人理。惟有酒杯渾得此，酒到醒時，春去千千里。捱過這番除是死，年年

一度難消你。」——（蝶戀花）

「烟水蘆花愁一片，箇中消息難分辨。舉杯邀月不成三，君可見，儂可見！伊人獨與寒燈面。　欲寄封箋情有限，除非做本相思傳；幾回把筆費沉吟，君也念，儂也念，霜鞵曉路雞聲店。」——（天仙子別懷）

修微的詞，盡以言語填入，讀其詞可以想見其身世，至風流蘊藉還是她的餘事呢。

第五章　清代女詞人的極盛

第一節　小序

有清一代，中國文學，上綰元明之墜緒，下開復興之先河；因其爲時，近隣現代，文風之盛，遂冠各朝，亦中國文學的一個嚴重時期也。單如詞人幾可萬計，而女詞人亦動以千百，作品之多，可無須說了！本章要述清代女詞的極盛，自非此區區篇幅所能詳盡。這兒不過提綱挈領，鳥瞰其大勢，分析其派別，認識其人物，略述其身世，選舉其傑作。質在求精，量不在多而已！至欲補遺衍實，吾將另有「清代女詞史」之作矣。

第二節　亡國之音

元明詞雖衰落，幸明室季世，尚有午夢堂一門聯芳，振明末之衰風，開清初之先河。一至滿兵扣關，入主中原，亡國女詞人，亦有足述者。

商景蘭

商景蘭，字媚生，會稽人。明吏部尚書商祚女，祁彪佳妻，著有錦囊詩餘。伉儷相愛，有「金童玉女」之目。你看她如何風雅吧：靜志居詩話說：「商夫人有二媳四女咸工詩，每暇日登臨，則令媳女輩牀硯匣以隨，角韻分題，一時傳爲勝事，而門牆院落，葡萄之樹，芍藥之花，題咏幾徧，過梅市者，望之若十二瑤台焉。秀水黃皆令慕其名，入梅市訪之，贈送唱和之作甚盛。」這使我們知道景蘭的一門風雅，也不讓于宛君咧。

「長相思，久別離，爲誰憔悴減誰說；捲簾貪看月明多，斜風恰打燈缸滅。」——（擣練子）

此詞爲時所稱，尚有菩薩蠻，浪淘沙，青玉案三闋，亦詞集中之著。詞云：

「臘花香動煙中影，紗窗半掩羅幃冷，孤雁宿沙汀！塞砧夢裏聲。　夢到相思地，難訴相思意，疏雨濕芭蕉，懷人正此宵。」——（菩薩蠻）

「窗外雨聲催，燭盡香微。衾寒不耐五更雞。無限相思魂夢裏，帶緩腰圍。隙月到羅幃，孤雁南歸，玉爐寶篆拂輕衣，花影參差簾影動，葉落梨肥。」——（浪淘沙）

「一簾蕭颯梧桐雨，秋色與人歸去。花底雙栖留薄暮，雲深千里，雁來寒度。有愁無數。　片窗明月東皐路，送別恨，重重煙樹，越山吳山知何處？舞燈影裏，箏調柱，且盡杯中趣！」——（青玉案）

這一闋詞，正是她「卽席賦贈友言別」之作，可見其才華了。

商景徽

商景徽，字嗣音，景蘭妹，商祚女，徐咸清妻也。著有詠雛堂集。名媛詩話說：「嗣音年八十，容貌如二三十許好女，朝夕飲乳汁，猶耽花讀書不衰。」可謂學而不衰矣！

「篆煙吹過花深處，口口葉底垂甘露；何處見如來？青蓮筆下開。　朝朝研黛盈，不盡春山遠；但寫妙蓮花。香風遍若耶。」——（菩薩蠻）

「輕盈燕子掌中身，對景舞還停。見君佳句更相親，筆底動人情。　三春楊柳腰間細，二分明月鬢邊橫。芙蓉初放碧池新，知是畫圖人。」——（月中行）

祁家四女二婦

徐昭華，字伊璧，景徽女，毛西河女弟子，著有徐都講詩。祁德淵，字弢英，景蘭女，著有靜好集。祁德瓊，字修嫣，弢英妹，著有寄雲草。祁德茝，字湘君，修嫣妹。以上即「祁家四女」。張德蕙，字楚纕，山陰人，景蘭媳。朱德容，字趙璧，會稽人，亦景蘭媳。鮚埼亭集謂：楚纕趙璧，皆商夫人所字，蓋以志閨門之盛也。」張朱即「祁家二婦」，均有詩名，誠一門風雅矣。

黃媛介

黃媛介，字皆令，秀水人。寒士楊世功妻，著有離隱詞，湖上草。皆令屢遭家難，流離吳越間，曾於西冷斷橋頭，凭一小閣，賣畫自活，頗有林下之風，固一漂泊之女藝術家也，豈獨書畫詩詞冠絕而已！其女兄黃媛貞，著有臥雪齋詩集。皆令有幼女，亦能詩寫帖，固一甯馨兒也。黃氏一門，吾將於「中國女詩人及其代表作」中詳述之。

吳山

吳山，字巖子，當塗人，卞琳妻，著有青山集。魏叔子序謂：「卞君楚玉夫人吳巖子，家青山，既轉徙江淮無常地。有西湖梁谿虎邱。廣陵諸集，最後類次之以青山名。楚玉中道却世，未有後，依女夫劉蛟度以老。鄧漢儀題其集曰：『江湖萍梗亂離身，破硯單衫相對貧，今日一燈花雨外，青山自署女遺民。』以其詩多玉樹銅駝之感也。」——（杭郡詩輯）——但其詞亦自有蒼涼悽惻之工者。如：

「思量昨歲，秣陵此夕，正水閣風清天碧。六朝集處倚繁華，細草路，燈紅月白。今年萍寄，隋宮咫尺，歎異地煙花寥寂，情同旅夜起歸思，愁絕是隔江寒笛。」——（鵲橋仙）

「將秋尙夏，月娟雲巧，更堪碧星河清渺。女牛相別動經年，第未識，離踪多少？ 凭欄凝聽，驚笙韻杳，想又爲明朝秋早，他時有分到瑤池，記問取橋邊烏鳥。」——（鵲橋仙）

「連宵風雨，黃葉林間秋幾許？大地清涼，遊子驚心憶故鄉。 人生如寄，對景頻彈思母淚，何日歸期？回首青霜點鬢髭。」——（減字木蘭花）

「昨宵解佩夢江濱，朝來翠掩歌屏，黃鸝花底語星星，風度重扃。　蟬翼寄聲新碧，綺紈沈水餘馨；漫歌金縷薦佳醽，遙憶峯青。」——（畫堂春）

卞夢鈺

卞夢鈺，字元文，號篆生，上元人。㬢子長女，劉峻度妻，著有繡閣集。張羣恭謂：「元文幼穎慧，其父母教之以文史之學。靡不博通，翰墨詞章，流傳吳越，母吳愛之甚，必得貴且才者字之，因適劉子。勸牙尺而涉章編，略寶鈿而親班管，衛夫人之書，管夫人之畫，兼擅其長。其於詩也，更不染香奩陋習，洋洋灑灑閨中之秀，而帶林下之風矣。」西泠閨詠，亦謂其：「筆墨疎秀有林風。」可見她是怎樣的一個才女！

「春夢杳，晚秋涼，零落芙蕖尚有香。人遠天涯紅日近，斷魂無語立斜陽。」——（擣練子）

「遠客長途孤寺秋，天寒少箇寄書郵，況兼風雨又綢繆！恨悠悠，一點鳴颸一點愁。」——（憶王孫）

「姹紫嫣紅風日佳，心情擾擾似蜂衙，安閑試問是誰家？　花正妍時愁雨妬，月當圓處被雲遮，人間薄命不須嗟。」——（浣溪沙）

王端淑

王端淑，字映玉，山陰人。王季重女，丁肇聖妻，著有吟紅留篋恆心諸集。嘗輯名媛文緯，詩緯，又輯歷代帝王后妃古今年號，名曰史愚。其女兄靜淑著有清涼集，俱才華冠絕，蓮坡詩話謂：「毛西河選浙江閨秀詩，獨遺山陰王氏端淑，淑寄西河句：『王嬙未必無顏色，怎奈毛君下筆何！』引用二姓恰合。」其才華有如此！畫徵錄謂：「端淑博學工詩文，善書畫，長於花草，疎落蒼秀，卒年八十餘。」這就難怪她父親作：「身有八男不易一女」的豪語了。

「澹綠輕紅掩畫樓，珠簾盡日下金鉤，玉人驚鋭倦梳頭。　春老夢尋芳草路，消魂人在木蘭舟！月明何處弄箜篌？」——（浣溪紗）

章有湘

章有湘，字玉筐，又字令儀，號橘隱，華亭人。孫中麟妻，著有澄心堂詞。名媛繡鍼謂：「玉筐幼時常背誦擣衣篇，長恨歌，一字無譌。與姊瑞麟妹玉璜，迴瀾掌珠，並擅才名。」龍眠風雅謂：「玉筐所著澄心堂詩，望雲草，再生集，訴天雜記，皆孤猿寡鵠，自寫其憂傷哀怨之音，君子讀而悲其志焉。」因中麟早卒也。

「此夜難分，怨曉鐘夢魂，偏又到吳淞，愁情先上兩眉峯。　滄海一聲臨遠道，關橈千里破長風，可憐回首隔江東！」——（浣溪紗）

章有渭

章有渭，字玉璜，有湘妹，侯泓妻，著有淑清草，燕喜樓草。練音續集謂：「玉璜于歸後，以上谷多難，夫婦遁迹偕隱，有桓鮑風，旣而仍還故里，相保於敗巢破卵之餘者，皆氏力也。」

「月華一簇雲團結，秋到愁邊無可說，人傳郎意薄於雲，儂信此心明似月！月明會有圓時節，怪殺閒雲隨處沒，雲消月墮夜淒淸，只有離懷無斷絕。」

——（玉樓春）

有湘

有湘，有渭女兄有源，字瑞麟，亦有才名。淸女詞人中，又有章有嫻，字媖貞，亦章曠長女，著有塞碧詞。有卜算子一詞云：「天淡水雲輕，風嫋花枝動，羅袖涼生雁字橫。柳外烟飛冥。獨坐思悠揚，簫管慵拈弄，帳冷西樓，一夜香寂寞，添幽夢。」想必有源，有湘，有渭女長兄也。

集。

李因

李因，字是庵，杭州人。葛徵奇副室，畫法陳白陽，且工詩詞，著有竹笑軒集。

「鶯聲漸老春歸去，游絲著意留花住，獨自倚空樓，珠簾懶上鈎。　妬他雙宿燕，故把重門鍵，月照小闌干，羅衣怯暮寒。」——（菩薩蠻）

「嘹嚦過南樓，字字橫空引起愁。欲作家書何處寄？誰投？目送孤鴻淚暗流。　憶昔共追遊，荻岸漁汀繫小舟；又是那年時候也休休，開到黃花知幾秋。」——（南鄉子）

吳朏

吳朏，字凝眞，又號冰蟾子，華亭人。曹允明妻，著有忘憂草，採石篇，風蘭獨嘯三集。衆香詞謂凝眞：「爲詩詞俱工，允明居半徽，構小西閣，梅花繞屋，與吳雎嘯咏其間，尤善繪事，烟雲花鳥，筆墨生趣，人爭寶之。福清魏惟度，新城王西樵，皆不遠千里，郵乞其詞入選。有桓少君之風，王瑞卿，薄西眞，吳蕊如香閨酬唱，啓禎間稱一時之盛。嗣子十經，文學，婦李玉燕，俱能繼之。」

「匝路萋萋芳草，重過曲曲溪橋，倚樓兒女黛眉嬌，目送錦江征棹。金屋柳烟深鎖，玉人何處吹簫？幾行歸雁入雲霄，啼徹一痕殘照。」——（西江月）

「密霰亂飛窗隙，彤雲寒勒梅梢，疑天闕瀉瓊瑤，一望青山白了。壓竹棲鳥不定，打松鮮鶴分飄，有人乘興泛蘭橈，載酒擁爐歌浩。」——（江西月）

吳綃

吳綃，字冰仙，一字片霞，又字素公，長洲人。吳水蒼女，許瑤妻也。冰仙善丹青，工小楷，兼擅絲竹。著有嘯雪庵詩餘。徐乃昌謂：「其詩清麗婉約，集中有與梅村祭酒相倡和者，稱祭酒曰兄，殆梅村之女弟也？」嘯雪集中，盡是咏花之作，亦可知道冰仙的個性了。

「夢殘鶯溜，渡頭桃葉春波皺，何處香風？擲果輕車驀地逢。　珠喉戞玉，紅豆拋來眉黛蹙。晝棟飛塵，猶共餘香戀錦茵。」——（減字木蘭花）

「筵前檀板試新聲，嬌喉囀處聽春鶯，短髮齊眉，束腰肢小，更喜雙眸片月清。　楊花本是無情物，等閒化作浮萍！當年費盡黃金，辛苦緣歌舞，教初成，雨散雲飛一夢醒。」——（瑞鷓鴣）

「澄波如練漾殘霞，日光斜照平沙，隔岸酒旗招颭，是誰家？紅袖爐邊人似玉，留客處，綠楊遮！　落飄風裏轉船撾，枕咿啞，浪生花，可惜明朝此地又天涯，拚取十千沽一斗，須笑飲，莫嫌奢！」——（江城子）

吳 琪

吳琪，字蕊仙，長洲人。冰仙妹，管勛妻，後歸空門，著有鎖香菴詞。林下詞選謂：「蕊仙與冰仙爲兄弟，其詞幽逸似得源於山谷者。」婦人集亦謂：「蕊仙才情新婉，當其得意，居然劉合嫺矣。與松陵周飛卿著有比玉新聲集。蕊仙尤好大略，精繪染，飛卿贈詩云：『嶺上白雲朝入畫，尊前紅燭夜談兵，』蓋實錄也。」

「不願爲鸞，何須似燕，也休派做鴛鴦伴；空山松雪，半生宜蒲團，夢影隨雲便。鶴舞閒庭，香飛畫卷，楞嚴讀罷桐陰轉，蓮冠未解道人粧，羽衣新棕梨花片。」——（踏莎行）

「山影入樓剛尺許，隄柳陰濃吹作雨，簾低不礙野雲飛，牕小只容憨燕舞。又看明月松梢住，漁夢江邊無覓處，白鷗期我且休歸，故園自有鶯花主。」——（玉樓春）

「深院靜，漠漠晚雲青，遠樹星低螢火亂，畫簾風淡燕飛輕，樓外坐調箏。」——（夢江南）

周　瓊

周瓊，字羽步，一字飛卿，後出家，號性道人，松陵人。著有惜紅亭詞。其詞不事刻翠剪紅，詩亦雄宕秀拔，自然是有名士風態了。衆香詞謂：「洞步少警悟，工詩詞，曾爲某大老側室，繼又適士人。士人爲一縉紳所惡，陷囹圄，自度不能脫，迺命羽步往江北避其鋒，託所知一大姓者廡下，經年篋中金薄盡。所居陋甚，破窗頹壁，幾不蔽風雨；然羽步，意致翛然，略無怨尤意，喜縱觀古史書，愛吹彈，時作數弄以遣興。郡中人士有以詩寄贈者，羽步即依韻和答，詩俱慷慨英俊，無閨幃脂粉態。」這人生，這環境，能得秀拔英俊如羽步者當之，方才不媿爲詞人呢！

她和長洲，吳蕊仙相交密，屢作西湖，六橋，三竺之遊，贈答之詩，有「嶺上白雲朝入畫，尊前紅燭夜談兵」之句，瀟灑極矣！

「一片青銅如月，照出妾顏如雪，雪月兩堪誇，勝如花，背地檀郎情願，恰似鴛鴦兩個。含笑倚郎肩，月中仙。」——（昭君怨）

「風屑屑，吹冷一簾新月！深院薔薇和影折，兜裙紅刺密。　昨夜露濃滑，早又殘花濃葉；閒倚紅窗尋綠蝶，掀簾銀蒜揭。」——（謁金門）

「嫩玉纖纖整素妝，慣彈別鵠最堪憐，幾同私語把衣牽。愛插鮮花時掠鬢，怕沾飛絮故掀簾，漫籠雙袖倚闌干。」——（浣溪沙）

顧　媚

顧媚，又名眉，字眉生，號橫波，上元人。龔鼎孳亞妻，精繪事，最工蘭竹，著有花柳閣集。衆香詞謂：「眉生莊妍靜雅，風度超羣，通文史，善畫蘭，家有眉樓。綺窗繡簾，牙籤玉軸，瑤琴錦瑟，寶鼎博山，羅列左右。歸合肥龔尚書芝麓，尙書豪雄蓋代，視金玉如泥沙，得眉娘佐之，益輕財好客，憐才下士，名譽盡於往時。客有求尙書詩文及乞畫蘭者，書款所書，「橫波夫人是也。」像這樣一對豪放的夫婦，才不愧在一年五月十四日的深宵，於風月交流的西子湖中，悄悄地繫艇子於湖畔，剝菱養芡，小飲達曙。那時候，沒有繁星，沒有人影，也沒有塵囂，明月權作她倆的鏡子，綠波權作她倆的錦席，樓台權作她倆的幃屏，她倆怎麼不醉倒在這湖山的懷抱裏，偷度那美與愛交融的時光呢？因此她倆在「酒語情話」之餘，還要唱出詞來了，那醜奴兒令四闋紀月夜泛舟西湖的便是。

畫徵錄說：「眉生工墨蘭，獨出己意，不襲前人法。」然贊美眉生工蘭竹的人，不只畫徵錄的作者一個。牠又說：「眉生本金陵妓女，芝麓納爲妾，從改徐氏，故世又稱徐夫人云。」以眉生的品性立言，這話應該不是荒謬之談。

「花飄零，簾前暮雨風聲聲，風聲聲，不知儂恨，强要儂聽！　粧臺獨坐傷離情，愁容夜夜羞銀燈，羞銀燈，腰肢瘦損，影亦伶仃！」——（花深深）

「春明一別魚悄，紅淚沾襟小，；卻憐好夢渡江來，正是離人無那倚粧臺。
朱闌碧樹江南路，心事都如霧！幾時載月向秦淮，收拾詩囊畫軸稱心懷。」
——（虞美人）

柳是

柳是，字如是，一字蘼蕪，號河東君，又號我聞居士，嘉興人。錢謙益妻。觚賸鈕秀謂：「如是本吳江名妓，徐佛弟子，姓楊名愛，柳其寓姓也。豐姿逸麗，翩若驚鴻；性敏慧，賦詩輒工，尤長近體，作書得虞褚法，年二十餘，歸虞山錢宗伯，而河東君之名始著。」如是爲人，風流放誕，年二十餘忽昌言：「吾非才學如錢學士牧齋者不嫁。」牧齋聞之也說：「天下有憐才如此女子者乎！非能詩如柳如是者不娶。」遂這樣結合了起來，如是卽嫁錢爲繼室。

如是詩詞甚富，詞字纏綿婉媚，筆意均勝；如金明池寫寒柳，滿庭芳顯黃昏令金箋扇面便是。其題顧橫波墨蘭十絕，更有身世之感矣。

「有恨寒潮，無情殘照，正是蕭蕭南浦，更吹起霜條孤影。還記得舊時飛絮；況晚來烟浪迷離，見行客，特地瘦腰如舞。總一種淒涼，十分憔悴，尚有燕臺佳句。春日釀成秋日雨，念疇昔風流，暗傷如許；縱饒有繞隄畫舫，冷落盡，水雲猶故！念從前一點春風，幾隔着重簾，眉兒愁苦。待約箇梅魂，黃昏月淡，與伊深憐低語。」——（金明池）

「紫燕翻風，青梅帶雨，共尋芳草啼痕；明知此會，不得久殷勤。約略別離時候，綠楊外，多少消魂！重提起，淚盈翠袖，未說兩三分。紛紛，縱去後，瘦憎玉鏡，寬損羅裙。念飄零何處？烟水相聞，欲夢故人憔悴，依稀只隔楚山雲。無非是怨花傷柳，一樣怕黃昏！」——（滿庭芳）

西泠閨詠謂：「如是名是，亦名隱，又名因；本姓楊名愛，字影憐，一字蘼蕪。晚歸虞山錢宗伯，稱河東君。宗伯與爲西湖之遊，刻東山倡和集。顧苓撰河東君傳，徐芳撰柳夫人小傳，陳其年婦人集，徐釚本事詩，三岡識略，觚賸，邁波詩話，柳南隨筆皆載之。甲申以後，嘗勸宗伯殉國難，晚殉宗伯家難，世多賢之。墓在虞山耦耕堂故址，迷失久矣。余宰琴河，訪得修之，且樹碣焉。『桃花得氣美人中』，如是西湖句也。」其敍蘼蕪身世尤詳。

如是有妹絳子，著有靈鵲閣小集。鄙姊乃委身白髮翁，嘗作高陽臺春柳寄愛姊一詞以諷之。自居垂虹亭，布衣竹杖，有女隱孝之風焉。

徐元端

徐元端，字延香，甘泉人。徐石麒女，著有繡閒詞。她詞的佳處，幾入易安之室，擧淑眞之衣了。

「人寂寂，夜蕭蕭，斗帳寒侵香印消。枕上誰驚春夢短？數聲疏雨近芭蕉。」——（搗練子）

「華信幾番催，桃李爭穠豔，不敢頻來倚畫闌，怕與春相見。　總把繡鍼拈，又覺心兒倦；試喚青鬟捲翠簾，燃出雙雙燕。」——（卜算子）

「獨坐數歸期，花影重重月影低。無計徘徊思好句，支頤，除却春愁沒箇題。閒倚畫樓西，芳草青青失舊堤！獨記當時人去處，依依，紅杏花邊卓酒旗。」——（南鄉子）

「珠簾輕揭，憔悴憐黃葉。忽憶小亭人乍別，正是重陽時節。　當初一段淸秋，平分兩地離愁。試向西風寄問，知他還似儂不？」——（淸平樂）

「起來慵向粧臺倚，亂綰淩雲髻。歸期曾說柳青時，鎮日懨懨，只是惱春遲。　小園昨夜西風劣，吹落漫天雪。侍兒佯笑捲簾紗，卻道玉梅已放滿枝花。」——（虞美人）

第三節　血淚交流之作

詞人遭際之苦辛，身世之堪憐；每於作品中流露出來，讀其詞章，直如眼看其血淚交流，令人痛心無已矣！豈獨同情也哉。

陳契

陳契，字無垢，通州人。孫安石妻，著有茹蕙編。衆香詞謂：「無垢幼而穎慧，好讀書，適同里孫太學安石，家饒裕，不善持籌，遂中落。以契無子不相得，挈妾婢異居；契乃歸母家久之，落髮執司馬晉業所謂淵寶堂者，事焚修，然不廢吟咏，所著甚富。范光祿嘗序其茹蕙編四卷行世。晚而益貧，至併日食，不以告人，隱忍而病，病數月不起，起數日覆水窗前，脫手墜樓而死，人咸惜之。」要知詞人而不善理家，原無足怪，無子而被棄，是乃堪憐。晚貧竟遭慘死，更益痛矣！

「春色撩人，悶來閒步蒼苔徑，花陰踏遍，倦向闌干凭。　試看雕梁紫燕時相並，教人恨飛花成陣！又惹芳心困。」——（點絳唇）

「今生浪擬來生約，從今悔却從前錯！腰帶細如絲，思君君不知。五更風又雨，兩地儂和汝，着意待新歡，莫如儂一般！」——（菩薩蠻）

無垢此闋菩薩蠻，白話入詞，更覺委婉有身世之痛！

賀雙卿

賀雙卿，號碧秋，江蘇丹陽人。四屏山下農家女。雙卿有舅父在隣家教書，她便用手工得來的錢，買書就讀，以絕頂聰明的天資，居然造成一位大詩人了。到了雍正八年（一七三〇）她這平凡的青春，剛過了二九，命運便支配她嫁給一個農家子，血淚的生活，便就此開始！

她的丈夫長她十餘歲，只能看時憲書，强記月大小字耳。她的姑是乳媪，眞是天生一對劊子手的母子，他們百端虐待雙卿。雙卿因營養不良，體質柔弱，那堪一日到晚要如牛馬般勞作呢。

請看：

一日她舂穀，喘時抱杵而立，夫疑其惰，推之仆臼旁，杵壓於腰，忍痛復舂。炊粥半而瘧作，火烈粥溢，泛水，姑大詬，掣其耳環分出，耳裂環脫，血流及肩，仍拭血續炊。雙卿受盡種種虐待，於是拊臼俯地而歎曰：「天乎！願雙卿代天下絕世佳人受無量苦，千秋萬世後，為佳人者，無如我雙卿為也。」遂作詩九章，以胭脂寫於帕上，其傷心，其境遇，其自負有如此者！

她有給舅父的信，悲傷與可憐，躍躍紙上，更令人不忍卒讀。

「人皆以兒為薄命，兒命原非薄也。紅樓淑女，綠窗麗人，淪沒深閨者，世間不少，憶伐無歡，向春難哭，桃紅遽夭，竹翠長貧，豈不期人歌泣哉？多逢忌諱，邂逅揄揚，耿彼深珠，悶於黑水。夫怨為遺音，衰蓬振色，猶得潄騷人之雋齒，鑄仙客之靈函。況貴本椒蘭，顧賤同糞壤乎？詠菊花孤雁詞者，無不謂雙卿怨，雙卿無德，誠不能不怨，怨而不忍厭其夫，雙卿可自信也……」

所謂菊花詞者：

「絲絲楊柳，裊破淡烟依舊，向落月秋山影裏，還喜花枝未瘦。苦雨重陽挨過了，虧耐到小春時候。知今夜，蘸微霜，蝶去自垂首。　生受，新寒浸骨，病來還又。可是我雙卿薄倖，撇你黃昏靜後。月冷闌干不寐，鎮凝夜，未鬆金扣。枉辜卻開向貧家，愁處欲澆無酒。」——（二郎神）

這是雙卿爲她心愛手植於破盂中，春纍皆對的野菊而賦，你想：以一個絕世才華娟好的詞人，愛菊亦無所從，只得以破盂植野菊相對，這情景之可傷心，豈獨使人酸鼻！讀其「愁處欲澆無酒」，更是欲哭不得了。

所謂孤鴻詞者：

「碧遠遙天，但暮霞散綺，碎剪紅鮮。聽時愁近，望時怕遠，孤鴻一個，去向誰邊？素霜已冷蘆花渚，更休倩鷗鷺相憐，暗自眠。鳳凰縱好，寧是姻緣！淒涼勸你無言，趁一沙半水，且度流年。稻粱初盡，網羅正苦，夢魂易驚，幾處寒煙。斷腸可是嬋娟意，寸心裏多少纏綿；夜未闌，倦飛誤宿平田。」——（惜黃花慢）

讀其「夜未闌，倦飛誤宿平田」之句，可知哀怨之深，更在李後主「故國不堪回首月明中」之上。一日雙卿病瘧，担飯稍遲到田裏來，她的丈夫大怒，便揮動鋤頭，痛打她一場，回家時只好把傷心發洩在詞中：

「午寒偏準，早瘧忽初來，碧衫添襯，宿髻慵梳，亂裹帕羅齊鬢。忙中素裙未浣，摺痕邊斷絲雙損。玉腕近看如繭，可香腮還嫩。　算一生淒楚也拚忍；便化粉成灰，嫁時先忖。錦思花情，敢被爨烟薰盡。東菑卻嫌餉緩，冷潮回，熱潮誰問？歸去將棉曬取，又晚炊相近。」——（孤鸞詞）

像這樣以血以淚染成纏綿悱惻的詞，豈是那所謂官閨名媛在那「錦思花情」中所能嘔出來嗎！

雙卿情緒率眞的好詞，儘多着呢，再錄兩闋吧。一闋是她有一次苦勸她的丈夫，反被丈夫幽禁在那只有半盞明滅孤燈的廚房裏從心弦裏彈出來的。一闋是幾處用疊字一氣呵成，工處可不讓李易安之作。

總之，雙卿的詞，這才配說是血淚的文學呢。讀後不但使我們眼淚要流盡——使我們抱着萬二分怨憤與傷心的同情。然而，同情有什麼用呢？雙卿早已死了，雙卿決不會需要我們這懦弱而又空泛的同情！可是往者的雙卿既已矣，未來的雙卿正多着咧！我們讀雙卿的詞，我們不必同情已死的雙卿，而讓這萬惡的社會，再造未來多量的雙卿，徒使未來的雙卿的讀者，再作我們這懦弱而又空泛的同情！我們同情，我們就要改造這製造雙卿這樣痛苦婦女的商場——社會，不要讓牠這可憐的商品——雙卿。再出現於今日的時代，今日的中國，以及未來的世界！

「已暗忘吹，欲明誰剔？向儘無焰如螢，聽土階寒雨，滴破三更。獨自懨懨耿耿，難斷處也忒多情！香膏盡，芳心未冷，且伴雙卿。星星！漸微不動，還望你淹煎有個花生！勝野塘風動，搖曳漁燈。辛苦秋蛾散後，人已病，病減何曾相看人？朦朧成睡，睡去空驚。」——（鳳凰臺上憶吹簫）

「寸寸微雲，絲絲殘照，有無明滅難消。正斷腸魂斷，閃閃搖搖，望望山山水水，人去隱隱苕苕。從今後，酸酸楚楚，只似今宵。　遙問青天不應，看小小雙卿，嫋嫋無聊，更見誰誰見？誰痛花嬌？誰望歡歡喜喜，偷素粉，寫寫描描？誰還管生生世世，暮暮朝朝！」——（鳳凰臺上憶吹簫）

此外，尚有闞玉與李小姑兩人，遭際比之雙卿尤爲慘酷，以其所發多爲詩歌，故又與雙卿另於吾「中國女詩人及其代表作」拙書中述之。

第四節　蕉園諸子

錢塘顧之瓊（字玉蕊）嘗招徐燦，柴靜儀，朱柔則，林以甯，及女兒錢雲儀諸女士，組織蕉園詩社，則所謂「蕉園五子」者，以徐燦爲之長。其後林以寧又與同里顧姒，柴靜儀，馮嫺，錢雲儀，張昊，毛媞等倡「蕉園七子」之社，而林以寧自爲之長。分題角韻，接席聯塡，極藝林一時之勝事！

徐燦

徐燦，字湘蘋，一字明深，吳縣人。徐子懋女，陳之遴繼妻，著有拙政園集。湘蘋詩書詞畫，均極精工。陳其年謂其詞南宋以來，閨房之秀，一人而已。女子絕妙好詞周勒山也說：「湘蘋詩餘，眞得北宋風格，絕去纖佻之習，其冠冕處，卽李易安亦當避席，不獨爲本朝第一也。」

「華燈看罷移香屧，正御陌遊塵絕。素裳粉袂玉爲容，人月都無分別。丹樓月淡，金門霜冷，纖手摩裟怯。三橋宛轉淩波躡，斂翠黛，低回說。年年長向鳳城遊，曾望蕊珠宮闕。星橋雲爛，火城日近，踏遍天街月。」——（御街行）

「客是舊遊人，花非昔日春，合歡樹底逡巡。曾折紅絲圍寶髻，攜嬌女，坐斜曛。芳樹起黃塵，苕溪斷錦鱗，料也應，夢繞燕雲，還向鳳城西畔路，同笑語，拂花茵。」——（唐多令）

陳之遴有別墅曰拙政園，購後在政十年不歸，旋遭遷謫，從未一日居也。湘蘋詞常追憶及之，有一斛珠可見：

「恁般便過元宵了，踏歌聲杳。二月燕臺猶白草，風雨寒閨，何處邀春好？吳儂只合江南老，雪裏枝枝紅意早。窗附碧湖雲半嫋，緗幙纔褰，一枕梅香遶。」

順治丙申，之遴因係明代詞臣，躐居政地，時多興革：忽獲罪戍遼陽，湘蘋偕行，一至康熙丙午遂身歿戍所。後五年，湘蘋疏請骨歸，布衣練裳，長齋繡佛，更號紫菅氏，卜居小桐溪之上，優遊以終。

柴靜儀

柴靜儀，字季嫻，錢塘人，柴世堯女，沈鏐妻。著有北堂集，凝香室詞。杭郡詩輯謂：「父雲倩工琴，嘗以一琴名老龍吟者賜季嫻。教以按指揮弦之法，因手錄琴譜，而雲倩爲之序。季嫻工書畫，爲用濟，在沚兩別駕之母，子婦朱柔則又以能詩名。風雅一門，藝林佳話！是時武林風俗繁侈，值春和景明，畫船繡幕，交映湖濱，爭飾明璫翠羽珠髻蟬縠以相誇眩。季嫻獨漾小艇，偕馮又令，錢雲儀，林亞清，顧啓姬諸大家，練裙椎髻，授管分箋，鄰舟遊女望見，輒俯首徘徊，自媿不及。」其詞有代擬塞上詞風入松一闋，可誦也。

「少年何事遠從軍？馬首日初曛，關山隔斷家鄉路，回首處：但見黃雲帶，月一行，哀鴈乘風，萬里飛塵，茫茫塞草不知春，畫角那堪聞！金閨總是著難寄，又何用歸夢頻頻，幾曲琵琶送酒，沙場自有紅裙。」——（風入松）

朱柔則，「蕉園五子」之一也。字道珠，」靜儀子婦，以詩名。

顧姒

顧姒，字啓姬，錢塘人。鄂曾妻，著有靜御堂集，翠園集。杭郡詩輯謂：「啓姬在京師時，有『花憐昨夜雨，茶憶故山泉』句，甚稱於時。故宋牧仲中丞贈鄂幼輿詩云：『閨中有良友，茶憶故山泉，似此驚人句，難爲贈婦篇。畫眉君暫綴，下榻我相延，賦就滕王閣，靈風促轉船。』又幼輿常與漁洋諸公九日飲宋子昭小園，限蟹字韻，啓姬代爲詩，末云：『予本淡蕩人，讀書不求解，爾雅讀不熟，蟚蜞誤爲蟹。』漁洋大驚嘆。啓姬並稱精音律，所製詞曲，有一輪月照一雙人面句，亦爲漁洋所稱」，其泊淮示夫子一詞云：

「一葉扁舟輕航下，停橈古岸，燈火外，幾枝疎樹人家隱。見漂母祠前芳草合，韓侯臺上寒雲斷。歎從來此地困英雄，江山慣！ 窮愁味，君嘗遍，人

情惡，君休歎；問前村有酒，金釵拚換，舉案無辭今日醉。題橋好遂他年願；聽三更怒浪起中流，魚龍變。」——（滿江紅）

顧之瓊

顧之瓊，字玉蕊，錢塘人。錢繩菴妻，著有亦政堂集。工詩文駢體，有聲大江南北，是蕉園詩社之始創者。

「深夜悄，女使催眠逕恨早，遣情渾不了。問君幾許春愁？遙憶當年嬌小；繡到鴛鴦思繚繞，鐘聲驚曙曉。」——（薄命女）

「腰肢瘦損不勝羅，無那春來病染多，含情未語照晴波。金約腕垂纖筍膩，玉搔頭嚲醉顏酡，小橋歸艇起漁歌。」——（浣溪沙）

「風靜綺窗閒，一任妝殘，晝長何事倚闌干？好夢不來春便去，幾度芳年？極目楚江寒，烟棹平瀾，月欺津渡雨欺山，簾外柳花飛絮也，因甚闌珊？」

——（浪淘沙）

錢鳳綸

錢鳳綸，字雲儀，仁和人。之瓊女，黃式序妻，著有古香樓詞。雲儀爲蕉園諸子中之翹楚，其詞風流蘊藉不減於詩。不信？我得來舉例：

「凭欄久覓芳踪，思無窮，記得玉鈎徽步處，印紅殘！小園花醉春濃香馥馥，帶惹春風，悔殺從前歡讌處，總匆匆。」——（愁倚闌令）

「一泓水縈回石徑斜，繞溪一帶種梅花。萬花深處是儂家。自寫閒情依翠竹，愛看清影浣春紗，小庭風靜穩棲鴉。」——（浣溪沙）

「楚歌畫角聲聲發，吹落邊城月。八千子弟久從龍，一夜雕鞍金甲散長空。寧教玉碎君王側，血染征袍赤，貞魂不肯入關中；歲歲烏江波漲，泣春紅。」——（虞美人）

「一望迷離雨聲淒，雲壓暮山低。蕭蕭落葉，嗷嗷哀雁，話到樓西。料得今宵人靜後，惆悵掩羅幃，秋蛩吟罷，殘燈滅後，有夢初歸。」——（眼兒媚）

雲儀丈夫的母親顧若璞，是負經濟大才的詞人。

顧若璞

顧若璞，字和知，錢塘人。顧友白女，黃茂梧妻，著有臥月軒集。林下詞選謂：「若璞小詞字字婉孅，得花間之神者，」杭郡詩輯，名媛詩話等書，載其家世頗詳。且看她婉孅的詞吧：

「梅子青，豆子青，飛絮飄飄長短亭，風吹羅袖輕。恨零星，語零星，正是春歸不忍聽，——流鶯啼數聲。」——（長相思）

「嫩柳牽絲罥綺牕，起來無緒理明璫，惱人最是日初長。　三尺烏雲隨意挽

，兩條缺月待蕭郎，胡琴閑放竹方牀。」——（浣溪沙）

「曉鶯啼，懶梳雲鬢上秦樓，上秦樓，一簾春色，惹起新愁。楊花飄蕩弄輕柔，殘紅零落倩誰收，倩誰收？烏鹽歌罷，倦倚壘欞。」——（憶秦樓）

和知丈夫的妹妹黃修娟，也是一個詞人。

黃修娟

黃修娟，字媚清，秀水人。黃承吳女，沈希珍妻，著有效顰集。性嗜書，七歲能彈琴，其父嘗撫之曰：「此吾家道韞也。」

「篆沈香細，銀漢無聲天似洗，黃菊垂頭，如向離人訴別愁。簾燈交映，月上粉牆枝弄影，羅袖涼輕，深院黃昏鑰自扃。」——（減字木蘭花）

「蝕粉繡陰引夢長，綠雲搖曳弄風光，百年虬幹留春雨，一樹蟬聲噪夕陽。書帶草，伴焚香，荷衣同結野人裳，惟憐窗外初生月，影落清輝荷竹牀。」

（鷓鴣天）

林以寧

其餘黃氏一門上下尚多詩人，第非本書範圍，故特從略。惟雲儀娣婦林以寧，字亞清，錢塘人。之瓊之子錢肇修之妻，蕉園七子詩社之首倡，而五子之健者也。兼工詩畫，尤長墨竹，著有墨莊詩鈔，鳳簫樓集。

毛媞

毛媞，字安芳，錢塘人。毛先舒女，徐鄴妻，著有靜好集。從小刻苦吟咏，嫁後作風，卽多慷慨悲歌，但年老無子，嘗自持其詩卷曰：「是我神明所鍾，卽我子也。」

「耐過一番春冷，閃殺數枝花影，日日懶朝妝，閒卻銀牀金井，烟凝，烟凝

，柳外睡鶯初醒。」——（如夢令）

「不知春色今如許，亂殺啼鶯。酥雨濃晴，芳草茸茸隔夜生。　瑣窻深處無人見，別是幽情，此際此心，謝怪桃花照眼明。」——（醜奴兒令）

「一病淒然愁到骨，滿園秋色蕭條；枝枝敗葉帶烟飄，蟲聲吟轉苦，爲甚不辭勞？　隨意起來隨意睡，西風削處如刀，夢魂飛過段家橋，茫茫雲共水，西子或相招。」——（臨江仙）

馮嫺

馮嫺，字又令，錢塘人。馮仲虞女，錢廷枚妻，著有和鳴集，湘靈集。名媛詩話謂：「又令讀書過目成誦，下筆文如風檣，尤工繪事，襟懷恬淡，頗得隱居之樂。」

「世事渾如棋局，一任圓珠繞玉，冷眼盼韶華，又見庭垂金粟。堪掬，堪掬

，未許西風相觸」——（如夢令）

「日暖陰濃，正是春光欲去，樓頭西望，見遠山遠樹。襟期自許，肯爲閒愁牽誤，吟詩徹曉，吹簫忘暮。喜接芳隣，奈言歸心轉慕，半塘風景似明河；玄圃清秋，月來小艇中流暫渡，念言此際，已同飛兎。——（傳言玉女）

張昊

張昊，字玉琴，號槎雲，錢塘人。胡大瀠妻，著有超庭詠樓合稿。林下詞選謂：「槎雲所著，有趨庭詠行世，詩餘止二闋，綿緲多情，自不易得。」當槎雲少時，其從兄祖望，見詩悄然歎曰：「是妹必以詩名，惜福薄耳！」兩浙輶軒錄。鄧漢儀謂其斷腸死。

「楓林昨夜多風雨，籬菊欲新露，疎枝無力倚西風，這是斷腸花瘦與人同。
憑闌無語心何已！又見啼虫起，今年何事忽多愁，怪底淒淒風雨暗層樓。

」——（虞美人）

「佳節薰風何太好，曉色晴明競渡；遊人早，公子韶華開大道，馬蹄踏碎閒花草。柳上黃鸝聲未老，蕩漾湖波，忽自傷懷抱，豈爲春光歸別島，斑衣零落添余惱。」——（蝶戀花）

第五節　王派女詞人

清代有幾個男作家，都是很風雅的人物，傳書授學，門牆極盛，派別亦因層出。分道揚鑣，其發展各有不同，遂造成清代文學之復興。女詞到清而極盛者，前有王漁洋，中有袁枚，後有陳文述先後提倡。或因聲名所趨，自請教益；或因門牆啓佈，忝列桃李，間接直接影響于作家與作品，派別自多。此不但清詞極盛之因緣，且亦婦女文學來源之所自也！

何謂王派女詞人？即清初王漁洋一派之女詞人也。王漁洋名士禎，字貽上，號阮亭，別號漁洋山人。順治進士，官至刑部尚書。政績甚佳。以詩鳴海內，稱一代正宗，著有帶經堂集，池北偶談，漁洋詩話等書數千種。其詩高標神韻，籠蓋百家，聲望風靡天下，又喜獎挹婦女作家，其影響於女詞人者，不能謂少也。

王潞卿

漁洋少遊歷下集諸女士於大明湖，賦秋柳詩，和者數百人，王潞卿其一也。

王潞卿字繡君，號仙嵋，湖南道州人。馬振飛妻，著有鴛鴦社錦香堂諸集。衆香詞謂：繡君天資穎異，覽文過目成誦，所繪禽魚花鳥，極得北宋人法。自于歸後，時勵夫子讀書；脫釵典衣，以佐膏火，有不足，則篝燈刺繡以繼之。每遇月候花朝，貰酒爲歡，閒製小詞，彼此酬和，有女弟子名兆淑，字仙畹，亦能詩。」詞云：

「風落殘紅蘭檻多，牆陰嬝娜紫騮過，牡丹和露濕輕羅。閒把鴛針穿蝶翅，戲拋蠅拂引貍奴，晝長捱得繡工夫。」——（浣溪沙）

「容婀娜，意輕盈；一抹淡烟深鎖，灞橋攀盡，又還生惹離情！東風吹得春無主，攪亂半天飛絮。王孫馬上不思家，奈何他。」——（柳含烟）

紀映淮

紀映淮，字冒綠，小字阿男，紀青女，詩人紀映鐘妹，杜李妻，著有真冷堂詞。衆香詞謂：「壬午城破，夫被難，淮與姑先避深谷中毀面覓食，得不死，身與六歲兒，皆忍饑凍。柏舟三十餘年，以節孝旌閭。詩詞係少時作，稱未亡人曰：『此非婦人事也，少作誤爲人傳，悔不及。』遂絕筆不作。」眞可惜也！

「翠菊嬌秋色，金蓉襯晚霞，倦來無力倚紅紗。恨殺孤鴻一點叫天涯。」——（南歌子）

「樓前花逐東風舞，惟有楊花甚妍。一味入簾穿戶，不管愁人願。　枝頭杜宇聲偏苦，叫得斜陽欲暮。門外殘紅無數，旁落橫塘路。」——（桃源憶故人）

這兒有一個很有趣的故事，這是國貨詩人的維曼蒂克的行述！漁洋詩話謂：「余辛丑客秦淮，作雜詩二十首，多言舊院時事。內一篇云：『十里秦淮水蔚藍，板橋斜日柳毿毿，栖鴉流水空蕭瑟，不見題詩紀阿男。』阿男伯紫妹也。幼有詩云：『棲鴉流水點秋光。愛此蕭疏樹幾行，不與行人綰離別，賦成謝女雪飛香。』後適莒州杜氏以節聞。伯紫與余書云：『公詞即吏，乃以青燈白髮之嫠婦，與莫愁桃葉同列，後人其謂之何！』余謝之，後人儀部，乃力主復疏旌其閭。笑曰：『聊以懺悔少年綺語之過』」。阿男詞清婉可誦，再錄兩闋：

「疎簾不捲早春寒，殘梅倚石欄；碧天無際路漫漫，孤雲獨去閑。　絲添鬢意闌珊，頻將雙淚彈，中庭明月又團圓，愁人不要看。」——（醉桃源）

「落盡紅香綠滿枝，韶光如駛去難追，春歸過去鵑啼血，小閣簾垂乳燕窺。情脈脈，意孜孜：無言常日，自費尋思，連天草色和烟碧，何事東風着意吹」——（鷓鴣天）

阿男兄映鐘有女松實，亦詞人也：

紀松實

紀松實，字多零，江甯人。紀映鐘女，王易妻，著有懷孟堂詩詞。衆香詞謂：「多零幼敏慧，善讀書，教以詞賦，試筆即工。及笄歸揚州諸生王慈峨名易，日夕倡和，相得甚歡，艱於嗣，出奩具買妾，善於逮下。慈峨嘗稱於人曰，糟糠人君子也。年三十七而卒，屬纊之前一日。檢其稿焚之曰：『我生平可以無愧者，酒食是議，毋貽父母憂而已，此不足留，且留此徒增良人傷感耳。』是以未窺全豹，僅得五闋，人謂傳誦者。」茲錄其三：

「花漸放，睡初濃，啼鳥枝頭啄小紅，拈筆欲消春晝永，冰花還在石爐中」——（按石爐係硯名）」——（搗練子）

「秋來正好醉秋光，如何忽理征裳？黃花十里馬蹄香，飛過雷塘。　靈借白雲粧點，夢隨紅葉飄揚，高堂從此日相望，早整歸裝。」——（畫堂春）

「萬頃清流接碧空，帆影有無中。平沙宿鷺，微雲飛雁，點綴天工。　垂綸人在烟波裏，瀟瀟對秋風。只應無累何須儉，不哭途窮。」——（秋波媚）

朱中楣

朱中楣，原名懿則，字遠三，吉水人。李元鼎妻，著有石園隨筆，文江酬唱集，鏡閣新集。「熙雪堂少宰稱其詩餘穠纖倩麗，不減易安。陳伯璣李雲田遴選國雅，海內閨秀僅得二人，惟夫人與黃皆令而已。」——（小檀欒室閨秀詞）

「涼風款款斷愁客，蕭蕭短髮衣衫窄，秋色入園林，新蛩鳴夕陰。江南蓴正美，欲趁蘆花水，簾捲月痕收，砧聲隔畫樓。」——（菩薩蠻）

「細雨欲收春去，殘花暗約鶯留，無心閒玩强登樓，陌上行人還有！泥滑難將舊恨，提壺喚起新愁；天涯芳草共悠悠，零落海棠消瘦。」——（西江月）

「秋色澹晴光，又聽呢喃話別長。隨趁蓴鱸，歸去早稱觴，帆曳西風遶芰香。何日遂歸檣：不爲驚秋淚染裳；鴈足那堪傳客信，悲傷眉黛牽愁，酒斂行。」——（南鄉子）

此外如王慧，倪仁吉，趙慈，吳苕華，和閩南鄭坊鄭九女，亦漁洋旗幟下之作家，以其多爲詩，故不錄也。

第六節　哀派女詞人

乾隆之時，漁洋所標榜的神韻，已不屬於衆；袁枚繼起，遂創性靈之說，時稱大家。門牆之盛，無以復加！章學誠作婦學篇攻擊甚力，他說：「近有無恥妄人，以風流自命，蠱惑士女；大率以優伶雜劇所演才子佳人惑人。大江以南，名門大家閨閣，多爲所誘；徵詩刻稿，標榜聲名，無復男女之嫌，殆忘其身之雌矣。」此君頭腦冬烘，其說原無一引價值，姑引以爲反證耳。乾隆之時，婦女文學之極盛，袁枚實與有力也。袁枚，字子才，號簡齋，亦號隨園。錢塘人，著有小倉山房全集，隨園詩話等書。隨園女弟子之能詞者：

席佩蘭

席佩蘭，字道華，一字韻芬，昭文人。孫原湘妻，著有長眞閣集。夫婦均工詩，隨園女子中之翹楚也。佩蘭尤有詩名，實清二百餘年閨閣中的俊才。讀其「賴有閨房如學舍，一編橫放兩人看。」——（孫子瀟示內句）——「五鼓一家都睡熟，憐卿猶在病床前。」——（又贈內句）之詩，即可見其唱隨之樂，伉儷之篤，自然「一時稱羨」了！

「綠陰深，深院閉，怕倚闌干，春在斜陽裏。幾片飛花纔到地，多事東風，又促花飛起。篆絲長，簾影細，一逕無人遮斷春歸計，人縱留春，春去矣！明日池塘，惟有東流水。」——（蘇幙遮）

「山杳杳，雪深深，不露枝頭一點春心：踏遍洞天春似夢，去年今日到而今！」——（搗練子）

「經句小別難相見，細雨如煙，春晝如年，不是懷人也只眠。料應一樣拋書倦，肩重髮偏，致冷情妍，瘦比秋花更可憐！」——（采桑子）

歸懋儀

歸懋儀，字佩珊，號虞山女史，常熟人。歸朝煦女，李學璜妻，著有繡餘小草。席佩蘭畏友，隨園之得意女弟子也。西冷閨詠謂其晚年往來江浙，爲閨塾師，若黃皆令卞篆生也。她不但工詩詞，所爲短札，寸璣尺璧，流落人間，亦極名貴。其聽雪詞集中詞，多佳作也。

「鶯聲漸老，懨懨薄醉添煩惱，天涯綠徧王孫草！蝶倦蜂嬾，宛轉春歸早。滿院濃陰，人悄悄，落紅幾點風前裊；半窗疏雨黃粱覺，兒女英雄，一樣傷懷抱。」——（一斛珠）

「畫裏春風面，林中明月光，綠陰消受午風涼。料得愁深夢淺，不成妝。窈窕神僊質，聰明玉雪腸，句成應是費商量，待看筆花，吹作滿身香。」——（風蝶令）

佩珊母李心敬，字一銘，亦耽吟咏，松江李硯會嘗刻一銘佩珊二人的詩，號曰二餘。而她丈夫的母親楊蘋香，也是一位詩人，因此一堂授受，相得益彰了。

王 倩

王倩，字雅三，號梅卿，浙江山陰人。王謀文女，陳基繼妻，著有問花樓集。既工詞，兼善繪事，畫梅尤多。其後欲繪士女百幅，未就；病於雲間白苧城，自知死期，囑勿寫遺照，賦絕命詞六章而歿。其洞簫樓詞一集中，多有佳作：

「隔宵相約戴星行，辭難成，夢難成！草草妝梳，吹燭等雞鳴。不是征人留不住，有無數離愁生。 芙蓉湖水接天平，望歸程，算歸程，帆飽東風已過短長亭；多謝龍山相送，遠林缺處一螺青」。——（江神子）

「梧桐雨洗池塘碧，捲簾花氣絲絲溼。紈扇晚生涼，步搖釵鬢雙。 冰綃通體薄，合喚玲瓏玉，記聽四絃秋，月明人欲愁。」——（菩薩蠻）

「殘夢一絲記起，只是無頭無尾，小倦倚簾鈎，爛梳頭。 真個風狂昨夜，滿地櫻花謝。雙燕語闌干，訴春寒。」——（昭君怨）

「酒醒夜淒清，何處簫聲？被風吹斷又濡星。知有幾多愁思在，語不分明。想得薄寒生露溼，羅旌沉吟，還自繞堦行，依約碧桃花底影，斜月三更！」

——（浪淘沙）

金逸

陳基前妻金逸，字纖纖，長州人。著有瘦吟樓詩，虎山唱和詩。隨園最稱賞之，與吳門閨秀沈散花等結社賡和，纖纖並被推為祭酒，蓋一大詩人也，

吳瓊仙

吳瓊仙，字子佩，一字珊珊，徐達源妻，著有寫韻樓詩。閨房之中。會集之時，同聲耦歌，窮日分夜。隨園聞之，嘗自吳中過訪，以為徐淑之才，在秦嘉上也。

洪亮吉更生齋集謂：「瓊仙嗜吟咏，兼工繪事，暇即發揮烟雲，摹寫花鳥。」

「烏飛兎走何時了，秋月春花，背地催人老；塵土何如仙闕好，黃元一夢醒偏早。新樣冰廚花印小，妙手靈心，事事堪傾倒，半縷梅魂驚乍杳，遺香剩得蘅蕪草。」——（黃金縷）

汪玉軫

汪玉軫，字宜秋，號小院主人，陳昌言妻，著有宜秋小院詩詞鈔。名媛詩話謂：「宜秋工詩善畫，所適不偶，乃賣文以自活。偶吟云：『風飄柳絮雨飄花，多少新愁上碧紗，借問過牆雙蛺蝶，春光今在阿誰家？』其境困厄，於此可見。」故其詞多窮愁語，亦新格也。

「夜寒生，夢魂驚，半爐蘭膏暗壁燈，牀頭饑鼠行。 數長更，起離情，倚枕填句未成，推敲直到天明。」——（長相思）

「愁中得句渾難穩，無眠夜半燒燈燭，風送漏微茫，逼人秋氣涼。熏爐添獸

炭，香篆微微散，何物助吟情？一蟲階下鳴！」——（菩薩蠻）

「西風庭院人淒絕，梧桐幾片殘秋葉，敲着紙窗櫺，孤衾和夢聽。　長更和短角，催得鐙花落。網月總銷魂，低頭見淚痕。」——（菩薩蠻）

廖雲錦

廖雲錦，字蕊珠，一字織雲，號錦香居士，青浦人。廖景文次女，馬姬木妻，著有織雲樓稿，仙霞閣詩草附詞。其詩才清絕，兼工繪事，竹窗軒詩話謂：「雲錦夫亡後，鍵戶焚香，撫琴詠詩，以寄其愁寂之況，閨閣中雅才也。同時莊盤山，金翠峯，張藍生相唱和。」

「翠幄陰濃最宜夢，尾春歸後，細風輕逗，依約低長袖。　暫見妍姿，窈窕明如繡，簾垂晝，曲欄干右，一架蟬痕瘦。」——（點絳唇）

孫雲鳳

孫雲鳳，字碧梧，仁和人。姊妹三人，俱爲隨園女弟子，正所謂「一時紅粉，俱拜門牆」也。適程氏，著有湘筠館詩詞稿。郭頻伽評其湘筠詞「寄意杳微，含情幽渺，置之花間集中，當在飛卿延巳之間。」郭頻伽又序其詞云：「二十年中，裴回身世，於家門之榮落，骨肉之聚散，人事之變易，紾紆轖結，一寓於詞。……」固非剪紅刻翠之作也。

「玉階露冷虫聲咽，珠簾影透玲瓏月；長夜夢難成，秋窗不肯明。　柳眉花似臉，鎮日深閨掩，人立小闌干，鵑花正春殘。」——（菩薩蠻）

「梧桐澹影，層樓下簾鈎，消得幾番疎雨幾番秋！　金爐篆，風吹亂，寫春愁何處？飛來殘夢五更頭。」——（相見歡）

「爐煙裊裊入初定，紗窗月上留花影；春色自年年，故人山上山。露寒風更

急，此景還如昔，記得倚闌干，夜深人未眠。」——（菩薩蠻）

孫雲鶴

孫雲鶴，字蘭友，一字仙品。雲鳳妹，金壇妻，著有春草閒房，倡松軒，聽雨樓詞等集。工詞兼長駢文，與姊齊名。她的自序云：「此詞（聽雨樓詞）上卷半爲兒時所爲，藏之篋中十餘稔矣。次卷庚申後作，多傷離憶遠，撫今追昔之言……」

我們就看她兒時之作吧：

「綠陰濃樹亂，無奈春歸人遠；梁燕去，塞鴻來，閒堦生暗苔。長亭路，分襟處，惆悵畫屏煙樹；流水遠，夕陽沉，倚闌千里心！」——（更漏子）

「酥雨勻來，萋萋先徧江南地。杏花風細，漠漠和煙翠。燕子歸時，休向高樓倚。斜陽裏，天涯無際，離恨年年起。」——（點絳唇）

「款乃聲參，一行驚起銜波鷺。柳邊柔艣，落日人爭渡。水色山光，載得

歸南浦，天將暮，殘鐘何處，却指煙中樹。」——（點絳唇）

這是一個清婉的境界。我們再看她那傷離憶遠之作吧：

「客館春遲，芳街泥滑，休問星橋火樹，燈月良宵，偏是晚來風雨，想嫦娥亦解持盈，不肯露十分圓處，却宜人剪燭，幽窗畫欄，點滴助清趣。 更深還又微住，凝望矇矓瀠影，憑闌無語。碧宇雲寒雁字，遠迷箏柱，料團欒人在重簾，應念我旅裏誰語，正天涯夢入楳花，共吟香雪句。」——（綺羅香）

「簾捲虛堂夜氣消，楳花風裏嫩涼生，羅衣團扇數流螢。 蟋蟀閒堦秋一片，芙蓉小院月三更，倚闌無限十年情！」——（浣溪紗）

蘭友有女金佩芬，字芷香，嫁湯愁名，能詩詞，眞是「有其母必有其女」了。

蘭友有妹雲鵬，字蘭卿，著有停琴館吟草。善擅草書，姊雲鳳，雲鵬同爲隨園得意弟子，亦詩人也。

袁素文

隨園三妹素文，名機，著有素文女子遺稿。四妹綺文，名杼，字靜宜，著有樓居小草。堂妹秋卿，字棠，著有繡餘吟稿，楹書遺詩。先後遭大故，其詩多哀婉之音。惟其女孫袁綬，袁淸，袁嘉等，則詞壇中之傑出也。

袁綬

袁綬，字紫卿，錢塘人。袁通女，袁枚女孫，吳國俊妻也，著有瑤雲閣詩詞稿。爲人穎異，髫稚讀祖詩，怡然意開，夙慧天賦，耽好塡吟，其瑤華閣詞一集，蔚然大觀矣。

「一峯秀起羣峯小，東流如帶山腰繞。日落數歸船，江村起暮煙。　來時松下路，半被雲迷住；一笑問山靈，還離天幾層？」——（菩薩蠻）

「微雨歇，正是晚涼時節，午睡起來人寂寂，無聊閒佇立。柳外輕雷纔息，花上夕陽明滅，獨上小樓情脈脈，遠山青欲滴。」——（謁金門）

「記得常儀分手去，別恨縈懷，怕咏相思句。鷓鴣不知人意緒，聰明故故撩人語。一夜小樓沉細雨，落盡嫣紅，春又歸何處？戲把榆錢千萬數，可能買得流光住。」——（蝶戀花）

袁 淑

袁淑，字疏篤，錢塘人。袁枚女孫，許字王康齋，扶病于歸，結褵之夕，終于禮筵，著有剪湘亭詞。

「緪河催渡涼蟬早，玉纖低按春鶯小。舊譜巧翻新，知音能幾人！ 柔腸縈雁住，訴出秋心苦，彈罷悄無言，一庭風露天。」——（菩薩蠻）

袁青

袁青，字黛華，錢塘人。袁枚女孫，重持謙繼妻，著有燕歸來軒詞。

「簷外滴秋霖，逗引離情又上心，遊屐如雲零散盡！愁深擁枕，西窗獨自吟。點點和疏礱，雁杳魚稀錦字沉：待倩夢中聯夢，雨蕭森，夢向雲山那畔尋。」——（南鄉子）

袁嘉

袁嘉，字柔吉，錢塘人。袁枚女孫，崇一穎妻，著有湘痕閣詞。名媛詩話謂：「柔吉早寡，子女亦殤，歸依母家，假隨園以終老焉。現已年逾五旬，著有湘痕閣詩稿一卌，詞稿一卌，其族孫崇海秋進士欲付梓，以詞稿問序於余，幷屬選定。詞皆清麗纏綿，與生香花可以爲伯仲。」

「去年今夜他鄉月，病酒兼傷別，今年又見月團圓，贏得今宵身在故鄉看！人生幾度逢今夕？莫問陰晴圓缺，茫茫合向醉中過，自把一尊清酒醉嫦娥。」——（虞美人）

隨園文名之盛，大江南北，閨媛名姝，徵詩刻稿，均望得其一言以爲榮。聲名標榜，直接間接影響於乾嘉時之婦女文壇者極鉅，本篇亦有足述者也。

張絢霄

畢沅一家俱能詩，惟其亞妻張絢霄可列于詞人之林。

張絢霄，字霞城，長洲人。畢沅亞妻，羣雅集謂其常手訂唐詩僞體。

「天上月初圓，人去遊仙，珠璣付與棗梨鐫。繡口錦心前世種，儘足流傳。翰墨有良緣，酬唱頻年，挑燈惆悵不成眠。雲被霞裳何處也，碧海青天。」——（浪淘沙）

「繞徑秋容靜，却喜花開並，倚檻頻看，拋書欲問，自饒佳景，遲賞晉邀月品寒香，對雙雙瘦影。位置消虛境，不怕霜來屏，陶令籬荒，羅含宅冷，夢遙鄉井，剩一叢嘉種好徵詩，贈司花總領。」——（連理枝）

王采薇

王采薇，字薇玉，一字玉瑛，武進人。王光燮第四女，孫星衍妻有長離閣詩詞，附刻平津館叢書中。孫星衍亡妻王氏事狀謂：「外舅教女如教子，嘗自言：『吾女慧或過於男。』故夫人姊妹俱識字能書，既婚數日，夫人囑余塡詞，並約圍棋，余皆未學，頗心媿之。後遂爲小詞，而卒不能對奕，夫人嘗言：『唐五代詞率可倚聲，被之簫管。』春餘夜靜，輒取李後主『簾外雨潺潺』詞按遍吹之，令余審聽，至『流水落花春去也，天上人間』，聞者欷歔，其後寫夫人遺影爲落花流水圖。……山齋有桐桂古柏，冬寒月皎，對影蕭瑟，或出戶閒吟，或焚香閱卷，論說史事，俱有神識。既得疾，終夕嗽不止，自疑將不起，爲詩詞多淒楚之音。」隨園亦謂其詞：「哀感頑豔，了當淒楚。」

「嘹唳歸鴻驚社後，旅館鄉心逗。夢入雲飛，綠遍天涯，不忍門前柳。露桃影裏人非舊，春也應難久，風日又清明，獨對殘紅，寂寞簾垂晝。」

（醉花陰）

胡慎儀

胡氏有三女，乾隆袁枚時之才女也。時隨園聲文流遍天下，風尚所趨，亦可謂爲袁派矣。

胡慎儀，字采齊，號石蘭，又號鑑湖散人，山陰人。駱煊妻，著有石蘭集。名媛詩話謂：「石蘭早寡，撫幼子未幾卒，家益落，乃爲閨塾師。歷四十年，受業女弟子，前後二十餘人，以詩名。女馮睿之，爲侍郎劉東恬室。睿之本玉亭女，幼繼石蘭，遂從馮姓，著有繡餘草。」

「古渡扁舟橫繫在，柳陰深處，颯西風，泖湖秋早，挂帆歸去；一片斜陽縈岸曲，半灣流沿門住。把漁竿獨自忘機，盟鷗鷺！　頻領略，烟霞趣；寒復暖，朝還暮，趁箕踞，長嘯逍遙寰宇。茅屋春深鶴夢老，金爐香裊琴心古，歎垂綸，莫漫向衡門，棲遲誤。」——（滿江紅）

胡慎容

胡慎容，字觀止，號臥雲，又號玉亭，山陰人。天游妹，慎儀從妹，馮坦妻，著有紅鶴山莊集。越風謂：「紅鶴與同懷姊慎淑，字景素。堂姊慎儀字采齊，俱負儁才，稱胡氏三才女。紅鶴夫亡後，以貧困，依姊采齊，游嶺南，鬱鬱死，無子，有女一，即思慧。」但鳧亭詩話則謂：「予當戊寅己卯，在嶺南會見紅鶴，年僅四十，幷晤其夫馮坦，年小於胡。是時思慧十二齡，今觀越風所載，謂夫亡後，始同遊嶺南誤矣。」

「人言我瘦形同鶴，朝朝攬鏡渾難覺，但見指尖長，羅衣褪粉香。若歆吟有異，不管腰身細，靑減靑如梅，調零亦是魁。」——（菩薩蠻）

羅袂香微風暗度，佳節重逢，越自生愁緒。鏡影嬌窺悄幾許，一枝愁壓柳花雨。歲月催人容易故，不是無情，故惹相思句，往事徒悲！腸斷處，雙雙燕子來還去。」——（鳳棲梧）

第七節 陳派女詞人

陳文述亦提倡婦女文學之一大詩人，他著有碧城仙館詩鈔，頤道堂集，西泠閨咏等，錢塘人。其門牆紅粉，雖無隨園之盛，然影響於婦女文學，亦非淺鮮。

碧城女弟子之能詞者：

吳規臣

吳規臣，字飛卿，一字香輪，金壇人。顧鶴妻，著有曉仙樓詩。郭頻伽謂：「飛卿畫花卉，風枝露葉，雅秀天然，詩詞皆嫻而不多見。其客白門時嘗刻小詞數闋。」玉壺山史別錄亦謂：「飛卿以孝行，稱畫師南田，風枝露葉，雅秀天然，兼精岐黃之術，侶松令米脂，從征喀什噶爾。飛卿留居吳門，夫家母家，皆特丹青以給。」名媛詩話亦謂：「聞飛卿善舞劍，蒙城張雲裳，善騎射，二人詩皆清絕塵氛。亦兒女英雄也。

「昨宵星月今宵雨，首似春蓬，心似秋虫，畢竟情懷那樣同。小樓深閨情無那，才聽疏鐘，又聽征鴻，莫道吳儂不懊儂。」——（采桑子）

「煙痕乍暮風絲冷，只有儂心領。逝水年華真一瞬，春花多笑，秋花多病，都是傷心境。危樓鎮日無影，小立也排清茗。濁酒澆來心自警，惜時偏醉

，愁時偏醒，何處商量準？」——（靑案玉）

張　襄

張襄，字蔚卿，一字雲裳，又字蘭卿，蒙城人。張麗坡將軍女，湯雲林妻，著有支機石室詩，錯槎軒集，織雲仙館詞。西冷閨咏謂：「蔚卿爲同年麗坡將軍女，詩詞書畫音律，無不究心，旁及韜鈐騎射，不媿將門。」

「一片雲飛墮，乍持來瑤箋爛漫，郇公五朵，湖海樓頭高百尺，也賞綠窗吟課，慚愧殺，論班說左，多少英才門下士，更傳鐙，分與蘭閨火，珠玉似，咳和唾。愁人今向愁城坐，悔髫齡，塗鴉幾字，外間流播，冰雪聰明天付與，未免言之太過，況齒及蛾江血涴，父櫬未歸兄遠適，問孤孀母子依誰可？將伯過，倘予和。」——（金縷曲）

吳藻

吳藻，字蘋香，仁和人。工詞翰，善鼓琴，旁及繪事，自稱玉岑子，碧城女弟子中之最有詞名者。著有花簾詞，香南雪北廬集。蘋香嘗寫飲酒讀騷圖，自製樂府，名曰喬影，吳中好事者，被之管絃，一時傳唱。花簾一集傳唱遠近，晚年因憂患餘生，移家南湖，將以託傷心於物外也。西泠閨詠謂其「自境南北調樂府，極感慨淋漓之致，託名謝絮才，殆不無天壤王郎之感耶。」即可知其身世，蓋其父夫俱業賈，兩家無一讀書者。（見兩般秋雨盦隨筆）

「一卷離騷一卷經，十年心事十年燈，芭蕉葉上雨秋聲。欲哭不成還強笑，諱愁無奈學忘情，誤人猶是說聰明。」——（浣溪沙）

「一庭苦雨，送了秋歸去，只有詩情無着處，枝入碧雲紅樹。　黃昏月冷煙秋，湘簾不下銀鈎？今夜夢隨風度，忽寒飛上瓊樓。」——（清平樂）

「莫把韶華細算，九十今猶未半，春縱不嫌多！奈愁何。只是日長無緒，添上水沈幾炷，窗外影移花，夕陽斜。」——（一痕沙）

「鸚哥語，昨宵有陣催花雨，碧紗窗下曉寒如許，侍兒幾度鈎簾覷，玉楳開在深深樹，深深樹，疏香小豔是春來處。」——（憶秦娥）

「玉簫數聲何處？吹盡落梅飛絮，樓外有紅牆，不把夕陽圍住。春去，春去，愁殺好花一樹。」——（如夢令）

碧城之提倡婦女文學，女弟子之外，直接間接，影響於同時之詞人者，亦與有關焉。

李佩金

李佩金，字紉蘭，一字晨蘭，長洲人。何仙帆妻，著有生香館集。西冷閨詠稱其：「玉潔蘭熏，閨秀之秀。」有秋雁詩四首，傳誦一時。陳雲伯刻「秋雁詩人」

小印貽之。江南人遂呼爲李秋雁。

「夢覺綠窗天曙，燕子簾鈎私語，報與惜花人，一院落紅飛去。春去，春去！九十韶光無據。」——（如夢令）

「半帆冷月空江白，楓荻晚煙橫。歸鴻無數，鄉心幾許，如此秋聲！尊前掩面，淒淒切切，細訴生平，琵琶哀怨，青衫憔悴，一樣消魂。」——（青衫溼）

「強把瑤徽消永晝，香烟添金獸，對此暮秋天，別緒離情，贏得人爭瘦。寥回寂寂殘燈後，淚早盈衫袖。明月望關山，何處相逢，絮語重攜手。」——（醉花陰）

這詞是佩金贈她閨房文字之交的許庭珠的。

許庭珠

許庭珠，字林風，吳縣人。姚椿妻，爲詩詞有林下之風。

「珠箔隔輕寒、鸚鵡玲瓏語，悄喚鎖重門，莫放春歸去！　桃李可憐生，各自啼紅雨，點點帶愁飄，吹入春江住。」——（生查子）

「年年望斷春江碧，怕倚層樓，不忍凝眸，山外雲山愁更愁！　淒涼遠望惟燈見，數盡遙帆，問却香篝人在，春風冷似秋！」——（采桑子）

這詞是她「寄懷李紉蘭妹的」，可見閨房知音亦不稀也。

楊芸

楊芸，字蕊淵，金匱人。楊芳燦女，秦承霈妻，工詩詞，著有琴清閣集，並輯古來閨閣詩話爲金湘薈說——（一名嬋娟錄）——陳雲伯爲序。在京師日，與李秋雁爲文字交，結社分題，拈鬮角韻，都中仕女，播爲美談。蕊淵幼受回擊，慧辨音，妙條簫譜，琴清閣詞，風美流發，在片玉冠柳之間，南陵徐乃昌刊小檀欒室閨秀詞，列爲第一。

「東風何事多輕薄，梨花又逐桃花落，小步小闌階，紅沾金縷鞋。　雨絲吹袖濕，窗外春雲黑，莫勸餞春杯，荼蘼尚未開。」——（菩薩蠻）

「雙燕歸來語不休，風前柳絮弄輕柔，梨花更作十分愁！　鬥草池塘何寂寞，傷春人倦嬾梳頭，任牠紅日上簾鈎。」——（浣溪沙）

「記得髫年攜手處，紅橋畫舫蓉湖。別來蘭訊未曾疏，新詞殘百幅，錯落贈明珠。　竹北花南香伴少，近時標格誰如？淸心一片映冰壺，顧家新婦好，得似小姑無！」——（臨江仙）

這詞是她懷羽素兼調蕉塘弟婦的。羽素就是她的表妹，亦能詞。

顧　領

顧領，字羽素，無錫人。著有蓮香詞，嘗作其所居「綠梅影樓」圖填詞，時人和者甚夥。愛梅，兼善詩。有詞法駕引四闋云：

「人間世，人間世，小謫廿年留，琪樹折殘滄海夜，瓊花吹碎碧城秋，天上有離愁。

瑤池上，瑤池上，異味出天厨。阿母待餐靑鳳髓，麻姑手擘紫麟脯，遊宴到方壺。

清虛府，清虛府，寶鏡影團圓。玉兎生依靑桂樹，金蟇爬上白雲端，風露最高寒。

東華籙，東華籙，曾依散花來。涼月無塵驚鶴夢，殘香有恨鳳凰台，刼後辨餘灰。」

管筠

管筠，字湘玉，號靜初，錢塘人。陳文述亞妻也，著有小鷗波館詩鈔。碧城爲輯玉天仙梵一書，敘述其詳。有詞浪淘沙云：

「日遲芳甃聲停，玉漏東風，種出雙紅豆。好韶光，偏是春瘦花瘦人瘦！重簾不捲香微透，頻添紅袖，小池風軟閒春晝，鏡奩依舊。波皺雲皺眉皺！」——（浪淘沙）

惲　珠

惲珠，字珍浦，號星聯，晚號蓉湖道人，陽湖人。惲南田族孫毓秀女，著有紅香館詩餘。刋李二曲集，又刻遜菴語錄，並纂蘭閨寶錄六卷，又廣搜清代女子之作，選爲正始集。儀徵相國論爲「女中之儒」，推崇備至。

「高柳陰濃罨綠溪，輕舟搖過小橋西。波瀲灩，影迷離，斜陽幾樹晚鴉棲。」——（漁歌子）

「夜靜天空，西風料峭秋聲老，浮雲如掃，月到天心小。　一卷南華解卻愁

多少？香閨悄，爐煙裊，錦幌羅衾好。」——（點絳脣）

「窗外瀟瀟風雨，春在兒家庭戶，懶去理瑤琴，閒倚雕欄無語。愁緒，愁緒！又聽數聲杜宇。」——（如夢令）

沈善寶

沈善寶，字湘佩，錢塘人，來安武妻，著有鴻雪樓集，名媛詩話。善書工詩，當其髫齡，父即歿于西江，官囊如洗，乃致意翰墨。數年而求詩畫者踵至，潤筆所入，奉母課弟，女弟子有百餘人。其母吳浣素，亦一才媛也。

「問春欲去歸何處？怪底春無語；商量無計把春留，又見杜鵑啼血蝶含愁。落花飛絮多情緒，也欲隨春去，闌干十二獨徘徊，贏得靑靑滿眼是莓苔！」——（虞美人）

「瀟灑吟情在，灞橋杖挂詩，驢踏瓊瑤；陽春一曲調應高，梅正香饒雪正飄

騷。自是清狂逸興豪，一任塞驕，肯負今朝？竹籬茆舍滿山坳，幽抱難描，幽思難消。」——（一剪梅）

「半壁燈光孤立，一縷鑪煙弦直，鬱斷小樓中，何處數聲長邃？幽絕，幽絕！恰好疏簾澹月。」——（如夢令）——

第八節　何周左俞

道咸之後，淸室多故，士大夫旣無心優遊文學，而隨園碧城之風，亦已就衰；文學潮流至此，其勢微矣！只餘迴光一照者，賴有曾國藩，與俞樾諸人，遭際於戎馬倥傯，尙事揄揚風雅，光燄乃見掩留明滅；然盛後之餘，必繼以衰，此女詞亦所必然也。

何慧生，字蓮因，善化人。龍啓瑞繼妻，著有梅神吟館詩詞集。詩詞多有悲歌慷慨之作，蓋痛國是之日非也。

「長途多少傷心事，錦字報秦嘉；無端風鶴，滬城鼓角，分散天涯。關河迴首，柔腸寸斷，淚漬紅紗，重逢何日！片帆去遠，千里雲遮。」——（人月圓）

「紅葉滿青山，雨後生寒，數聲征雁度鄉關。客路長途多少泪，羅袖難乾。衰草漸闌珊，離思千般，浮雲出岫幾時還？憑杖西風吹恨去，莫在眉彎。」——（浪淘沙）

「簾捲西風月似鈎，數聲征雁度妝樓，身如弱柳豈禁愁。 幾片浮雲猶帶雨，半庭黃葉乍驚秋，畫屏閒倚望牽牛。」——（浣溪沙）

周詒蘩

周詒蘩，字茹馨，湘潭人。姊詒端，即左宗棠妻也。詒蘩與姊學詩於母氏王文襄，合刻其詩詞爲慈雲詩鈔，詒蘩又自著靜一齋詩餘。

「衰草地，密雲天，將軍走馬獵燕然。重圍撥斷龍堆雪，六關銜開鴈塞烟，」——（杜殿秋）

「登閬苑，燕驚秋，戶牖綢繆事事憂。試問此中方寸地，如何容得許多愁！」——（搗練子）

「芳心悄，香魂渺，玉顏秀髮風中老。意闌珊，恨無端，葉底金鈴，檻外朱旛，翻！翻！翻！春將了，花方惱，撩人無奈林間鳥。莫須歎，不須看，欲待離魂倩女重還，難！難！難！」——（惜分釵）

左又宜

左又宜，字鹿孫，湘陰人，左宗棠女，夏敬觀妻，著有綴芬閣詩詞各一卷。善吟詠，尤耽倚聲，詞又倩秀可喜。

「簾捲香消，輕寒惻惻，良夜迢迢，春過春分，月圓月半，花發花朝。年

年此際春饒，花月下金樽酒澆。邀月長空，祝花生日，且盡今宵。」——（柳梢青）

「漏沉沉，香裊。廊轉花清，簾櫳風來小。試拍紅牙歌水調，尺半湘筠，吹弄霜天曉。醉顏酡，明鏡照。過盡韶光事事較年少！白頭昨翠葆，自後思量，更說而今好，」——（蘇幕遮）

「殘月橫窗朧似水，人在天涯，秋在蟲聲裏。一院瞑煙飛不起，臨風戲擲相思子。玉栖朱闌閒徙倚。良夜迢迢，一半消磨醉。覓得新詞還自喜，悄吟背立紅檀几。」——（蝶戀花）

左錫璇

左錫璇，字芙江，陽湖人。左昂女，袁訒菴繼妻，著有碧梧紅蕉館詩詞。幼受敎於張孟緹，工詩詞，畫宗南田，秀潤有法。歸袁後，不數年，袁即殉于匪難，芙江遂流寓閩中，拮据度日，亦慘痛也。

「好景難描，春光如繡，又是華朝，楊柳多情，海棠無力，風雨飄緺。曉粧情味無聊，有多少餘酲未消，一縷離愁，三分春思，都上眉梢！」——（柳梢青）

「離合自今古，斷不斷情關，東流流水盡，何日復西還？欲借吳鈎三尺，掃淨邊塵萬里，巾幗事征鞍。多少心頭恨，淸淚不勝彈。酒樽前，人影瘦，夜燈寒，不知今何夕？獨醉不成歡。人世悲歡不定，歲月一年已盡，爲語倚闌干。風雨荒郵夜，歸夢到長安。」——（水調歌頭）

左錫嘉

左錫嘉，字冰如，又字小雲，左昂第三女，錫璇妹，曾詠妻，著有冷吟仙館詩詞鈔。小雲聰慧過人，工繡譜，善詩詞，兼書畫。九歲失恃，育於叔母家，身世甚淒涼，詩中每有此感，亦才媛也。

「揉紅剪翠，春漾簾如水，簾隙度香欲醉。香影被風篩碎。翠絲茸帽，重幃銀屏，界破愁圍。長記別離時節，江南草長鶯飛！」——（清平樂）

「綠陰深處藏春色，芳菲不借東風力，華瓣太玲瓏，問心同不同？冷香裁月魄，清影憐幽寂，虛白照空明，楚雲舒卷輕。」——（重疊令）

「別後心情知否？濃睡非關中酒，豐骨太珊珊，憔悴不殊秋柳。消瘦，消瘦長是翠眉低皺。」——（如夢令）

俞繡孫

俞繡孫，字綵裳，錢塘人。俞樾女，許佑身妻。幼時曲園以詠月爲題，令賦一詩，甚工，曲園大喜，遂名其居曰慧福樓。著有慧福樓幸草。綵裳工詞，唱和無虛日，年三十四以產厄卒，前數日忽索取詩詞焚之，此其餘散也。

「天漸曉，簾外聽啼鵑，紅濺梅花樓外雨，碧籠楊柳陌頭煙，春色又今年」——（憶江南）

「鶯睍睆，燕呢喃，聲聲有意鬧春天。窗前喚起閨人夢，斷句吟成祇自憐。」——（桂殿秋）

「無端一別，隔雲山千里，錦字緘愁倩誰寄？算浮生總是：會少離多，拚負却燈下花前月底。　記曾留後約，何事蹉跎？冷落銀屏舊時意。寄語遠遊人，知否閨中，空望斷歸舟天際？更莫問相思幾多深？也不說相思，者般滋味。」——（洞仙歌）

「記得昔同遊，楊柳灣頭，落花流水兩悠悠。莫道春愁禁不起，還是春愁！款乃櫓聲柔，夢亦難留，輕寒翠被冷香篝。睡起斜陽明雉堞，錯認杭州。」——（浪淘沙）

許之雯

繹裳母姚文玉，著有含章集，有詩名。女許之雯，更有成就。之雯，字修梅，，著有緗芸館詩鈔附詞。

「庭院愔愔靜掩屏，楊花無力點羅衣，夕陽芳草鷓鴣啼。閒壓繡衾眉黛斂，微欹鳳枕額黃低，離人何日是歸期？」——（浣溪沙）

「金風料峭，冰簟涼偏早，一枕西窗殘夢覺，庭院悄無人到。 雨聲點點蒼苔，幾回攬鏡徘徊，判與黃花同瘦，年年憔悴秋來。」（憶蘿月）

第九節 毗陵四女

武進張仲遠曾刊其女兄弟緗英，瑚英，綸英，紈英等詩詞，毗陵四女集，其「門風雅，可以想見了。

張緗英

張緗英，字孟緹，張綺長女，吳廷珍妻，著有澹菊軒集，名媛詩話謂其「詞筆秀逸，得碧山白雲之神。」因感擷芳集收閨秀詩太濫，正始集選閨秀詩太簡，故另選國朝列女詩錄一帙。

「去年燕子來無數，不住呢喃語，今年燕子凭無情，知是病餘顛頓不堪聽！支離三月幽枝臥，強自扶牀坐，幾時被步倚闌干，已是春花落盡未曾看！」

——（虞美人）

「病怯晚寒嚴，休捲重簾，穿簾無奈朔風尖。人與梅花同瘦損，一響懨懨。新月上雕簷，眉影纖纖，閒愁暗逐漏聲添。迴首嶺雲千里外，淸淚空沾。」

——（浪淘沙）

「飛絮，飛絮，只解催將春去，池塘芳草芊芊，燕子歸來捲簾，簾捲，簾捲，花影斜敧一半。」——（轉應曲）

張瑚英

張珊英，字緯靑，張琦次女，緗英妹，章政平妻，著有緯靑遺稿。

「聽幽蛩，鳴玉砌。月影重，門深閉，淸露冷，漏聲微，敲窗敗葉飛。 簾半捲，人微倦，閒倚薰籠題扇，鑪煙裊，畫屏深，添香學撫琴。」——（更漏子）

「娉娉絕色，斜倚疏籬側，玉蕊冰綃爭忍折，況照一輪明月。 羅衣逗滿淸香，夜深獨倚迴廊，不減紅梅，風均影兒。裊娜橫塘。」——（淸平樂）

王淵香

緗英三妹張綸英，字婉紃，著有綠槐書屋詩集。四妹張紈英，著有餐楓館稿，均有詩名。紈英女王淵香，字采蘋，太倉人。少依舅父仲遠于武昌官舍，與妹采蘩采藻，同受書於孟媞婉紃二姨母。時孟緹詩已成名家，婉紃書亦秀出，曾國藩，暨胡林翼頗欽賞之，故采蘋能成閨媛中之一大名手者，其姨母之力也。後著棣華館詩課，讀選樓詩十卷。釆蘋精書善畫，曾爲河督許振禕家女師，有女弟釆蘩，釆藻，釆芹均能詩。同時與有名者，孟緹女孫吳蘭畹，字宛之，著有灌香草堂詩稿，並閨中唱和合刻爲沅蘭詞，傑出也。

第十節　鑑湖女俠

這是婦女的光榮，這是文學史上的特色，這更中國婦女鱻旋文學作風的變革；那便是鑑湖女俠的繼起，中國的第一個婦女革命家的出現！

當我們的祖先，在那滿淸政府的鐵蹄殘喘着苟延那生命的時光；這位女救星便出現，她希望能用自己的才力和熱血，要拯救這一班奴隸，於是這悽慘悲壯轟烈的戲劇便開幕。在中國婦女史中，塗上一塊鮮紅光榮的血漬！

秋瑾，字璿卿，一字競雄，號鑑湖女俠，山陰人。僅僅這幾個名字。便可看出她一身的素志，已完的歷史！

她的學問，詩文詞令，那只是她的餘技。騎射飲酒，明媚倜儻，那才是她的個性。

光緒甲辰，女俠東渡日本，在江戶晤及孫總理，便入同盟會爲會員。丁未歸國，在紹興辦明道女學，還主持徐錫麟所創的大通體育會。她想在那昏天黑地中，賜給婦女們一個明燈，讓她得到光明！她想在那病夫的國度裏，帶給民衆們一個健康，讓她得到蘇醒！

那時徐烈士在皖圖揭竿，當然女俠是給他很多革命的助力，後來徐案發難，烈士與女俠，均不免以身殉。革命未成身先死，這使我們後生無限惋惜與哀悼的！

先是女俠素鄙視同郡胡道南其人，徐案敗後，胡便將女俠革命的行藏，報告於紹興知府滿人貴福。貴便告訴巡撫張曾敭，張又轉徵湯壽潛，張美翊這班劊子手的同意，便往捕女俠。在六月六日的一個淒慘的早晨，東方便失掉一顆革命的明星，女俠就就義於古軒亭口了。她被捕後自始至終，嚴守着革命的祕密，惟書「秋雨秋風愁煞人」七個字。

女俠死後，其友人吳芝瑛爲其斂葬於西湖，以「嗚呼鑑湖女俠秋瑾之墓」題其血淚碑，又觸當道之忌被毀。民國成立，建風雨亭並表其墓以爲紀念。

她適湘潭王廷鈞，生子女各一。歿後詩詞散失各方，她的友人王芷馥，何震總成其集，得百餘首，名爲秋瑾詩詞。丁未刊於東京，章炳麟，蘇曼殊爲其序，近且有坊版矣。

她的詩詞，多身世家國之感，慷慨激昂之音，必須關西大漢，執銅琵琶，鐵綽板而後可和吟也！

「骯髒塵寰，問幾個男兒英哲。算只有蛾眉隊裏，時聞傑出。良玉勛名襟上淚，雲英事業心頭血。醉摩挲長劍作龍吟，聲悲咽。自由香，常思爇，家國恨，何時泄。勸吾儕今日，各宜努力，振拔須思安種類，繁華莫但誇良玦。算弓鞋三寸太無爲，宜改革！」——（滿江紅）

「小住京華，早又是中秋佳節。爲籬下黃花開遍，秋容如拭。四面歌殘終破楚，八年風味徒思浙。苦將儂強派作蛾眉，殊未屑。身不得，男兒列；心卻比，男兒熱。算平生肝膽，因人常熱，俗子胸襟誰識我，英雄末路當磨折。莽紅塵何處覓知音，青衫溼！」——（滿江紅）

這樣雄壯偉昂的詞，排比於岳飛滿江紅一闋之前，滲入於蘇軾浪淘沙一闋之中，可無愧色了。然而，女俠亦非晏小山之流，自謂未嘗作「婦人語」者，這才是「兒女英雄」的本色呢！

「腸斷雨聲秋，煙波湘水流，悶無言獨上粧樓。憶到今宵人已去，誰伴我？數更籌。　寒重冷衾裯，風狂亂幙鉤，挑燈重起倚熏籠。窗內漏聲窗外雨，頻點頭，助人愁。」——（唐多令）

「窗外落梧聲，無限淒清。蛩鳴啾唧夜黃昏，秋氣感人眠不得，細數鐘更。斜月上簾紋，竹影縱橫，一分愁作十分痕。幾陣吹來風乍冷，寒透羅衾。」

——（浪淘沙）

第十一節　姊妹詞人

有清一代，女作家之衆，既已言矣，女詞之多，亦難盡舉。上文所述，未及十二；蓋取其大家，撮其派別，就便行文耳。茲再摭要，作前後補遺，以表亡清二百七十餘年間，女詞人之盛；可是滄海遺珠，仍是難免的，我們只好永作無涯的抱憾吧！

這兒，我再分做三段敘述：（上）姊妹詞人——補述姊妹之俱成詞人，及各專家。（中）珍貴詞人——補述非名姝淑媛之詞人，搜羅遭際艱辛，身世淒涼的作家，徵集血淚交流的產物，這才是珍貴的詞人。（下）其她詞人——補述其她詞人，作女詞人名表，分「姓名」，「別字」，「籍貫」，「著作」，「備註」，這概以有集者為限，至有一二作品，及姓籍無可考者，亦概從略。

張學雅

清初張學雅姊妹七人，皆有文名，俱工詩詞，均有專集，茲略述之：

張學雅，字古什，太原人。張佚女，許字于中沚，二十二未婚卒，著有繡餘遺草。古什幼不食葷血，聰明過人，嗜讀書，十餘歲能屬文，作月賦。尤工詩，因家貧，又多流離遷播，甚至紙窗破損不能補，亦端坐誦讀，徹夜不休，誠難得也。

「向晚粧成懶出帷，徘徊對鏡蹙愁眉，自憐歎少只多悲。　花弄影時庭正午，鳥驚啼處日西垂，夢來幽夢已難追。」——（浣溪沙）

張學儀

張學儀，字古容，張佚第三女，于中沚妻，著有豔樹詞。

「鶯語喚，曉粧殘，捲簾看：山芍藥，一枝丹，惜春殘，能幾日，又闌珊！

添遠恨，翠眉攢，淚珠彈。斜暗想，倚回闌，不如他，雙燕子，兩相安。」——（三字令）

張學典

張學典，字古政，號羽仙，張佚第四女，楊光豫妻，著有花樵集。名媛詩話謂：「羽仙十歲爲探蓮賦，兼工繪事，與妹凌仙孽生，尤相憐愛。」後與夫偕隱，日手經史，教二子繼光，繩子皆成名。又兩女芝，芳，孫女錦屏均能詩，芝著有淑芳集。

「遠烟籠翠舒新柳，春光暗向樓中逗。莫把繡簾開，東風引恨來。　遙山雲一帶，人在雲山外，芳草似離情，逢春處處生。」——（菩薩蠻）

張學象

張學象，字古圖，號淩仙，張佚第三女，沈載公妻，著有硯隱集。江南通志謂：「學象與學典孿生，詩名亦相埒。中歲寡且貧，不能自存，學典分宅居之，白髮絳紗，爲世女宗。」日手經史自課其子，後益落，乃爲閭塾師。林下詞選謂：「學象因所配非偶，其詩詞多哀怨之音，斷腸集不是過也。」

「病慵思睡，可憐一日長如歲，輾轉無聊，憑損蛾眉瘦損腰！三生緣淺，鳳台不遇吹簫伴，寫恨盈篇，幾度追思李易安。」——（減字木蘭花）

張學聖

張學聖，字古誠，張佚第六女，于廷機妻，著有瑤草集。

「昭陽春畯，風送歌聲遠，舞罷霓裳，歸院映。凝醉海棠紅軟。窗前鸚鵡嬌呼，錦帷春夢如酥，女伴相邀，鬥草雲鬟，起倩人梳。」——（清平樂）

張學賢，字古明，張佚第七女，于星韓妻，著有華林集。

許心榛

許心榛，字山有，幼字阿秦，長洲人。許竹隱女，陸升枚妻，與妹阿蓴，阿蘇，阿芬俱有詞名。林下詞選謂：「竹隱宦黔寄以絕句云：『憑他道韞詠風絮，爭似儂家有阿秦。』阿秦一和再和有：『粧臺秋暮挑燈事，閒檢殘編到漢秦』之句，可想見其風期矣。與妹阿蓴，阿蘇，阿芬唱和爲樂，又與母妗張采于稱閨中詩友。」

「數聲漁笛斜陽裏，離愁亦停寒風起；烟樹幾人家，冬殘猶放花。　昔時歡笑處，各自東西去，恰見斷鴻飛，霜帆獨棹歸。」——（菩薩蠻）

許心碧

許心碧，字阿蓴，阿秦妹，興到偶一作詞，極清新可誦。

「送別江頭江水清，歸帆漠漠帶愁征，鶺鴒原上曉霜明。　木落千山香夢繞

，香横半舫曉粧盈，搖搖心事各懸旌。」——（浣溪沙）

許心檀

許心檀，字阿蘇，阿秦妹，聰明好學，韻語出自天然，且工書。

「簾櫳卷，穿來穿去雙雙燕。雙雙燕烏衣新剪，天涯遊倦。銜花杏苑臙脂片，翩躚掠雨深深見。深深見，雕梁春永，呢喃自遣！」——（憶秦娥）

許心澧

許心澧，字阿芬，阿秦季妹，年十二，喜弄翰墨，善吟咏，亦才女也。

「忽憶羅浮麓夢，半簾花霧，香入虛無；一任朱樓斜掩，黃鳥頻呼；月陰轉深藏。豐韻宿痕濃，越顯肌膚，對他愁輕粧受凍，疎影難扶。清癯東君傳信，百花根動，草短平蕪，管領芳菲，水邊先把一枝圖；笛聲横，落英自婦

隴書斷，新釀誰沾？為調羹衡寒先發，春滿皇都。」——（玉蝴蝶）

莊盤珠

莊盤珠，字蓮佩，莊有鈞女，著有秋水軒詞一卷，一大家也。有鈞授以漢唐諸家詩，諷詠終日，及笄即裒然成集矣。嘗謂其父曰：「願聞正聲，不願聞變聲。」後嫁中表吳承之，翁遠宦，姑早喪，仍依母家，育子女兼操家政，年二十五，竟以瘵卒。其秋水一篇，即傳播藝林矣。

「枕上暝難著，樽前泊不收，夕陽無奈上扁舟。料得舟行十里九回頭。南鴈書須寄，東風恨未休，落花紅影蕩簾鈎，不管簾兒底下有人愁。」——（南柯子）

「雪消來問旗亭價，踏青人立秋千外，珠濺臘槽香，春風引夢長。　茆蓋三間屋，門對清溪曲，帘影半低遮，繞村紅杏家。」——（菩薩蠻）

呂采芝

呂采芝，字壽華，陽湖人。趙鶴皋妻，著有幽竹齋詩，秋笳詞。柏舟早賦，率多淒楚之音。其妹呂采芙，字擷芬，蔣彬蔚妻，亦能詞。小檀欒室詞鈔有錄也。

「寂寞重過庭院悄，倒掩梨花，燕子歸來早。寒食清明都過了，地塘又見荷錢小。極目荒煙迷古道，冀北江南，夢逐征鴻渺。盼得魚書偏草草，近來肥瘦難知曉。」——（蝶戀花）

楊芬若

楊芬若，畢幾庵妻，著有綰春詞，綰春樓詩詞話。

「鶗鴂唱斷江南路，春光暮，早吹落櫻桃飛絮。彈淚問東風，奈東風不語。一寸柔腸萬愁縷，撥瑤琴心情難訴。又院宇黃昏，蕭蕭疏雨。」——（珍珠

(今)

伍蘭儀

伍蘭儀，著有綠蔭山房詞稿。夫陸鳳崙殉咸豐庚申之難，故詞多纏綿悱惻：身世使然也。

「簾前鳥語，正景色融和，乍晴天氣。柳綠桃殘春已暮，惆悵人生如寄。匣裏珠璣，篋中錦繡，一旦捐棄。浮雲過盡，塵緣回想無味。堪歎粉蝶尋香，遊蜂釀蜜，也被韶光餌。轉瞬落花紅滿地，猶是相偎相倚。萬種淒涼，千般懊惱，終日如沉醉。無情風雨，韶光一霎更易。」——（壺中天）

劉琬懷

劉琬懷，字撰芳，著有問月樓詩草，又工詞。家有臺榭紅藥，常與諸姊妹聚唱其間，得六十闋，名爲紅藥闌詞；後至京師，又成補闌詞。

「坐對銀紅細細挑，停鍼忽聽雨蕭蕭，幾聲風驟打窗寮。　多事檐前懸鐵馬，無端庭畔種紅蕉，總拌不寐到明朝。」——（浣溪沙）

凌祉媛

凌祉媛，字苣沅，錢塘人。凌詠女，丁丙妻，著有翠螺閣詩詞稿。卒年才二十有二，才人之薄命也。其詞稿名動一時。當時閨媛唱和甚衆，亦一時之盛也。

「櫚鈴驚破紅閨夢，曉粧人怯餘寒重，纖手捲簾衣，風前放燕飛。　落紅紛似雪，倦了尋香蝶，樓外易斜暉，來春歸人未歸！」——（菩薩蠻）

「鐙影掩蘭房，寂寂昏黃，春人拜月理殘妝。華徑風來爐暗裊，一縷心香。倩影倚迴廊，羅帶輕颺，弓鞵立盡露華涼；却怪嫦娥無一語，沒個商量。」

（賣花聲）

趙君蘭

趙君蘭，字我佩，仁和人。趙秋舲女，著有碧桃仙館詞。

「鈿金鬆，釵玉溜，新月如眉鬥。數盡迢迢良夜漏，夢也難成，睡也難成就，綠陰肥，紅雨瘦，春去天涯久。客裏傷風兼病酒，花似當時，人似當時否？」——（鬢雲鬆）

「冷冷清清，風風雨雨，寂寂寥寥。密密疏疏，蕭蕭颯颯，暮暮朝朝。　倦遊人怕登高，折冷落詩瓢酒瓢，病裏看花，愁邊說夢，那不消魂。」——（柳梢青）

錢斐仲

錢斐仲，字餐霞，秀水人。錢易齡女，戚士元妻，著有雨花盦詩餘盦詞話一卷。

「自悔種芭蕉，故故當窗戶，葉葉淒淒槊槊聲，夜夜添愁緒。隔院有梧桐，落葉紛難數，自是離人易得愁，那處無風雨。」——（卜算子）

關瑛

關瑛，字秋芙，錢塘人。詩詞書畫，均有淵源，鏡檻書牀，可想見其文采矣。著有三十六芙蓉詩存，夢影樓詞。

『斷鴈飄愁，盤鴉聚暝，一鞭殘夢歸鞍。酒醒郵程，嶺雲隴樹漫漫。渡江幾點歸帆影，近荒林一帶楓丹。最難忘，第一峯前，立馬斜看。而今休說鄉關路，剩濛濛煙水，瘦柳漁灣。短帽西風，古今無此荒寒。蘆笳聲裏旌旗起，問當年誰姓江山？有悠悠幾處牛羊，短笛吹還。」——（高陽臺）

孫秀芬

孫秀芬，字蓀意，仁和人。著有衎波詞。

「又見佳期逢七夕，烏鵲橋成，欲渡還嬌怯。一歲離情應更切，銀河執手低低說。莫怪天孫腸斷絕，修到神仙，尚有生離別。風露悄涼人寂寂，夜深獨向瑤階立。」——（蝶戀花）

顧太清

王幼遐論詞嘗曰：「滿洲詞人，男有成容若，女太清春而已」。今爲言太清春，以見滿清人主中原，二百七十餘年間，所產詞人，女者惟太清春其著耳。」——

顧春，字子春，滿洲西林人。太清春其別號，著有東海漁歌，天游閣詩稿。名媛詩話謂：「太清才氣橫溢，援筆立成，待人誠信，無驕矜習氣，但和者即席揮毫不待銅鉢聲終，俱已脫稿。天遊閣集中諸作，全以神行，絕不拘拘繩墨：「鴈字分飛思不禁，聽風聽雨夢難尋。露花庭院，燈影照消心。贈我不須長夜飲，感君聊賦短檠吟。熒熒一點，應惜寸光陰。」——（琴調相思引）

「楊柳風斜，黃昏人靜，睡穩棲鴉。短燭燒殘，長更坐盡，小篆添些。紅樓不閉窗紗，被一縷春痕暗遮。澹澹輕烟，溶溶院落，月在梨花。」——（早春怨）

「花裏樓臺看不真，綠楊隔斷倚樓人。誰謂含愁獨不見，一片柳花人面可憐春。芳草萋萋天遠近，難問：馬蹄到處總銷魂，數盡歸鴉三兩陣，偏襯，蕭蕭疏雨又黃昏。」——（定風波）

第十三節 珍貴詞人

陳沅

陳沅，字圓圓，一字畹芬，武進人，著有舞餘詞。衆香詞小傳謂：「圓圓初爲女優，名擅吳中，與某公子有生死盟，田皇親購得之。公子遣盜劫之江中，誤載他姬以返，再往已有備矣，力戰易歸。已而事露，禍且不測，公子度不能爭，遂以獻。既至無寵，雜配梨園中，三桂以父蔭，入覲皇親，出家伎侑觴。一見陳沅，問鄉里，遂屬意焉。酒半，則供奉者已易八矣——蓋家伎有上次兩班，初出供客猶其次也。三桂頻問陳沅，皇親知其意，賫送旅中，時邊報日急，三桂一宿馳去。既而流賊陷京師，陳沅已爲賊部權將軍某所得，三桂入關首遣親騎四出，懸重賞，購歸寵之，並嫡宮中，呼陳娘娘。壬子以前，時達官解餉至滇，官本吳人，娘娘召見，便殿問吳中某某無恙乎？皆平者所交厚者，蓋猶未忘情也。太倉吳梅村祭酒，有圓圓曲紀其事。」吳仰賢于小匏菴詩集謂：「陳圓圓於吳逆（三桂）死衡陽，即遁蹟爲尼，滇城外瓦村尼菴，尚存小影二：一少年靚裝，一尼裝，兵燹俱歸羽化矣。」

「自笑愁多歡少，癡了底事倩傳杯，酒一巡時腸九迴，推不開，推不開！」

——（荷葉杯）

「隄岸隄柳，不繫東行馬首，空餘千縷秋霜，凝淚思君斷腸。腸斷，腸斷！又聽催歸聲喚。」——（轉應曲）

「滿溪綠漲春將去，馬踏星沙，雨打梨花，又有香風透碧紗。聲聲羌笛吹楊柳，月映宮衙，懶賦梅花，簾裏人兒學喚茶。」——（醜奴兒令）

馮絃應

毛西河少年時以度曲知名，薄遊馬州。當墟者馮二，名絃應，聞西河歌，倩人致意。西河辭之曰：「吾不幸遭厄，吹篪渡江，彼慵不知意，豈誤以我爲少年遊耶！」次日遂行。馮氏有讀西河江城子二闋，詞意悽惋：

「綠陰何處晚啼鶯，弄新聲，最關情。一夜寒花，吹落滿江城。讀得斷碑黃絹字，人已渡，暮潮橫。蘭陵江上晚花飛，冷烟微，照人衣。無數新詞最恨是桃枝。待得蘭陵新酒熟，桃葉好，送君遲。」——（江城子）

李端生

李端生，字五絲，眞甯人。衆香詞謂：「五絲爾士，寇某女，母李本樂籍，父故，方十齡，隨母復歸平康，冒姓李氏。幼聰慧絕倫，喜讀書，過目成誦，見名宿長者，輒執經史請益，間爲詩詞，悲婉清麗，學書得衛夫人楷法。年及笄，矢志不屑苟合，其家或強令款客，李憤甚，乘間祝髮爲尼。獨居邑南朱寺之大士菴者二載；後歷避賀蘭河湟間，冀物色英雄，不得，復歸南朱，焚修精進，備極艱苦。旣而其家密謀黑夜捆縛，趨池陽僦寓邑西之中河堡，閉戶讀書，儼然方外也。時池陽張嘯月太學生，年弱冠，豪俠自負，聞其名，異之，遂造訪焉。値李臥病西樓，垢首亂髮，擁衾獨坐；張入踞別席，脈脈相視，數時不作一語；至良久方問：「君非張姓五郎嘯月乎？」張應曰：「然。」李推枕驚起再拜泣下曰：「妾抵三原即聞名，今見君器宇不凡，計非君不足了妾終身。」張感其意亦泣下，即焚香設誓，許爲小星。李善琵琶，每命飲，一再彈爲出塞入塞之聲，張起舞彈劍長歌相和，慷慨流涕莫能仰視，遂貸數百金付李歸眞邑，而轉託其居停某爲之脫籍屬，甚殷甚，未果。次歲復自眞邑過中河舊居，與張再會西樓，堅訂前約，遂渡渭橋，登華山絕頂，泣訴嶽帝祠下，以姻事及張之功名爲禱。歷遊毛女洞諸勝，留蹟煙霞，悵然有終焉之志；比下山即遄歸眞邑，至秋半方脫籍，闢廬孤處。又一載，己巳春寓書於張，囑迎歸甚切，望張答書勉其讀書勵志，以古人自期，訂遣迎少須時日，李愈感念，覺月悲咽絕粒……」未幾患心痛，致書於張，即卒，時年方二十八耳。與張唱和甚多，惜未集梓，亦青樓中之僅見也。

「被擁餘香銀燭短，睡起無聊，眉黛從教淺。早是傷春情緒懶，雲鴉更惹煙魂遠。獨對東風腸萬轉，煙雨霏，微苦襯，飛花點點粧成花淚眼，花寒不似啼痕縷。」——（蝶戀花）

「霜月窺窗如晝，孤枕那堪寒透，輾轉倚薰籠，聽盡遲遲更漏。眉皺，眉皺

人共梅花消瘦。」——（如夢令）

葉　文

葉文，字素南，清初吳江人。衆香詞謂：「素南善寫竹，工詩詞，初適嚴菜，困於貧，落籍吳門。偶識雲間許太史往來甚久，常有寄詩曰：『荒齋蕭瑟簾櫳靜，好夢雲間許翰林之句。後歸武陵張嘯虎，出遊塞外而歿。』

「渺渺春風憶瘦腰，垂楊踠地飄，憑闌魂欲消，長條復短條！」——（憑闌人）

「長安陌路，來往征車寧計數，底事關心，遠隔天涯沒信音。　剛纔捲幔，偏惹楊花爭撲面。那得人歸！只見黃鸝作對飛。」——（減字木蘭花）

陳翡舉

陳翡翠，字碧桁，吳縣人。春日與某少年邂逅城西佛寺後，後少年稍自通，既失身矣，少年背棄，其父兄亦別字人，遂自經死。衆香詞謂其多才尤工詩文，且成大家。死之夕，悉焚其衣飾玩好，稿亦鮮存，少年素抄錄者僅三十餘首，余購得之，中有一絕云：『春水新添門外綠，無情最是野鴛鴦』，恨此少年深矣！其中酉閒閨警諸作，感慨淋漓，非尋常閨秀所及。將梓以行世，少年復竊去，自悔慢藏，亦以見少年薄倖，紅顏命薄，悲夫！」

「桃葉，桃葉，渡口雙雙繡屧，霞明日暮城西，幾陣東風絮飛。飛絮，飛絮，歸去獨眠情緒。」——（轉應曲）

葉辰

葉辰，字龍姝，吳縣人。有綺竹吟。衆香詞編者謂：「龍姝金閶麗人也，善棋能文，幼爲某側室，因婦妬遣歸母家，曲巷幽庭，茗香精潔。余邂逅之，許以終身，花晨月夕，每折簡相招，分曹鬬酒，將及二年，後聞其志不堅，遂棄之，終配非偶，常自言，意鬱鬱。」

「郎別後，悞佳期，減腰肢。巫山夢，雨雲迷，恨窗前，紅日影，曉鶯啼。慵梳洗，怕相思，上翠眉，珠淚滴，濕羅衣，又關情，花並蒂，燕雙飛。」

——（三字令）

權貴妃

權貴妃，高麗王妃。高麗婦女之能詞者，實僅見也。

「眞堪惜，錦帳夜長虛擲，挑盡銀燈情脈脈，描龍無氣力。　宮女聲停，刀尺百和，御香樸鼻，簾捲西宮寬夜色，天青星欲滴。」——（謁金門）

「時序頻移，韶光難駐，柳花飛盡宮前樹。朝來爲甚不鈎簾？柳花正滿簾前路！　春賞未闌，春歸何處，問春向何方去？有情海燕不同歸，呢喃獨伴春

愁住。」——（踏莎行）

「花影重簾初睡起，繡鞋着慵慶移窺。強把綠窗推，隔花雙蝶散，猶似夢初回。玉旨傳宣呼女監，親臨太液池荷，爭將金彈打黃鸝。台樓凌萬仞，下有白雲飛。」——（臨江仙）

王素音

王素音，長沙人。衆香詞謂：「素音題良鄉玻璃河館壁詩三首，詞一首并序：『妾生長江湄，摧頹冀北，豺狼當道，強從毳帳偷生，何當將軍負腹，悲難自遣。事已如斯！因夜夢之迷離，寄朝吟之哀怨。嗟乎！高樓墜紅粉，固自渐石崇院內之姝，匕首青霜，當誓作兀朮帳下之婦。天下好事君子，其有偷憐予乎，許虞侯可作，沙吒利終須斷腸陷胸；崑崙奴重生，紅綃妓不難衝垣鑿壁，是所願也。敢薄世上少奇男，竊望圖之，應有俠心憐弱質。』詩曰：愁中得夢失長途，『女伴相攜聽鳥鳴，卻是數聲吹去角，醒來依舊酒家胡。朝來馬上淚沾襟，薄命輕如一縷塵，青塚莫生殊域恨，明妃猶是爲和親。多愁多魔欲問天，此身已拚入黃泉，可憐魂魄無歸處，應向枝頭化杜鵑』。」詞有減字木蘭花云：

「塵沙障眼，細計來程家漸遠，野草閒花，不見當年阿母家！　詩題古驛，雞骨柔情無筆力，錦字偷裁，立到黃昏鴈不來。」

齊景雲

齊景雲，北平人。衆香詞謂：「景雲善琴能詩，對人雅談，終日不倦，與士人傅春定情後，不復見客。春謫戍遠方，景雲不得隨，蓬首垢面，閉戶不出，日讀佛書，未幾病歿，人咸異之。」

「曉起無人上玉鈎，遲遲日午作梳頭，羅衣繡帕冷香篝。滿眼落紅粘別淚，一天疏雨織春愁，倚欄無語暗凝眸。」——（浣溪沙）

「雙渦紅暈檀霞滿，鈿鏡橫波遠。宿妝無奈是春前，劉郎洞口謝娘船，思無邊。　鵾鵊啄破賴桐葉，雲掩圓蟾截。小樓回首綠烟迷，徹風半夜揭，珠幃認郎歸。」——（虞美人第二體）

津門女子

津門女子，姓名失傳；惟見其過津門題壁一詞，顧子山眉綠樓詞有和作。

「月舊愁新，宵長夜短，今夜如何能睡。燈凝淚暈，酒似心酸，一樣斷腸滋味。獨自背着窗兒。數盡寒更，嬾尋鴛被。更空糟馬嘶，荒郵人語，嘈嘈盈耳。空嘆息，落絮沾泥，飛花墜溷，往事不堪提起！美人紅拂，俠容黃衫，不信當時若此。試問茫茫大千，可有當年，崐崙奇士，提三尺青萍，訪我枇杷花裏。」——（過秦樓）

姑蘇女子

姑蘇女子，姓名失傳。有題平原店壁一詞云：

「弱質深閨十六年，嬌羞未敢出堂前；眉彎遠道悲新柳，袖捲輕塵擁翠鬟。腸欲斷，意懸懸，舉頭何處是鄉關？臨妝莫遣紅顏照，收拾菱花把劍彈。」

——（鷓鴣天）

蓉湖女子

蓉湖女子，姓名失傳，江陰人。衆香詞謂其「本名家女，爲宦室婦，文才敏妙，篇雜甚多；特以外君戒其吟咏，故不以姓字傳。茲選所載，『牛一臠，狐裘片腋』，異旨奇温，已可概見。夫女子亦問其持身何如耳；苟大節不渝，而徒以吮毫弄翰爲罪，則昔之『青絲步障』爲小郎解圍者，寧置之囚山下耶。」

「冷沙鋪月樹穿星，秋棠褪盡紅英，鷺鷥兩兩浴蘭汀，濕浪吹萍。霧氣捲開山色，雲光流出溪聲，湘簾斜捲綠烟凝，人倚銀屏。」——（畫堂春）

吉 珠

吉珠，字夜光，平陽人，有萍浮詞。乘香詞謂：「夜光諳宮商，善歌舞，隨父流寓揚州，與某生會訂絲羅，唱酬不已，久中道忽爲豪貴所奪，琵琶抱去別船，非其願也。」

「懶畫眉，自顰眉，一響相思一響悲。昨夜夢郎郎似舊，攜手醒來無計挽郎衣，曉鶯啼。」——（劈瑤釵）

「庭院春深好，牡丹開遍了，不分是雙鬟偷拗。」——（金雀釵）

「鴨綠春波暖，鶯黃柳色新，別路醉芳樽，送君南浦去，欲消魂。」——（春宵曲）

成都女郎

成都女郎，女郎姓名里名未詳。衆香詞謂：「女郎亂時避兵他處，夫以遠賈爲活，作此詞送之，見劍閣芳華。」亦商人婦也。

「拔山扛鼎當時概，霸業今何在？項王意氣已消亡，博得虞姬一死姓名香。
年年花發留顏色，豔質堪憐惻，休談成敗漢爲君。試看綺窗繡閣草猶芳。」——（虞美人）

其送夫一闋云：

「三春落魄苦徑營，月月縫衣送遠行，一雁忽分隨夢斷，雙鴛架綠趁潮生。
嗟別去，重叮嚀，臨歧無語獨含情，山遠水遙音早至，相思萬疊暮烟橫。」——（鷓鴣天）

尹氏

尹氏，蘇州人。衆香詞謂：「尹氏自題云：『妾吳門士人女也，幼嫻詩禮，曾歌柳絮，因風長奉蘋，豈竟桃花逐流水；母也天只，但想乘龍。夫也不良，誰知養鶴，旣入宮而被妒，貌侮人知。總閉戶而自傷，憐誰我見。茲者隨夫薄宦，棄女遐征，北望黃，聞道雄關百二；西連白草，愁瞻玉塞三千。金屋誰嬌，長門有怨；馬上琵琶，同昭君之遠適，扇頭鸞鳳，歎婕妤之棄捐。浪說多情，祇因薄命，獨因旅宿，聊寫愁懷，敢寄恨于白頭，豈借辭于紅葉，壬子花朝後十日也。』」其題涸州鮑集店壁詞云：

「沙淺雁飛，風捲暫歇，征人腸斷；幾陣落紅來似霰，惹起舊愁新怨。明月不知愁，照我殘妝淚面。　起看湖光如練，回首家鄉不見！沈吟倩獨步踟躕，漏滴銅壺殘箭，拜月告相思，斗轉參橫夜半。」——（離亭燕）

吳若華

吳若華，歸康某，結褵甫三月，清兵渡錢塘，被擄北去，題衢州旅壁四絕，附阮郎歸一詞，並詩四絕，詩後識語曰：「後之過此者，爲妾歸謝翁姑，當索我於白楊青塚間也。」傷哉！

第十三節　其她詞人

姓名	別字	籍貫	著作	備註
申蕙	蘭芳	長洲	縫雲閣集	
歸淑芬	素英	嘉興	雲和閣靜齋詩餘	
黃德貞	月輝	嘉興	騃迷詞	
孫蘭媛	介畹	嘉興	硯香閣詞	黃月輝女

孫蕙媛	靜畹	嘉興	愁餘吟	孫介畹妹
黃之柔	玉琴 靜宜	欽縣	玉琴齋集	
項蘭貞	孟畹	嘉興	裁雲草	
陳璘	幽修	常熟	藕花莊詞	王煙客有藕花莊詞序
王芳輿	芬從	仁和	玉樹樓詞綴餘集	
嚴曾杼	蘩餘	餘杭	蓀聰遺詠	
蔡婉羅	仙季	太倉	蔗閣詩餘	
丁白	素絲	西安	月來吟	
葉宏緗	曉庵	峨山	繡餘小草	
吳瑷	文青	無錫	嗈嗈集	
龐蕙纕	紉芳	吳江	唾香閣集	
錢徵	玩塵	嘉興	清眞集	
王璐	季玫	錢塘	苑鄉齋集	
趙承光	希孟	錢塘	閒遠樓集	

沈珮	飛霞	桐鄉	繡閒殘草	
王粲影	文娟	關谿	綺窗逸韻	文娟瘞後龔半千有詩弔之
任淑儀	若韞	睢甯	鏡真閣集	
查清	太淸	青陽	綠窗小草	
張鴻嬿	淑舟	當塗	紫鄰閣草紙閣初集	
姚鳳翽	季羽	桐城	聲聽集	
蔡琬	季玉	遼陽	蘊眞軒詩餘	毓榮女高其倬妻
喩燃	惜綺	吉水	蕙芳集	
陳穀		南匯	寫香樓遺稿	
張槩	疏影	江甯	還燕吟	
曹鑑冰	月娥	金山	繡餘試硯稿清閣吟	家貧授經稱蓬堅先生
陳敬	端甯	華亭	山舟碩閣集附詞	嘗輯古今名媛考略未竟而卒
葉慧光	妙明	南匯	憶情樓稿疏蘭詞	
張令儀	柔嘉	桐城	蠹窗集	張英女

堵霞	歲如	無錫	含煙閣詞三到堂稿	善填詞工畫花鳥蔬果不用粉本
張瓊孆		武進	繡佗軒詩詞	
關鐶英	閬軒	錢塘	猗香樓吟稿附詞晚餘小草	與許學藴爲閨友
吳璪	雪湄	錢塘	芳孫書屋詞	
任湘芝		宜興	松璃閣詩隻鸞詞	
徐畹芝		宜興	秋雲閣詩詞	
張玉珍	藍生	華亭	晚香居詞	王述庵錢竹汀吳白華諸人皆相推許
鮑之蕙	茝香	丹徒	三秀齋詞等集	駱佩香欲與聯盟却之其女昆仲之蘭之芬均有集
孫蓀意	秀芬	仁和	貽硯齋詩稿衍波詞一卷	曾著衛螺小錄
沈綺	紫君	常熟	環碧軒集唾花詞	著作甚多
黃蘭雪	香冰	蘭溪	月珠樓詞	
王韻梅	素卿	常熟	問月樓詞	席道華高霽王菊裳三人皆序其集妹王韻字絮卿有集
丁采芝	芝潤	無錫	芝潤山房詩詞稿	
曹慎儀	叔慧	新建	玉雨詞	汪全德作玉雨詞序

孫汝闓	湘霙	崑山	養香室詩詞	
何鑑珍	亭玉	錢塘	淨綠軒詩詞	瀾鐵翁序其詩
厲象懿	芝霞	潛山	紫霞閣詩詞	
柯紉秋	心閣	膠州	香芸閣賸稿	
丁善儀	芝仙	無錫	雙清閣詩詞	
湯湘芷	佩芬	陽湖	企翁詞等集	
高　湄	湘筠	元和	繡餘詩詞小集	
郭佩芳	慧瑛	吳縣	鳳池仙館詩詞	
趙友蘭	佩芸	無錫	澹音閣詞	
陳蘊蓮	蓉青	江陰	信芳閣詩餘	
張友書	靜宜	丹徒	工餘吟草海鷗吟草詩詞集各三卷	
沈允慎	湘濤	仁和	靜怡軒寫香樓詠月軒詩詞	
鄭蘭蓀	娛清	錢塘	蓮因室詩詞稿	
闞壽坤	德娟	合肥	紅餘閣稿	

許德蘋	香濱	吳縣	和漱玉詞澗南詞	
陸蓉佩		陽湖	光霽樓詞	
姚若蘅	芷湄	桐城	香紅閣詞	
沈珂	雲浦	江陵	醉月軒詞	
王蓼蘭	畹芬		三十六鴛鴦吟舫存稿附詩餘	
錢瑗	玉瑗	宛平	小玲瓏舫詞	
沈鵲應	孟雅	侯官	曉樓詞	戊戌六君子林旭妻
梁靄	佩瓊	番禺	飛素閣詩詞	夫潘蘭史有說劍堂集
何桂珍	梅因	善化	枸櫞軒詩詞鈔	
劉古香		沭陽	古香詩詞集	
×××	××	××	……	餘詞人人雖有集者亦從略

第六章　結論——中國婦女與詞

本書上述五章，對於詞的起源，詞的本質，和女詞的胚胎，及其發展的程序，盛衰的大勢，已經有一貫的闡明，詳細的述敍了。

這結論，我們不妨來探求中國婦女與詞，究竟有如何的因緣？這正是研究女詞者，應該知道的一個問題——中國文學史上，應該說明的一段史事的！

中國婦女，在過去的歷史中，她是另外的一個階級——一個卑下的階級！

這過去幾千年的時光，我們貴國特有的宗法社會，却無時無地不在製造那男尊女卑的法律，鞭策着她們走從那非人的境界裏去，壓迫着她們過度那囚犯不如的生活。她們在這森嚴的法規下，祇是盲從，祇是吃苦，祇是忍痛！……時光逐一朝朝讓這宗法社會，更周密地去發明那征服他們的敵人——女性——壓榨他們的敵人的工具和法術。中國過去的婦女，遂在這生活層層的桎梏下，泯滅了她們藝術的天才，斵喪了她們文學的素養；使她們自己不能掙扎，不能反抗，不能呼號，不能吶喊，以至於不能醒覺！

可是中國的宗法社會，用怎樣的手法，來壓榨女性呢？這又是很顯然的事；第一，中國過去社會的組織，完全奠基在禮教，他們標榜着「禮教主義」，實行着「男尊女卑」的宣傳。如詩經說：

「乃生男子，載寢之牀，載衣之裳，載弄之璋。乃生女子，載寢之地，載衣之裼，載弄之瓦——無非無儀，惟酒食是議，無父母詒罹。」

他們又放縱着男性實行「一夫多妻」的制度——譬如皇帝有三十六宮，七十二院的后妃，至那供當玩物的宮女，還不曾算數！庶民有妻妾婢的慾求，雖至於現在，一班站在優越的階級的人，仍不少三妻四妾五婢之現狀可見。——一方面努力完成爲强有力的父系社會，在那畸形的法律中，提出兩個嚴重的問題，來扼住了女性的喉嚨。目的當然不單在要征服她們爲奴隸，根本她們早已成爲永久賣身的奴隸！

第一個便是遺傳血統的問題，孟子說：「不孝有三，無後爲大！」男性們便借了這一個口實，立定了那妻子如果不會生兒子可傳血統時，便好隨時虐待，隨時休棄，隨時娶妾，無理的條規。——其實有生兒子的妻子的丈夫，又何嘗不可以實行這條規！

第二個便是女子沒有財產承繼權的問題，古來就沒有女子的一切財產承繼權利，雖是嫡親父母有萬貫家財，或一粒米粟，也要讓給兄弟們消受。設無兄弟，亦必須送給那遙遠親戚們的男子身上承享，自己女兒絕對不能過問的。這樣的經濟封鎖，是一個冷酷的手段；永遠使女性不得不屈服於男性的座下求生活，受驅策，當奴隸，做玩物，養成了數千年歷史上可以看到的懦弱的個性，悽慘的故事。

於是在這經濟的高壓下，男性的玩弄中，女性的陣營裏，便產生了幾個特殊的階級，那便是：「宮人」，「棄婦」，「寡婦」，「妾婢」，「娼妓」，「女冠」

「女伶」，「女巫」……者是。

所謂「宮人」，「棄婦」，「寡婦」，「妾婢」，「娼妓」者，她們都有着一樣淒慘的身世，可憐的境遇；她們澀着自己的青春，靠作自己的顏色，來求異性的玩弄顧盼。一至色衰愛弛，那自己的末日便來臨了！於是窮極人世悽慘，冷酷，可憐，哀痛的境遇也隨之麕集一身。所謂「女冠」，「女伶」，「女巫」者，亦是經濟壓迫着她們走向那消極的道路，悄悄地出賣她們的色相，靈魂，肉體，充當着變相的娼妓，以求苟活，她們也有着一樣可憐慘痛的境遇，正像風中飛絮！

自然，這幾個特殊階級角色的境遇——她們上場的動機，下場的結果，也有的得到例外的收穫，但這是很少很少的。

這樣，我們知道，當時社會的征服女性是「經濟封鎖」，壓迫女性是「禮教主義」；這兩種工具，前者是很顯然可以知道，後者呢？我們須得說明：

女性的經濟既被封鎖，自立的環境又沒有，反抗的能力也喪失，就不能不永遠地充作羔羊，一味的屈服，屈服！依賴，依賴，依賴下去！受着父系社會特殊奴隸的訓練。

訓練的科目便是：（1）保持貞節。（2）三從四德。（3）無才是德。（4）夫爲妻綱。

程伊川說：「餓死事小，失節事大。」——（近思錄）——班昭說：「夫有再娶之義，婦無二適之文。」——（女誡）——這便是要女性保持貞節的理由，如有在種種的情形之下，不能保持貞節，不曾保持貞節！那便非死不可，縱不死也要爲社會所唾棄，人倫所不取。

「在家從父，出嫁從夫，夫死從子」，這便是三從。「婦德，婦言，婦容，婦功」，這便是四德。可謂極盡苛虐之能事了！

溫氏母訓說：「婦女只許粗識柴米魚肉數百字，多識字無益而有損也。」歸有園也說：「女子識字多誨淫。」——（麈談）——這便是女子無才便是德」之謂。

他們想用盲目的教育，來杜絕奴隸們的醒覺和反抗，好使奴隸萬世都成爲奴隸！

班昭說：「夫有再娶之義，婦無二適之文，故曰夫者天也；天固不可逃，夫固不可違也。行違神祇，天則罰之；禮義有愆，夫則薄之，——故事夫如事天，與孝子事父，忠臣事君同也。」——（女誡夫婦篇）——儀禮也說：「婦人以順從爲務，貞慤爲首，故事夫有五：一，平日纚笄而相，則有君臣之嚴；二，沃盥饋食，則有父子之敬；三，報反而行，則有兄弟之道；四，規過成德，則有朋友之義；五，惟寢席之交，而後有夫婦之情。」這便是夫爲妻之綱的道理了。難怪女性受着這樣奴隸嚴格的訓練，幾千年至今，在死刑下才能得着一個略略的翻身！

壓迫女性的，不單是男性，女性自己也壓迫過自己；與波助瀾功績，正多着呢！她們的方法和訓練，更比男子來得周密嚴厲；譬如班昭和宋若華，便是兩個甜兒，她們各著有一部「奴隸速成法」，看吧：班昭的女誡的目錄：

「女誡幷序：卑弱第一，夫婦第二，敬愼第三，婦行第四，專心第五，曲從第六，和叔妹第七。」

宋若華與妹若昭合著的女論語的目錄：

「立身章第一，學作章第二，學禮章第三，早起章第四，事父母章第五，事舅姑章第六，事夫章第七，訓男女章第八，營家章第九，待客章第十，和柔章第十一，守節章第十二。」

這更是無微不至的出賣自己了！在這生活重重層層高壓下，中國婦女已造成另外的一個卑下的階級；她們自身承受的痛苦，更非異性所能體會得來。然而，她們有天才，她雖受着壓迫，嘗着苦痛，不敢反抗；但她們却需要着發洩，偷偷地的發洩！文學便當成她們的工具，婦女文學便充分地發展了起來。

詞是一種可歌的東西，一個新興的詩體；她具有着容易使人抒寫胸懷發表情感的格式，她具有着長短錯落的句子，她具有着哀婉豪放的情調。無論你哀傷也好，喜怒也好，只要你有情感，需要着發洩，你便可以倚聲按譜塡詞。

詞的作風，只開闢兩個道路：一是須關西大漢，銅琵琶，鐵綽板，唱「大江東去」，豪放的詞。一便是只合十七八女郎，執紅牙板，歌「楊柳岸曉風殘月」婉約的詞。我們翻開中國歷來女詞人的詞，有幾個有着東坡一樣的魄力，夠走從那銅琵琶，鐵綽板才能歌唱的道路呢。這是顯然沒有的事吧？可是那只合十七八女郎，執紅牙板才配歌唱婉約作風的詞人，却幾乎有「女文學史」皆是咧。無疑的，婦女文學的核心，古來就趨於婉約的一途，詞更該是不能例外的了。女性的性情是溫柔的，她們的痛苦又是深刻的！她們在重重生活的桎梏的壓迫之下，身爲弱女子，又兼懦怯成性，自然是不敢明顯地反抗，却只好在暗地裏哀號，怨恨，泣訴，以發洩胸懷積愫。於是，女性溫柔的性情，受外界給予特殊的環境，苦樂交融，便產生了這婦女婉約的文學！

文學的核心的對象，脫不開女性，女性自然也擺不離文學的發洩，兩者似乎是有機聯的。詞的塡吟，除了豪放，更需要着婉約餞美女性的作風與對象，所謂「倚翠偎紅」便是。而詞的本質，又多方具有許多容易於抒寫情懷，發洩痛苦的條件，自然正合於中國婦女的引用填唱了。

自樂曲喪亡，詩又不可歌之後，女性所需要以當歌當哭的有聲韻的文體便沒有了。好容易新興的詞體，替代而興；那知聲律能歌唱的女作家，這才獲到可以發洩胸懷情感的工具，但那是自唐而後才開記錄的。

衆香詞謂：「容湖女子，本名家女，爲宦室婦，文才敏妙，篇雜甚多，特以外君戒其吟咏，故不以姓字傳。茲選所載『牛一樹，狐裘片腋』，異旨奇溫，已可概見。夫女子亦問其持身何如耳：苟大節不渝，而徒以吮毫弄墨爲罪，則昔之『青絲步障』爲小郎解圍者，寧置之囚山下耶。」我們看這一段記載，可知當時宗法社會，無論怎樣禁止女子吟咏，壓迫女子吟咏；她們甯願托名改姓，亦不肯擯自抑制情感，放棄寄情感於吟咏，這便是中國婦女與文學有機聯的證明。

能改齋漫錄亦謂：「西湖有倅，閑唱少游滿庭芳，偶於誤舉一韻云：『畫角聲斷斜陽」，琴操在側曰：『畫角聲斷譙門，非斜陽也。』倅因戲之曰：『爾可改韻否？』琴操卽改作陽字韻云——（詞見前章）——『琴操以一平常女子，竟能信口改得大詞人秦觀之作，雖未必能勝，其才思之敏捷，亦足驚人，殊非泛泛於詞者所能道來也，這也可爲中國婦女與詞有密切關係的一重證明。如李易安且更以詞睥睨羣雄躋躋的兩宋詞壇中，無所顧忌呢！

在這情形之下，中國便產生了這一部綿延的女詞史。我們爲要替歷代曾經在女詞壇上顯耀過一時，或努力下過耕種的工夫的女詞人，表揚着一點功績；同時也爲中國婦女文學史，整理着一部份有體系的史料，送給今人與後人做紀念，遂把她忠實地一一的記錄了下來，便在多方困難下，有着這部中國女詞史匆匆的完成！

中華民國二十二年——（一九三三）——十二月，二十三日，時在飛機轟炸後一日，生之恐怖與掙扎中，完稿於漳州。

附錄參考書目。以示不敢掠美：

(1)徐乃昌：小檀欒室彙刻百家閨秀詞（前後全集）
(2)袁　枚：小倉山房全集
(3)黃　昇：唐宋諸賢絕妙詞選
(4)趙孟頫：松雪齋文集
(5)惲　珠：國朝閨秀正始集
(6)季　嫻：閨秀集
(7)陸　泉：紅樹樓選歷代名媛詩詞
(8)葉紹袁：午夢堂全集
(9)掃　葉：歷代女子詩餘
(10)周勒山：女子絕妙好詞選

中國女詞人及其代表作

(11)秋 瑾：秋瑾詩詞

(12)陳文述：蘭因集 西冷閨詠

(13)李清照：漱玉詞

(14)朱淑眞：斷腸集

(15)毛 晉：三家宮詞 二家宮詞

(16)胡雲翼：女性詞選

(17)孫佩苢：女作家詞選

(18)劉麟生：詞絜

(19)胡 適：詞選

(20)朱彝尊：詞綜

(21)萬 樹：詞律

(22)張 炎：詞源

(23)查王望：詞學全書

(24)徐　釚：詞苑叢談

(25)張宗橚：詞林紀事

(26)王漁洋：帶經堂詩話

(27)王文濡：詞話叢鈔

(28)四庫全書：御選歷代詩餘一份部

(29)雷　瑨：閨秀詞話

(30)周　春：遼詩話

(31)鈕　琇：觚賸

(32)方　毅：中國人名大辭典

(33)陳　衍：元詩紀事

(34)陳　田：明詩紀事

附錄參考書目

三

(35)鄧方坤：全閩詩話
(36)王蘊章：然脂餘韻
(37)龍沐勛：詞體之演進
(38)小說月報：中國文學研究號
(39)靜　聲：女性與文學
(40)陶秋英：中國婦女與文學
(41)胡雲翼：宋詞研究
(42)譚正璧：中國女性的文學生活
(43)劉毓盤：詞史
(44)王　易：詞曲史
(45)鄭振鐸：中國文學史中世紀卷
(46)羅根澤：樂府文學史

(47)陳東原：中國婦女生活史
(48)謝无量：中國婦女文學史
(49)梁乙眞：中國婦女文學史綱　清代婦女文學史
(50)拙　作：北宋詞的黃金時代

伊碪《花間詞人研究》

伊碪，生平事跡不詳。

《花間詞人研究》是第一部以『花間詞人』為整體研究對象的專著。本書對後蜀趙崇祚編《花間集》中所收錄的晚唐、五代 18 家詞人及其詞作進行研究分析。後附本書重要參考書目。此書由上海元新書局 1936 年初版，1937 年再版。本書據 1937 年元新書局再版本影印。

花間詞人研究

伊碪著

普及本

上海元新書局印行

民國二十六年五月再版

（普及本）全書一册

實價一角四分

"花間詞人研究"

有著作權不准翻印

編著者 伊碪

出版者 元新書局

發行者 錢源結

總發行所上海法租界帶鉤橋口壽康里元新書局

全國各大書局均有經售

花間詞人研究

伊　𥓂　編　著

上海元新書局印行

導　論

五代時的文壇上乃是以新體的詩，或可唱的詩曲，所謂詞者爲主潮，而不以律調整齊的詩爲中心了。原來詞的一體，自經中唐詩人韋應物劉禹錫白居易輩游戲的嘗試得到很好的成功以後㈠，晚唐的文人們，更高興起來填詞，便多數的走向着詞的新園地去努力了。大詩家温庭筠便是晚唐詞壇的第一位大詞人；中國詞史上最初的一位詞家。這自然不是說，温庭筠以前沒有詞人，只是沒有詞的專家罷了。許多的中唐大詩人們雖然亦有詞流遞於後，但他們只是偶爾填詞；他們的心目中仍是以詩爲宗，填詞不過是游戲

㈠韋應物有三台二首，調笑令二首，劉禹錫作有楊柳枝竹枝詞等十餘首，白居易有憶江南，竹枝詞，楊柳枝諸詞，又有長相思如夢令各二首。

的嘗試而已。他們雖創製了十餘調的樂曲，但這些樂曲細看來都是些整齊的詩體，並不是長短句的詞調㈡。而且他們所作的歌詞，亦都是模擬着當時里巷的或胡夷的近於民間歌謠的情調與筆調的東西，而沒有詞的蘊藉含蓄之趣㈢。直到大詩人温庭筠起來，才始專力於詞，他才脫離了中唐詩人模擬民歌的俗套。他開始創造一種文人詞的新的情調與筆調來，而確定了詞的形式。他的詞的表面上喜歡用金玉錦繡鴛鴦鳳凰鸚鵡鷓鴣一類的綺靡的金碧眩人的字句，同時他創造出來的詞境又若明若暗，若輕紗的籠罩，若朦朧的夜月；這種煙霧淒迷的作風，使讀者很神秘

㈡據唐宋諸賢絕妙詞選與尊前集等書的記載，共得十餘調，—楊柳枝，竹枝，浪淘沙，三台，謫仙怨，紇那曲，拋球樂，瀟湘神，宴桃源，長相思，花非花，漁父詞，轉應曲，憶江南，………相傳這十餘調都是中唐時的樂曲，但分別看來，前七首都是整齊的詩體，如楊柳枝，竹枝，浪淘沙都是七言絕句，三台是六言絕句，謫仙怨是六言律詩，紇那曲是五言絕句，拋球樂是五言詩，都不是長短句的詞調。瀟湘神，宴桃源，長相思，花非花，都是晚出的詞調；只有漁父詞，轉應曲，憶江南三調，是中唐時代的樂府新詞。

的感到一種富麗深邃之感。"江上柳如煙，雁飛殘月天"。"燈在月朧明,覺來聞曉鶯"。"花落子規啼，綠窗殘夢迷"。"雨後却斜陽，杏花零落香"。"楊柳又如絲,驛橋春雨時"。㊃……他這種迷離而又峻刻,深入而不淺露,朦朧月夜似的作風,便在詞的園地開闢了一大支派，所謂"花間"一派，便以他爲宗師了。

二

在詞的園地裏所謂"花間"這個名詞，便是泛指趙崇祚所收集以蜀中詞人爲中心的一部總集花間集中的許多作家而言的。花間集的編成，已是五代的後半葉，（據歐陽炯的序稱"時大蜀廣政三年（公元九四〇）夏四月日"。書中所錄的詞人除温庭筠皇甫松外，幾全爲蜀人，（前蜀爲尤多）僅一孫光憲是荆南的作家，和凝是中原的

㊂例如劉禹錫竹枝詞云"楊柳青青江水平，聞郎江上唱歌聲。東邊日出西邊雨，道是無晴還有晴"。以"晴"字諧合"情"字，完全是民間的同音字游戲的套子。

㊃以上皆温庭筠菩薩蠻詞中句。

詞人;於此可見五代時兩蜀詞人的濟濟了。但這也不爲無因的,蜀地自從盛唐以後,文學的風氣已經很濃厚;到了五代時中原混亂不堪,無年不在紛擾之中,這時的蜀中以僻處西南之故,社會略爲平靖。加以前蜀主王衍㈠,後蜀主孟昶㈡又都溺於聲樂"上有好者,下必有甚焉",故兩蜀的詞壇於時爲獨盛了。此外花間集的編者趙崇祚仕後蜀爲衛尉少卿,因見聞的關係,自然所選蜀人詞爲獨多耳。全書據歐陽序說,所錄"詩客曲子詞五百首,分爲十卷,"所選詞十八家,此十八家的次序,及其所選他們的作品的數目如下:

温助教庭筠	六十六首
皇甫先輩松	十二首(原作十一首)
韋相莊	四十八首(原作四十七首)
薛侍郎昭蘊	十九首
牛給事嶠	三十二首(原作三十三首)

㈠王衍見舊五代史卷一百三十六,新五代史卷六十三,十國春秋卷三十七。他的詞有醉妝詞。

㈡孟昶見舊五代史卷一百三十六,新五代史卷六十四,十國春秋卷四十九。他的詞有玉樓春。

張舍人泌　二十七首

毛司徒文錫　三十一首

牛學士希濟　十一首

歐陽舍人炯　十七首

和學士凝　二十首

顧太尉敻　五十五首

孫少監光憲　六十一首

魏太尉承班　十五首

鹿太尉虔扆　六首

閻處士選　八首

尹參卿鶚　六首

毛祕書熙震　二十九首（原作三十首）

李秀才珣　三十七首（原作三十一首）

這十八人的詞，照歐陽炯的序說是"詩客曲子詞五百首，分爲十卷"。惟細檢書内目次所載的詞，實僅四百九十八首（卷首目錄所載爲四百九十四首）這是不足歐序所說的五百首之數目的。但這種錯誤並不是歐陽炯的，乃是趙書目次割裂分配時的疏忽。所以我們倘細心的校起來，則趙書仍可以湊足五百首之數的。即卷二皇甫松的採蓮子應作二首，則爲十二首。如此加上温庭筠的十六首，韋莊的二十二首，這一卷方能湊足五十首。卷三韋莊二十五首，應爲二十六首。卷四牛嶠二十六首，亦爲二十七首。卷八孫光憲的竹枝亦應作二首，誤作一首。（證之萬樹詞律確應分一爲二）這樣一改動，除了卷一，卷五，卷七，卷十，均爲五十首；卷二，卷三，卷四，卷八，原作四十九首，現在均作五十首；此八卷的數目極爲整齊。雖然卷九只有四十九首，但卷六卻有五十一首，兩卷平均了仍各爲五十首。全數十卷，每卷五十首，總數恰爲五百首，正如歐陽炯序之所云了。惟自來研究花間集者，對此均不及細校，以爲歐序"五百首"者，正如詩經之稱"三百篇"，是約略而言的，那就不能不說他是疏忽了。茲再列表如下：

卷一：温庭筠　五十首

卷二：温庭筠　十六首

　　　皇甫松　十二首（採蓮子二首）

	韋　莊	二十二首
卷三：	韋　莊	二十六首（原錯廿五首）
	薛昭蘊	十九首
	牛　嶠	五首
卷四：	牛　嶠	二十七首（原錯廿六首）
	張　泌	二十三首
卷五：	張　泌	四首
	毛文錫	三十一首
	牛希濟	十一首
	歐陽炯	四首
卷六：	歐陽炯	十三首
	和　凝	二十首
	顧　夐	十八首
卷七：	顧　夐	三十七首
	孫光憲	十三首
卷八：	孫光憲	四十八首（竹枝應作二首爲四十八首）
	魏承班	二首
卷九：	魏承班	十三首

鹿虔扆　六首

閻選　八首

尹鶚　六首

毛熙震　十六首

卷十：毛熙震　十三首

李珣　三十七首

二

就詞的作風一方面說，從晚唐到五代，雖然沒有很大的變遷，但也未嘗沒有小小的差異；我們試就兩代的詞人的作品而論，唐人的詞大都出自詩人學者，詞風較雅；五代詞人則一味趨從温庭筠的作風，專爲富麗側艷之詞，詞風較靡；但這也不過大體而言，並不是全都如此的。像"簾捲水樓漁浪起，千片雪，雨濛濛。"（牛嶠江城子）"楚山青，湘水綠，春風澹蕩看不足。"（李珣漁歌子）"藕花相向野塘中，暗傷亡國，清露泣香紅。"（鹿虔扆臨江仙）這豈是當宴則歌的靡靡的離情閨思之屬的作品？所以就花閒詞人的作風而論可以分爲穠麗的與清新的兩派。但就這兩派的作風，在花間集中所佔的作品的數量而論，則花間集中究竟香艷富麗的詞爲多。所以一提到花間的詞風，便聯想到穠麗了。王士正的花草蒙拾說，"花間字法，最著意設色。異紋細艷，非後人纂組所及。"這便是花間詞風的香豔富麗的明證。第一我們試看花間派的開山祖温庭筠的詞。如：

小山重疊金明滅，
鬢雲欲度香顋雪。
嬾起畫蛾眉，
弄妝梳洗遲。……
新帖繡羅襦，
雙雙金鷓鴣。（菩薩蠻）
手裏金鸚鵡，
胸前繡鳳凰，
偷眼暗形相。
不如從嫁與，作鴛鴦。（南歌子）

温氏的詞，幾乎一看就可以知道；因爲他愛用富麗的字面。他最愛用的字如金，玉，鴛鴦，鳳凰，鷓鴣，蝶，翠，鈿，釵等形容女子裝飾和用品的字，而這些帶鳥字旁或金字旁的字特别多；使讀者很神秘的發生一種富麗之感。我們如果把他收在花間集的六十餘首統計一下，知他的詞花字凡三十三見，金字凡二十九見，玉字凡十八見，鴛鴦凡五見，鷓鴣凡二見，鳳字凡九見，蝶字凡三見，翠字凡十六見，鈿字凡五見，釵字凡六見，此外如屏，畫，繡，鶯，風，月，（月字凡十八見）杏，柳雁，燕也用得極多，不過不十分的能夠引起富麗的感覺而已。王國維說："畫屏金鷓鴣，飛卿語也，其詞品似之。"這可知温詞的富麗了。在花間詞人中步趨温氏這種富麗側豔的作風的，如牛嶠，毛文錫，魏承班，尹鶚，歐陽炯，顧敻，閻選，毛熙震，孫光憲和凝諸人的作品中，都是受有温氏的影響的；不過有過有不及而已。例如：

捍撥雙盤金鳳，

蟬鬢玉釵搖動。（牛嶠的西溪子）

銀漢是紅牆，

一帶遥相隔。（毛文錫的醉花間）

翠翹雲鬢動，
斂態彈金鳳。（魏承班的菩薩蠻）
嚴妝嫩臉花明，
教人見了關情，
含羞舉步越羅輕，
稱娉婷。（尹鶚杏園芳）
蘭麝細香聞喘息，
綺羅纖縷見肌膚。（歐陽炯的浣溪沙）
宿妝猶在酒初醒，
翠翹慵整倚雲屏。（顧敻的虞美人）
粉融紅膩蓮房綻，
臉動雙波漫。（閻選的虞美人）
晚起紅房醉欲消，
綠鬟雲散裊金翹。（毛熙震的浣溪沙）
醉後愛稱嬌姐姐，
夜來留得好哥哥。（孫光憲的浣溪沙）
一廻嘗酒絳唇光，
佯弄紅絲繩拂子，
打檀郎。（和凝的山花子）

這都是十足的香豔富麗的詞，是花間集中主要的風格，是造成了所謂花間詞派穠麗的作品的要素。第二在花間集除了穠豔富麗的作風外，還有不少的很清新淡雅的詞。即善作豔麗詞的溫庭筠其所作也有淡雅的。例如苕溪漁隱叢話所稱的更漏子詞：

梧桐樹，

三更雨，

不道離情正苦。

一葉葉，

一聲聲，

空階滴到明。

他這種清新淡雅的風格，大概是從張志和漁歌子中來，而爲後來宋朱敦儒們一派閑適詞的先導。溫氏之外像牛嶠李珣的詞，亦有這類的風格。例如：

簾捲水樓漁浪起，

千片雪，

雨濛濛。（牛嶠江城子）

楚山青，
湘水淥，
春風澹蕩看不足。
草芊芊，
花簇簇，
漁艇棹歌相續。（李珣的漁歌子）
雲帶雨，
浪迎風，
釣翁廻棹碧灣中。
春酒香熟鱸魚美，
誰同醉？
纜却扁舟篷底睡。（李珣的南鄉子）
扣舷歌，
聯極望，
槳聲伊軋知何向？
黃鵠叫，
白鷗眠，
誰似儂家疏曠。（孫光憲漁歌子）

但牛李的詞，這類的作品終是少數的；說到

清新派詞的多量的作者要以韋莊爲最重要了。蓋在花間集中，溫庭筠創造了富麗側豔的風格，而韋莊則開導了清新婉約的作風。花間一派雖說創始於溫氏，而實由韋莊才始門庭昌大的。他的清新儁逸的作風，啓發了當時的一切的大小詞人，開導了南唐君臣李（煜）馮（延已）婉約的先路。像牛希濟，薛昭蘊，張泌，李珣，歐陽炯，都是韋詞的追踪者。試舉他們的詞爲例：

暗想玉容何所似？
一枝春雪凍梅花。（韋莊的浣溪沙）
勸我早歸家，
綠窗人似花。（韋莊的菩薩蠻）
迴首猶重道：
記得綠羅裙，
處處憐芳草。（牛希濟的生查子）
粉上依稀有淚痕，
郡庭花落欲黃昏，
遠情深恨與誰論？（薛昭蘊的浣溪沙
早是出門長帶月，

可堪分袂又經秋，
晚風斜日不勝愁。（張泌的浣溪沙）
嬌羞愛問曲中名，
楊柳杏花，
時節幾多情。（毛熙震的南歌子）
獨倚朱欄情不極，
魂斷終朝相憶。（孫光憲的河瀆神）

像在上面所敍的穠麗與清新的兩派詞，可說是花間集詞風的主潮。温庭筠是穠麗一派的倡導者，而韋莊便是清新詞派的先驅。他們兩人是花間派中的柱石，中國詞史上初期的日月。他們創始了花間一派的清新穠麗的作風，同時替後來許多詞人們開闢了兩條新的途徑。中國詞中婉約一派，應該歸功於花間的創始。第三在花間詞人中還有幾首感慨的悲涼的傷感詞，和詞意豪放的邊塞詞在集中。如鹿虔扆，毛熙震，毛文錫，孫光憲，諸人的作品中，便有的帶着這類的彩色。胡適說這時的詞，"不是相思，便是離別，不是綺語，便是醉歌"㈠乃是指的在這時候一般的詞風而言的。但如：

煙月不知人事改，
夜闌還照深宮，
藕花相向野塘中，
暗傷亡國，
清露泣香紅。（鹿虔扆的臨江仙）

自從陵谷追遊歇，
畫梁塵黦。
傷心一片如珪月，
閑鎖宮闕。（毛熙震的後庭花）

秋風緊，
平磧雁行低，
陣雲齊；
蕭蕭颯颯邊聲四起，
愁聞戍角與征鼙。

㈠胡適詞選序，"這二百年的詞，都是無題的，内容都很簡單，不是相思，便是離别，不是綺語，便是醉歌，所以用不著標題，題底也許别有寄託，但題面仍不出男女的豔歌，所以也不用特别標出題目。"

青塚北黑山西，
沙飛聚散無定，
往往路人迷。
鐵衣冷，
戰馬血沾蹄，
破蕃溪，
鳳凰詔下，
步步躡丹梯。（毛文錫的甘州遍）
空磧無邊，
萬里陽關道路，
馬蕭蕭，
人去去，
隴雲愁。
香貂舊製戎衣窄，
胡霜千里白，
綺羅心魂夢隔，
上高樓。（孫光憲的酒泉子）
雞祿山前遊騎，
邊草白，

朔天明，
馬蹄輕。
鵲面弓離短韔，
彎來月欲成。
一隻鳴髇，
雲外曉鴻驚。（孫光憲的定西番）
何處戍樓寒笛，
夢殘聞一聲，
遙想漢關萬里
淚縱横。（孫光憲的定西番）

像這些詞，又豈是當宴則歌的靡靡的離情閨思之屬的作品。我們如果相信“婉約爲正宗，豪放爲變調”的話，那末花間中得此三四章，或者可以說是兩宋蘇（軾）辛（棄疾）豪放詞的先導罷。

三

花間派在中國詞史上影響之大，是無可與倫比的，他的絕大的好處便是開闢了一條前代所未有的"温李詩派"的大路；北宋的楊億錢惟演劉筠們所標榜的"西崑體"，他們不過僅僅學到温庭筠李義山的皮毛而已。然而花間諸人卻真正的承受了温氏的衣鉢，而更爲發揚光大之。在他們之前，詩人的詞無論是抒情述景或敍事詠懷，多帶有調笑滑稽游戲的意味，坦直而少含蓄之趣；自從温氏及其一班追踪者拿詞來抒寫自己的熱情和愛慾，重新注入新的活力，於是詞便有了新的生命，新的力量，開放出錦繡燦爛的花朵，開闢了中國詩的園地裏一條異境，灌溉了後來的無數的詩人的心田，創始了一個最有影響，且根柢最爲深固的作風。在這一點上，花間詞人們是很值得夠我們加以精細的研究的。

一

說到溫庭筠是很值得我們紀念的。他不僅是花間派的"宗教主",同時他亦是中國詞史上一位開山大師。他在文學史上的地位,是站在詩詞的盛衰的歧點。在他以前還是詩歌的最盛時代,詩人不過是偶爾填詞;自他專力於詞以後,詞的發展的趨勢,逐漸的告成,佔據了詩的地位而爲文學的中心了。至他對於詞的方面的最大的貢獻,可以從兩方面說:(一)他的詞創調很多,如歸國遙,訴衷情,遐方怨,酒泉子,玉蝴蝶,女冠子,思帝鄉,蕃女怨,荷葉杯,定西番,河瀆神,南歌子,河傳……等,均係作者的自度腔。替後來的從事於詞的人們展開一條大路。(二)他的詞多用側艷之語來抒寫自己的熱情和愛慾,打破了中唐詩人們的詞多半是些調笑,滑稽,游戲,寫景之作的慣例,替詞的園地增加了新的生命。單就這兩點說，温庭筠亦就值得我們深深地贊美了。

温庭筠（八二〇？——八七〇？）㊀本名岐，字飛卿，太原（今山西陽曲縣）人。他是宰相温彥博的裔孫。少敏悟才思艷麗，韻格清拔，工爲辭章小賦。他與李商隱齊名，稱“温李”。但他的才思却比李更爲敏捷。孫光憲北夢瑣言說：

> 庭筠才思艷麗，每入試押官韻作賦，凡八叉手而八韻成，多爲鄰舖假手，號曰“救數人也”。李義山謂曰：近得一聯句云“遠比召公三十六年宰輔”未得偶句。温曰何不云“近同郭令二十四考中書”。宣宗嘗賦詩上句有“金步搖”未能對，遣未第進士對之，庭筠乃以“玉條脫”對，宣宗賞焉。

他原是一位音樂家，“能逐絃吹之音，爲側豔之詞”（舊唐書語）。初至京師，公卿家的無賴子弟像裴誠令狐縞之徒相與蒲飲酣醉終日。詞林紀事引桐薪道：

㊀温庭筠見舊唐書卷一百九十文苑下。綜詞卷一。

温飛卿……最善鼓琴吹笛，有絲即彈，有孔即吹，不必柯亭爨桐也。……………

他雖然有這樣的藝術天才，但因爲過度的浪漫，“士行塵雜，不修邊幅”。(舊唐書語)加以貌也醜陋，而有“温鐘馗”的稱號，所以他便累年不第了。徐商鎮襄陽，他往依之，署爲巡官，不得志去歸東江，與新進少年狂遊狎邪。又乞索於揚子院，醉而犯夜，爲虞侯所擊，敗面折齒，方還揚州，訴之令狐綯，捕虞侯治之，極言他狎邪醜迹，乃兩釋之。從此他的“汚行”聞於京師了。他自至長安致書公卿間雪寃。徐商知政事，頗爲言之，並擢爲國子助教。後商罷相，楊收怒他貶爲方城尉，再遷隋縣尉卒。相傳宣宗愛唱菩薩蠻詞，丞相令狐綯假他修撰，密進之，戒令勿泄，而遽言於人，且曰“中書堂内坐將軍”，以譏其無學也，由是疎之。(樂府紀聞)唐詩紀事亦稱令狐綯曾以舊事訪他，他道事出南華，非僻書也。或冀相公燮理之暇，時宜覽古。綯益怒，奏他有才無行。從這些故事看來，他真是位狂妄的才子，他於是不得不落魄終身了。

他的詞原有握蘭金荃二集㊀，但現在均已散佚。現存的六十餘首，具見花間集全唐詩諸選本中。

說到温詞的風格，我們可以用"艷麗"二字來概括。他的詞和他的詩一樣，無論寫景，詠物，都喜歡用很藻麗的辭句織成功了綺麗膩滑的錦繡和綵緞；色調是那末樣的鮮明，紋彩更是那末樣的綺靡動人。我們看他的詞：

小山重疊金明滅，
鬢雲欲度香顋雪，……
新帖繡羅襦，
雙雙金鷓鴣。（菩薩蠻）
水精簾裏頗黎枕，
暖香惹夢鴛鴦錦。（菩薩蠻）

㊀金荃集原集已佚，今有彊村叢書本，惟其中雜韋莊張泌歐陽炯諸人之作，並非金荃原集。王國維先生說"宋時飛卿詞止有一卷，握蘭金荃當是詩文集，非詞集也。"

手裏金鸚鵡，

胸前繡鳳凰。（南歌子）

驚寒雁，

畫屏金鷓鴣。（更漏子）

芙蓉凋嫩臉，

楊柳墮新眉。（玉蝴蝶）

我們隨便舉他的詞，就可看出温詞的色彩如何的鮮明了。他的詞中喜歡用鴛鴦，鳳凰，玉釵，金鸚鵡，金鷓鴣，一類的綺靡絢煌金碧炫人的辭句；鬢雲，香腮，芙蓉面，楊柳眉一類誘人的句子。此外像烟，月，香霧，微雨，晚霞，也是他慣用的。他的詞是將錦繡，金玉等富麗的字面湊成功的綵緞，同時他的詞境又若明若昧，若輕紗的籠罩，若朦朧的月夜，使讀者很神祕的發生富麗之感；他這種朦朧月夜似的作風，便在詞的園地開闢了一大支派，所謂花間一派，便以他爲宗師了。他的作風，更可於下列諸詞見之：

水精簾裏頗黎枕，

暖香惹夢鴛鴦錦。

江上柳如烟，
雁飛残月天，
藕絲秋色淺，
人勝參差剪，
雙鬢隔香紅，
玉釵頭上風。（菩薩蠻）
杏花含露團香雪，
綠楊陌上多離別。
燈在月朧明，
覺來聞曉鶯。
玉鈎褰翠幕，
妝淺舊眉薄。
春夢正關情，
鏡中蟬鬢輕。（菩薩蠻）
滿宮明月梨花白.
故人萬里關山隔。
金雁一雙飛，
淚痕沾繡衣。
小園芳草綠，

家住越溪曲，
楊柳色依依，
燕歸君不歸。（菩薩蠻）
南園滿地堆輕絮，
愁聞一霎清明雨。
雨後卻斜陽，
杏花零落香。
無言勻睡臉，
枕上屏山掩。
時節欲黃昏，
無憀獨倚門。（菩薩蠻）

他這種以綺靡側艷爲主格，朦朧深邃爲作風的小詞，斥去了淺易的質樸的辭意，而進入於深邈難測之佳境，爲詞的園囿裏開闢了一條奇境，這是温詞的最偉大處。像"頗黎枕""鴛鴦錦"……是多未燿眼的東西；而"江上柳如煙，雁飛殘月天"又是怎樣的深邃難測的奥境呢！雖然他的詞句因爲過於崇尚艷麗和保持他"朦朧深邃"作風的結果，不免隱晦艱澀的嫌疑，但這究竟是小疵，是無損於他的偉大的。

他的詞除了艷麗之作外，也有很淡雅的，苕溪漁隱叢話尤稱他的更漏子詞：

……………………………

梧桐樹，

三更雨，

不道離情正苦。

一葉葉，

一聲聲，

空階滴到明。

又如：

梳洗罷，

獨倚望江樓。

過盡千帆皆不是，

斜暉脈脈水悠悠

腸斷白蘋洲。（憶江南）

背江樓，

臨海月，

城上角聲嗚咽。

堤柳動，

島烟昏，

兩行征雁分。

西陵路，

歸帆渡，

正是芳菲欲度。

銀燭盡，

玉繩低，

一聲村落鷄。（更漏子）

這都是淡雅一類的佳作。周濟嘗以美婦人喻温詞，他說"毛嬙，西施，天下美婦人也，嚴妝佳，淡妝亦佳，粗服亂頭，不掩國色。飛卿嚴妝也。"（介存齋論詞雜著）王國維也說，"畫屏金鷓鴣"飛卿語也，其詞品似之。"這只是說了温詞的一半。我以爲像温詞淡雅一類的例，也是值得稱道的；"欲把西湖比西子，淡妝濃抹總相宜。"西湖才是温詞的象徵。

二

追踪於温庭筠之後的所謂"花間派"詞人，

無疑的韋莊是最爲偉大的作家。“花間”的一派，雖說是創始於溫庭筠，而實由韋莊才始門庭昌大的。他的清蒨溫馥雋逸可喜的作風，啓發了當時一切的大小詞人。同時並開蜀中文學隆盛的先聲。

韋莊（八五一——九一〇）㈠字端已，杜陵（令陝西長安附近）人。他是唐相韋見素的後裔。幼時父母早亡，家貧向學。惟因爲他是資質聰穎的原故，書是過目就會的，所以普通小學生的看花，逃學，上屋探雛諸嬉遊，也是他慣愛玩的把戲。他後來關於童稚時代的描寫，曾有詩道：

昔爲童稚不知愁，
竹馬閑乘遶縣遊。
曾爲看花偷出郭，
也因逃學暫登樓。
招他邑客來還醉，
纔得先生去始休。
今日故人無處問，

㈠韋莊見唐才子傳卷第十，十國春秋卷四十，詞綜卷二。

夕陽衰草盡荒坵。(下邽感舊)

御溝西面朱門宅,

記得當時好弟兄。

曉傍柳陰騎竹馬,

夜偎燈影弄先生。

巡街趁蝶衣裳破,

上屋探雛手脚輕,

今日相逢俱老大,

憂家憂國盡公卿。(途次逢李氏兄弟)。

太平廣記說"韋莊幼時,常在華州下邽縣僑居,多與鄰巷諸兒游戲。及廣明(唐僖宗)亂後,再經舊里,追思往事,但有遺蹤,因賦詩以誌之"上兩首詩即載在廣記內。我們從詩中就可領略韋莊兒童時代的生活了。

關於他廣明以前的事蹟,因爲載記不詳,多不可攷。除在上二詩中我們知道他童稚時的生活外,他在廣明以前也曾至長安應舉,但未獲中。於是他便住在長安,目的大半是爲預備下回的考試。他有詩云:

千蹄萬轂一枝芳，

要路無媒果自傷。(下第題青龍寺僧房)

帝里無成久滯淹，

別家三度見新蟾。(冬日長安感志詩)

他在三十來歲時，却遭遇着國家空前的浩刼，這浩刼便是黃巢之亂。巢於八八〇年陷長安，嚇得僖宗逃往四川，巢復"怒民之助官軍，縱兵屠殺，血流成川，謂之洗城"。(通鑑)同時"內庫燒爲錦繡灰，天街踏盡公卿骨"。而且是"家家流血如泉湧，處處寃聲聲動地"。(秦婦吟句)在這樣的情勢凶險緊張的環境中，凡稍能行動之人，自沒有不離開長安到他處避難的道理，而他偏於此時害起病來了。他有詩記道：

與君同臥疾，

獨我漸彌留。

弟妹不知處，

兵戈殊未休。

胸中疑晉豎，

耳下鬬殷牛。

縱有秦醫在，

懷鄉亦淚流。（賊中與蕭韋二秀才同臥重疾二君尋愈我獨加重，恍忽之中因有題）

相逢俱此地，

此地是何鄉。

側目不成語，

撫心空自傷。……（重圍中逢蕭校書）

四面從兹多厄束，

一斗黃金一斗粟。

東南斷絶無糧道，

溝壑漸平人漸少。（秦婦吟）

他在圍城中這次的驚心動魄和悲慘的遭遇，使他在後三年作成一時傳誦的歌詠亂離時代的長篇敍事詩秦婦吟，博得了他在文學上不朽的榮名。

他作秦婦吟長詩，是他已從長安到了洛陽，那時正是"中和癸卯春三月，洛陽城外花如雪"。但不久他就離開洛陽避難到江南去了。所以他的詩說：

避世移家遠，

天涯歲已週。（避地越中作）

曾爲流離慣別家，

等閒揮袂客天涯。

燈前一覺江南夢，

惆悵起來山月斜。（寒山店夢覺作）

他這次南遊，足跡幾乎走遍大江南北。他到過江蘇（臺城，過揚州，題姑蘇凌處士莊）浙江（衢州江上別李秀才，東陽贈別，桐廬縣中作），江西（袁州作，信州溪岸夜吟，撫州江口雨中作，南昌晚眺，訪潯陽友人不遇，九江逢盧員外），湖北（夏口行寄婺州諸弟，）湖南（湘中作）安徽（過當塗縣）。他這樣的由吳，而越，而贛，而楚，而湘，……各地的浪游，表面上是很快活的，但他的思鄉之情却無時不流露在他的詩裏。如：

三年流落臥漳濱，

王粲思家拭淚頻。（婺州屏居詩）

至於他這時的生活，有時過着恬靜的鄉居，

興來也彈琴，弈棋，飲酒 賦詩，來消磨他寂寞的異鄉遊子的滋味。如：

從今隱去應難免，
深入蘆花作釣翁。（將卜蘭芷村居詩）
故人相別盡朝天，
苦竹江頭獨閉關。（江上題所居）
江畔玉樓多美酒，
仲宣懷土莫凄凄。（江上逢故人）
年年春日異鄉悲，
杜曲黃鶯可得知。（江外思鄉）
正喜琴樽長作伴，
忽攜書劍遠辭羣。（送范評事入關詩）
萬事不如棋一局，
雨堂閑夜許來麼？（寄禪月大師詩）

但異鄉的娛樂，終敵不過他思鄉情緒的濃烈。"聲聲林上鳥，喚我北歸秦"（遣興）終於他於昭宗景福元年（八九二）秋季實行歸洛了。

懷鄉不怕嚴陵笑，
只待秋風別釣磯。（旅中感遇寄呈李祕

書昆仲）

秋烟漠漠雨濛濛，
不倦征帆任晚風。
百口寄安滄海上，
一身逃難綠林中。
來時楚岸楊花白，
去日隋堤蓼穗紅。
却到故園翻似客，
歸心迢遞秣陵東。（自孟津舟西上雨中）

他於景福二年正月至長安應舉，他投寄舊知詩所謂"萬里有家留百越，十年無路到三秦"者也。雖結果慘遭失敗（有癸丑下第獻新先輩詩）但第二年（乾寧元年）便"平地一聲雷"似的舉了進士，並任校書郎之職。他的詩道：

已向鴛行接鴈行，
便應雙拜紫薇郎。
纔聞闕下徵書急，
已覺回朝草詔忙。
白馬似憐朱紱貴，

綵衣遥惹御爐香。
多慚十載遊梁客，
未換青衣侍素王。（寄右省李起居）

他這時是何等的滿足！後來李詢奉使入蜀，舉他爲判官，兩年後又自蜀歸，至天復元年（九〇一）仍赴蜀，王建聘爲書記。次年於杜甫草堂舊址結屋，吟詠其中。他又選杜甫王維等五十二人的詩爲又玄集以續姚合之極玄。韋藹浣花集序云：

> 莊於浣花溪尋得杜工部舊址，雖蕪沒已久，而柱砥猶存，因命芟荑，結茅爲一屋。蓋欲思其人而成其處，非敢廣其基構耳。

他這時的生活比較優裕多了，但他故鄉之思，流落之感，仍是不斷的憧憬於他的目前。"洛陽城裏春光好，洛陽才子他鄉老。"（菩薩蠻）他是時時忘不了他的故鄉。後來王建自立爲帝，他爲左散騎常侍，累官至吏部尚書同平章事。凡前蜀的開國制度，號令，刑政，禮樂，皆他所定，梁開平四年(九一〇)卒於成都花林坊，葬白沙之陽。

他的詞集名浣花集，㈠原集已佚，近人王靜安先生始從花間尊前各記載中輯爲一卷，凡五十四首。他的詞清新明白，尤長於運用婉孌細膩的文筆以之描寫離愁別緒。例如：

昨夜夜半，
枕上分明夢見，
語多時，
依舊桃花面，
頻低柳葉眉。
半羞還半喜，
欲去又依依。
覺來知是夢，
不勝悲。(女冠子)
四月十七，
正是去年今日，
別君時，

㈠浣花集有汲古閣刊本，有四部叢刊本。浣花詞有王忠慤公遺書本。

忍淚佯低面，

含羞半斂眉。

不知魂已斷，

空有夢相隨，

除却天邊月，

沒人知，（女冠子）

韋莊的詞，陸侃如中國詩史將他分作三部：（一）爲江南浪遊而作的；（二）在西蜀作的；（三）創作背景不可考的。屬於第一部分的。如：

"金翡翠"（歸國遙）

"紅樓別夜堪惆悵"（菩薩蠻）

"人人盡說江南好"（菩薩蠻）

"如今卻憶江南樂"（菩薩蠻）

"勸君今夜須沉醉"（菩薩蠻）

"洛陽城裏春光好"（菩薩蠻）

"深夜歸來長酩酊"（天仙子）

屬於第二部分部的詞。如：

"何處遊女"（清平樂）

"春晚風暖"（河傳）

"錦浦春女"(河傳)

在以上的兩部分中，第一部分的詞是高於第二部分的。在第一部分的詞中是作者浪遊時期生活的寫真；他的觀察是深刻的，情感是熱烈的。在詞的裏面，有作者的歡笑，有作者的輕喟，有作者的頹廢和浪漫，以及作者無可奈何的離鄉背井的愁緒的悲吟。我們看他的詞：

金翡翠，
爲我南飛傳我意，
罨畫橋邊春水，
幾年花下醉。
別後只知相愧，
淚珠難遠寄。
羅幕繡幃鴛被，
舊歡如夢裏。(歸國遙)
深夜歸來長酩酊，
扶入流蘇猶未醒，
醺醺酒氣麝蘭和。
驚睡覺，

笑呵呵，
長笑人生能幾何！（天仙子）
勸君今夜須沈醉，
尊前莫話明朝事；
珍重主人心，
酒深情亦深。
須愁春漏短，
莫訴金杯滿。
遇酒且呵呵，
人生能幾何！（菩薩蠻）
如今卻憶江南樂，
當時年少春衫薄；
騎馬倚斜橋，
滿樓紅袖招。
翠屏金屈曲，
醉入花叢宿；
此度見花枝，
白頭誓不歸。（菩薩蠻）
勸我早歸家，

綠窗人似花。（菩薩蠻）

像這種詞都是作者的生命與身世的整個的表現，我們研究韋莊的身世，這幾首詞是不可忽視的。但在他第二部分的詞中，卻沒有什麼大不了的作品；惟荷葉杯、小重山，謁金門諸詞、與他的戀愛史有些關係，㊀到是幾首富有興味的東西。

記得那年花下深夜，
初識謝娘時，
水堂西面畫簾垂，
攜手暗相期。
惆悵曉鶯殘月，
相別，
從此隔音塵；
如今俱是異鄉人，
相見更無因。（荷葉杯）
空相憶，
無計得傳消息；

㊀見堯山堂外紀詞林紀事諸書。

天上嫦娥人不識，
寄書何處覓？
新睡覺來無力，
不忍把伊書跡。
滿院落花春寂寂，
斷腸芳草碧。（謁金門）

說到他的第三部分詞，却不少佳作在內。在前邊所舉他的女冠子二首，即可放在這部分中來。此外像：

春愁南陌，
故國音書隔；
細雨霏霏梨花白，
燕拂畫簾金額。
盡日相望王孫，
塵滿衣上淚痕。
誰向橋邊吹笛，
駐馬西望銷魂。（清平樂）
獨上小樓春欲暮，
愁望玉關芳草路。

消息斷，

不逢人，

卻斂細眉歸繡户。

坐看落華空歎息，

羅袂溼斑紅淚滴。

千山萬水不曾行，

魂夢欲教何處覓？（木蘭花）

挑盡金燈紅燼，

人灼灼，

漏遲遲，

未眠時。

斜倚銀屏無語，

閒愁上翠眉，

悶殺梧桐殘雨，

滴相思。（定西番）

韋莊的詞，我們已看了不少；歸納起來講，他的詞的風格是可用"清俊"二字來概括牠。王靜安先生即以他的詞"弦上黃鶯語"來批評他，到是很有意思的。至於他的詞之在當時的影響，有兩點是應該注意的，即（一）以詞來寫作者的身世（如菩薩蠻諸詞），（二）喜歡用渾成的詞句（浣溪沙——暗想玉容何所似，一枝春雪凍梅花）。這兩點卻開創了南唐君臣李（煜）馮（延巳）的先路。

三

在花間集的作者中與韋莊同樣的由他處入仕於蜀者爲牛嶠。㊀ 嶠（八五〇——九二〇）字松卿，一字延峯，隴西（今甘肅隴西縣西南）人。他是唐宰相牛僧孺的後裔，博學而有詩文名。乾符五年（八七八）登進士第四人，歷官拾遺，補闕，尚書郎。王建鎮西川，辟爲判官；王建稱帝，拜他爲給事中。（以上事蹟見唐才子傳卷九）關於他的歷史，我們只知道這些了。此外從他的詞裏知道他曾遊越。如：

吳王宮裏色偏深，

一簇纖條萬縷金。

㊀牛嶠見唐才子傳卷九，十國春秋卷四十四，詞綜卷二。

不憒錢塘蘇小小，

引郎松下結同心。(柳枝)

鵁鶄飛起郡城東，

碧江空，

半灘風。

越王宮殿，

蘋葉藕花中。

簾捲水樓漁浪起，

千片雪，

雨濛濛。(江城子)

據唐才子傳說他本有集三十卷，惟傳於今者，僅花間集中所錄的三十二首。他的詞亦皆描寫閨情之類，惟其風格淺迫，遠非温韋的同萃。像：

閨草碧，

望歸客，

還是不知消息。

辜負我，

悔憐君，

告天天不聞。(更漏子)

紅繡被,

兩兩間鴛鴦。

不是鳥中偏愛爾,

爲緣交頸睡南塘,

全勝薄情郎。(夢江南)

這簡直是通俗的淺近的民間情歌了,更沒有詞的"蘊藉"的情趣;所以他的詞在花間集中是向來沒得到好的批評。

他的詞的内容雖然是失之淺迫,但字面上他却喜歡用金,玉,錦繡,鴛鴦,鳳凰一類的富麗的字。這在他的詞中,很易看得到的。如:

捍撥雙盤金鳳,

蟬鬢玉釵搖動。(西溪子)

玉樓冰簟鴛鴦錦,

粉融香汗流山枕。(菩薩蠻)

綠雲鬢上飛金雀,

愁眉斂翠春煙薄。(菩薩蠻)

鴛鴦排寶帳,

荳蔻繡連枝。(女冠子)

玉樓春望晴烟滅,

舞衫斜卷金條脫。(應天長)

昔人評顏延之的詩"似鏤金錯彩"蓋譏他的詩,只有華麗的表面,而無充實的內容。溫庭筠的詞,雖然亦是愛用金,玉,錦繡,鴛鴦,鳳凰一類富麗的字面來織成色調鮮明的綵緞;但他的詞的意境,却是朦朧而深邃的;牛詞有這種意境嗎?但如:

綠雲高髻,

點翠匀紅時世,

月如眉,

淺笑含雙靨,

低聲唱小詞。

眼看惟恐化,

魂蕩欲相隨,

玉趾回嬌步,

約佳期。(女冠子)

東風急,

惜别花時手頻執，

羅幃愁獨入。

馬嘶殘雨春蕪溼，

倚馬立。

寄語薄情郎，

粉香和淚泣。（望江怨）

這還算是牛詞中表情深刻的作品。至若“簾外水樓魚浪起，千片雪，雨濛濛”一類淡雅的詞句，那更不容易看到了。

四

牛嶠的詞，雖然是在花間集中爲平庸的“下乘”，但他的侄子希濟却是位較爲偉大的詞人。他們兩人雖然是叔侄，但他們的作風則不相同。嶠喜歡藻麗，喜歡用金玉錦繡一類的富麗的字面，是近於温庭筠的一派。而希濟則尚自然，不事雕飾，只是淡淡的描寫真情實景，頗近於韋莊的作風。

牛希濟（生卒未詳）㊀隴西（今甘肅隴西縣

西南）人。他仕蜀曾官翰林學士，御史中丞。後唐同光三年（九二五）他隨王衍降於後唐。明宗命他爲雍州節度副使。堯山堂外紀曾載他降唐後的軼事道：

> 同光三年，唐命蜀舊臣賦蜀亡詩，牛希濟一律末云："古往今來亦如此，幾曾歡笑幾潛然"。唐主曰，"希濟不忘忠孝也"。賜緞百……（詞林紀事卷二引）

他雖然是降於後唐，但是他作詞却滿裝載着亡國的淚痕。他的詞現存的有花間集所載的十一首，此外僅詞林萬選多出三首而已。其作風可於下列諸詞見之。如：

春山烟欲收，
天澹稀星小，
殘月臉邊明，
別淚臨清曉。
語已多，
情未了，

㊀牛希濟見十國春秋卷四十四。詞綜卷二。

迴首猶重道：

記得綠羅裙，

處處憐芳草。（生查子）

池塘暖碧浸晴暉，

濛濛柳絮輕飛。

紅蕊凋來，

醉夢還稀。

春雲空有雁歸，

珠簾垂。

東風寂寞，

恨郎拋擲，

淚溼羅衣。（中興樂）

秋已暮，

重疊關山歧路，

嘶馬搖鞭何處去？

曉禽霜滿樹。（謁金門）

新月曲如眉，

未有團圞意，

紅豆不堪看，

滿眼相思淚。(生查子)

在這些詞裏,却可看出希濟詞的清新的作風。他在花間集的十一首詞中,爲臨江仙七首,生查子,酒泉子,中興樂,謁金門各一首。又據十國春秋說"希濟次牛嶠女冠子四闋,時輩嘖嘖稱道"。但如此好詞,可惜現已不傳了。在他的臨江仙七首中,也有很好的。如:

峭壁參差十二峯,
冷烟寒樹重重。
瑤姬宮殿是仙蹤,
金爐珠帳,
香靄晝偏濃。
一自楚王驚夢斷,
人間無路相逢。
至今雲雨帶愁容,
月斜江上,
征棹動晨鐘。

有情有景,這的確是一首好的作品,所以仇山村評說"芊綿温麗極矣,自有憑弔悽愴之意。"

（詞林紀事引）

五

追踪於韋莊之後的西蜀詞人中。薛昭蘊是不可忽視的一位作者。昭蘊㊀河東（今山西永濟縣）人，他是唐直臣薛存誠的後裔。仕蜀官至侍郎。花間集列他於韋莊之下，牛嶠之上，更可知他是前蜀的詞人。關於他的事蹟，載籍不詳。此外孫光憲的北夢瑣言曾記他的性格道：

> 薛澄州昭蘊即保遜之子也。恃才傲物，亦有父風。每入朝省，弄笏而行，傍若無人。好唱浣溪沙詞，知舉後有一門生，辭歸鄉里，臨岐獻規曰"侍郎重德，某乃受恩，爾後請不弄笏與唱浣溪沙，即某幸也"。時人謂之至言。

他的詞花間集載有十九首，其情調亦皆爲綺靡的閨情詞，而其風格渾樸，則頗近於韋莊。例如：

㊀薛昭蘊見詞綜卷二。

紅蓼渡頭秋正雨，

印沙鷗跡自成行，

整鬟飄袖野風香。

不語含嚬深浦裏，

幾回愁煞櫂舡郎，

燕歸帆盡水茫茫。（浣溪沙）

粉上依稀有淚痕，

郡庭花落欲黃昏，

遠情深恨與誰論。

記得去年寒食日，

延秋門外卓金輪，

日斜人散暗銷魂。（浣溪沙）

這都是清新渾樸而不事雕飾的詞。在昭蘊這十九首詞中，以浣溪沙，謁金門爲最優；女冠子，離別難，相見歡，醉公子次之；喜遷鶯，小重山最下。試各摘數句比較之。

正是斷魂迷楚雨，

不堪離恨咽湘絃，

月高霜白水連天。（浣溪沙）

吳主山河空落日，

越王宮殿半平蕪，

藕花菱蔓滿重湖。（浣溪沙）

春滿院，

疊損羅衣金線。

睡覺水精簾未捲，

簷前雙語燕。（謁金門）

野烟溪洞冷，

林月石橋寒。

靜夜松風下，

禮天壇。（女冠子）

愁起夢難成，

紅妝流宿淚，

不勝情，

手挼裙帶繞宮行。……（小重山）

九陌喧，

千戶啓，

滿袖桂香風細。

杏園歡宴曲江濱，

自此占芳辰。(喜遷鶯)

像這些詞,我們一看便可知他的優劣。浣溪沙深婉,謁金門精豔,故可貴;女冠子寫景亦殊佳;小重山是宮詞,表情庸俗可厭;喜遷鶯寫舉子的得意,都無深致。

六

說到張泌的字里,㈠那就令我們"撲朔迷離"了。他究竟仕蜀還是仕南唐,那亦是我們要解決的問題。關於他的事蹟張宗橚詞林紀事(卷二)曾說:

> 泌字子澄,常州人。仕南唐爲監察御史,歷考功員外郎,進中書舍人。歸宋官虞部郎中。
>
> 太宗朝泌在史館,一日問曰,"卿家每食多客,敍談何事?"泌曰"臣之親舊客都下乏食,故嘗過臣飯,然止菜羹而已。"明日遣快行者伺之,果然。喜其不

㈠張泌見十國春秋卷二十五,詞綜卷三。

隱，遷官郎中，人稱“菜羹張家”。泌爲人長者，後官河南，每寒食必親拜後主墓，哭之甚哀；李氏子孫陵替，常分俸贍給焉。（詞林紀事引十國春秋）

就這個記載看來，張泌是南唐的臣子無疑了。此外歷代詩餘全唐詩都與此記差不多。但我們要知道，趙崇祚的花間集，編於蜀廣政三年（西九四〇年），而張泌當李後主時代（約九六一——九七五）始爲中書舍人，內史舍人；何以在趙崇祚二十餘年前所編的花間集，即稱爲“張舍人”呢！且退一步說，像南唐君臣李璟，李煜，馮延己諸人的作品，何以花間集的編者沒有將他們選入；這並不是因爲他們聲名比不上張泌，或他們的作風與溫韋不同，實在是因爲他們的時代過晚，不及收入耳。所以我疑心這個張泌決不是花間集的“張舍人”而是另一人了。胡適之說我疑心詞人張泌，另是一人，大概也是蜀人，他的年輩很早（詞選）。這到是很可信的判論。陸侃如曾爲詞人張泌另作一簡明的小傳，但他以爲詩人張泌，就是詞人張泌，不過不是南唐人而已。他道：

> 張泌前蜀舍人。曾遊長安（有長安早行與題華巖寺木塔諸作），洞庭（有洞庭阻風與秋晚過洞庭諸作）桂州（有春日泊桂州詩）等處。

這也不過是陸先生的"假說"罷了。此外關於張泌的少年時代的戀愛史，亦可從他的詞中見到。例如：

浣花溪上見卿卿，
臉波明，
黛眉輕，
綠雲高綰，
金簇小蜻蜓。
好是問他來得麼？
和笑道，
莫多情。（江城子）

他這段戀愛史是這樣的：古今詞話說"張子澄以江城子二闋得名，………少與鄰女浣衣善，經年夜必夢之，女别字，泌寄以詩云，“别夢依依到謝家，小廊回合曲闌斜，多情只有春庭月，猶爲離人照落花”。浣衣流淚而已。“浣花溪上見卿卿”，這就是他少年時代在蜀的浪漫史。

張泌的詞在花間集中存二十七首，全唐詩又多出一首，其作風也是温韋的同輩。例如：

花滿驛亭香露細，
杜鵑聲斷玉蟾低，
含情無語倚樓西。（浣溪沙）
早是出門長帶月，
可堪分袂又經秋，
晚風斜日不勝愁。（浣溪沙）
天上人間何處去？
舊歡新夢覺來時，
黄昏微雨畫簾垂。（浣溪沙）

這都是很清俊委婉的東西。他的傑作爲南歌子，江城子，浣溪沙諸詞；而浣溪沙十首，無一不是表現着温柔敦厚的情趣。現分錄如下。像：

柳色遮樓暗，

桐花落砌香，

畫堂開處遠風涼，

高捲水精簾額，

襯斜陽。（南歌子）

碧闌干外小中庭，

雨初晴，

曉鶯聲。

飛絮落花，

時節近清明。

睡起捲簾無一事，

勻了面，

沒心情。（江城子）

這幾首也是幽豔尖新的東西，不但是張詞的“白眉”，也可算是花間集中最高篇什的同羣。

七

花間派的詞人們，大都是向着“綺靡側豔的風格，朧朦深邃的作風”一條路去努力，但毛文錫却不然；他是花間詞人們裏最淺率的一位，他淺率的程度，有時却較牛嶠爲尤甚。所以葉夢得說他"文錫詞以質直爲情致，殊不知流於率露"。又道"諸人評庸陋詞，必曰此仿毛文錫之贊成功而不及者"。這可見毛詞在"花間"的地位。實爲下乘。

毛文錫㊀（生卒未詳）字平珪，南陽（今河南南陽縣）人。他本是唐進士，入蜀爲翰林學士，永平四年（九一四）遷樞密院使，進文思殿大學士。通正元年（九一六）拜司徒。天漢元年（九一七）貶茂州司馬。後隨王衍降後唐。孟氏建國，他復與歐陽炯等並以詞章供奉內廷。他結束了前蜀的詞壇，同時又開後蜀的文風；在這一點說，毛文錫在"花間"詞人中也是不可過於忽視的一位。他著有前蜀紀事兩卷，茶譜一卷。

他的詞在花間集中選有三十一首，尊前集載一首，現在他的詞不過就這些了。在這些作品中，大都詞意淺率庸腐的居多，深婉而可喜的却少。這因爲他是"以詞翰供奉內廷"的緣故，他作

㊀毛文錫見十國春秋卷四十一。詞綜卷二。

詞不是呼訴自己的心聲，他是在以詞獻媚於統治階級而求他的豢養者的開心而已。所以頌禱式的媚語，在他的詞中便常常的看到。例如：

堯年舜日，
樂聖永無憂。（甘州遍）
鳳凰詔下，
步步躡丹梯。（甘州遍）
不如移植在金門，
近天恩。（柳含烟）
昨日金鑾巡上苑，
風亞舞腰纖軟，
栽培得地近皇宮，
瑞烟濃。（柳含烟）
遙聽鈞天九奏，
玉皇親看來。（月宮春）

像這種平庸的可厭的媚語，怎能有真情流露其間呢？至他的詞淺率的句子，也很不少。例如：

恨對百花時節，

王孫綠草萋萋。(河滿子)

相思豈有夢相尋,

意難任。(虞美人)

昨夜微雨,

飄灑庭中,

忽聞聲滴井邊桐。

美人驚起,

坐聽晨鐘,

快教折取戴,

玉瓏璁。(贊成功)

但在毛詞中,亦有比較詞意深婉的。如:

深相憶,

莫相憶,

相憶情難極。

銀漢是紅牆,

一帶遙相隔。……(醉花間)

金罇滿,

聽絃管,

嬌妓舞衫香暖,

不覺到斜暉，

馬馱歸。（西溪子）

紅蕉葉裏猩猩語，

鴛鴦浦，

鏡中鸞舞，

絲雨隔，

荔枝陰。（中興樂）

這可算是“大致勻淨”。至像葉夢得所稱道的巫山一段雲，古今詞話所盛道的紗窗恨；在當時是傳唱之作；但據我看來，都不見得怎樣的出色，是值不得這樣稱贊的。

八

魏承班㊀（字里未詳），他是王建養子齊王王宗弼（原姓魏名弘夫）的兒子。承班仕蜀爲駙馬都尉，官至太尉。

他的詞花間集選十五首，尊前集載六首，在這些詞中，也多言情之作，辭意明白曉暢，而比較

㊀魏承班見詞綜卷二。

毛文錫爲尖麗。元好問,沈雄曾評他的詞道:

魏承班詞,俱爲言情之作,大旨明淨,不更苦心刻意以競勝者。(元好問語,詞林紀事引)。

承班詞,較南唐諸公更淡而近,更寬而盡,人人喜效爲之,如"相見綺筵時,深情暗共知","難語此時心,梁燕雙來去",亦爲弄姿無限。(沈雄柳塘詞話)

就這兩家的評論講,魏詞只是"明易近人"而已。但就現存的魏詞看來,並不全都如此;他的詞中也有很豔麗的句子。如:

翠翹雲鬢動,
斂態彈金鳳,
宴罷入蘭房,
邀人解珮璫。(菩薩蠻)

别後憶纖腰,
夢魂勞,
如今風葉又蕭蕭,
恨迢迢。(訴衷情)

輕斂翠蛾呈皓齒，

鶯囀一枝花影裏。………（玉樓春）

寂寂畫堂空，

深夜垂羅幕。

燈暗錦屏欹，

月冷珠簾薄。（生查子）

遲遲好景煙花媚，

曲渚鴛鴦眠錦翅，

凝然愁望靜相思，

一雙笑靨嚬香蕊。（木蘭花）

像這些句子，正是溫飛卿的同調。至若：

離別又經年，

獨對芳菲景，

嫁得薄情夫，

長抱相思病。

花紅柳綠閑情空，

蝶弄雙雙影，

羞着繡羅衣，

爲有金鸞並。（生查子）

寒夜長，

更漏永，

愁見透簾月影。

王孫何處不歸來，

應在倡樓酩酊。

金鴨無香羅帳冷，

羞更雙鸞交頸。

夢中幾度見兒夫，

不忍罵伊薄倖。（滿宮花）

意俗情淺，元好問"大旨明淨"的評語，大約是指他這一類的詞而言罷！

九

尹鶚（生卒未詳）㊀成都（今四川成都縣）人，事王衍爲校書郎（據詞林紀事）。在上面所敍兩蜀的詞人，多是流寓的客卿，而他却是本地土產的詞人了。

他的詞花間集載有六首，尊前集載十一首

㊀尹鶚見十國春秋卷四十，詞綜卷三。

但雖只是這些，而其詞的纖約細膩意趣幽閒的風格，遠在毛（文錫）魏（承班）之上。我於他的詞可引張炎和沈雄兩人評語。

張叔夏（炎）云："參卿詞，以明淨動人，以簡淨成句者也"。（詞林紀事引）

沈雄云："尹鶚杏園芳詞，教人見了關情"末句"何時休遣夢相縈"，遂開屯田俳調。至其臨江仙云"西窗幽夢等閒成，逡巡覺後，特地恨難平"，又昔年於此伴蕭娘，相偎佇立，牽惹敍衷腸"，流遞於後，令讀者不能爲懷，豈必花間尊前句皆婉麗也"。（柳塘詞話）

"遂開屯田俳調"，這是很可注意的話。陸侃如說：尹鶚和柳永相同之處有三：（一）狹褻的描寫尹柳是相同的（如清平樂，撥棹子），（二）尹柳詞的取材，多爲倡優和妓女，（如清平樂，何滿子），（三）尹柳詞對於狹邪之遊，多喜爲繁瑣詳盡的敍述（如金浮圖）。陸先生這樣對於尹詞的分析是很可靠的，而尹詞在中國詞史上的地位，乃益爲崇高。此外就詞句方面講，尹詞在纖約細膩的描寫之中而顯露着質樸的情調；在這一點上，尹鶚也是很值得稱道的。如：

嚴妝嫩臉花明，
教人見了關情。
含羞舉步越羅輕，
稱娉婷。
終朝咫尺窺香閣，
迢遙似隔層城。
何時休遣夢相縈。
入雲屏。（杏園芳）
深秋寒夜銀河靜，
月明深院中庭，
西窗幽夢等閑成，
逡巡覺後，
特地恨難平。
紅燭半消殘焰短，
依稀暗背銀屏。
枕前何事最傷情？

梧桐葉上，
點點露珠零。（臨江仙）
暮煙籠蘚砌，
戟門猶未閉。
盡日醉尋春，
歸來月滿身。
雕鞍偎繡袂，
墜巾花亂綴。
何處惱佳人，
檀痕衣上新。（醉公子）

像這種意趣幽閒紓徐不迫的情調，不獨爲尹詞中的白眉，即在花間集中亦可算是"上乘"。

十

在尹鶚的朋友中有位外國產的中國詞人，這人便是李珣。

李珣（八五五——九三〇）㈠字德潤，梓州（今四川三台縣）人。他的祖先原是波斯人（黃

㈠李珣見十國春秋卷四十四。詞綜卷三。

休復茅亭客話)。他以秀才豫賓貢，事蜀主王衍，國亡不仕，有瓊瑤集一卷。他的妹妹李舜弦爲王衍昭儀，亦能詩，曾有宮詞云：

盡日池邊釣錦鱗，
芰荷香裏暗銷魂。
依稀縱有尋香餌，
知是金鉤不肯吞。

他們兄妹都是那樣的有文才，所以他雖是沒有仕於前蜀，但他在當時文壇上的地位是很崇高的。

他的瓊瑤集已佚，但花間尊前兩集中，其詞尚存五十四首（花間集選三十七首，尊前又加出十七首，）就現存的作品看，其題材不盡爲閨情之類，頗多抒寫瀟洒的處士心懷之詞；在當時諸家中實能別樹一格的。例如：

秋月嬋娟，
皎潔碧紗窗外。
照花穿竹冷沉沉，
印池心………(酒泉子)

秋雨聯緜，

聲散敗荷叢裏，

那堪深夜枕前聽．

酒初醒。………(酒泉子)

芰荷經雨半凋疎，

拂堤垂柳，

蟬噪夕陽餘。………(臨江仙)

棹輕舟，

出深浦，

緩唱漁歌歸去。………(漁歌子)

碧煙中，

明月下。

小艇垂綸初罷。………(漁歌子)

迴塘風起波紋細，

刺桐花裏門斜閉，

殘日照平蕪，

雙雙飛鷓鴣。(菩薩蠻)

到處等閒邀鶴伴，

春岸野花，

香氣撲琴書。

更飲一杯紅霞酒，

迴首，

半鈎新月貼清虛。（定風波）

我們在這些詞句中，都可看出李詞淡雅的風格。此外在李詞中還喜歡描寫地方的風物。他嘗至嶺南，所以他的南鄉子諸詞，是都帶着很濃厚的地方色彩。例如：

綠鬓紅臉誰家女，

遥相顧，

緩唱棹歌極浦去。（南鄉子）

相見處，

晚晴天，

刺桐花下越臺前。

暗裏迴眸深屬意，

遺雙翠，

騎象背人先過水。（南鄉子）

漁市散，

渡船稀，

越南雲樹望中微。………（南鄉子）

攏雲髻，

背犀梳

蕉紅衫映綠羅裾。

越王台下春風暖，

花盈岸，

游賞每邀隣女伴。（南鄉子）

愁聽猩猩啼瘴雨。（南鄉子）

夾岸荔枝紅蘸水。（南鄉子）

競攜藤籠採蓮來。（南鄉子）

在上面所舉的例子中，無論他寫動物，寫植物，寫風景，寫古蹟；寫男女的妝飾和他們互相戀愛的風俗，都是顯然的寫的異鄉風物，——這異鄉或就是巴蜀以南的南越。

十一

在以上所敍的詞人中，温庭筠而後，像韋莊，牛嶠，牛希濟，薛昭蘊，張泌，毛文錫，魏承班，李珣等八人，均爲前蜀的詞家。王氏之後，孟氏繼立，在政治上因了朝代的變遷，於是文壇上另一批詞人起來；歐陽炯，顧敻，鹿虔扆，閻選，毛熙震等五人則爲後蜀的詞家。歐陽炯在當時與鹿，閻，毛，及韓琮號爲五鬼㊀，頗不爲時人所推重；但就詞而論，在後蜀的幾位詞家中，要算是歐陽炯堪爲花間集中繼溫韋之後的一位大作家。

歐陽炯（八九六—九七一）㊁宋史作歐陽迥益州華陽（今四川華陽縣）人。他在前蜀時初仕王衍爲中書舍人，前蜀亡他與毛文錫隨王衍降後唐，爲秦州從事。孟知祥稱帝，他復歸爲中書舍人。後仕孟昶，累官翰林學士，拜門下侍郎，兼戶部尚書，同平章事。宋乾德三年（九六五）後蜀亡，他從孟昶歸宋，爲右散騎常侍。他性好詩歌，在後蜀時與孟昶甚相得。他曾以擬白居易諷諫詩受孟昶嘉獎。儒林公議也曾記載他的軼事道：

> 僞蜀歐陽炯嘗應命作宮詞，淫靡甚於韓偓，江南李坦時爲近臣，私以艷藻之

㊀見堯山堂外紀。

㊁歐陽炯見十國春秋卷五十六。詞綜卷二。

詞聞於主聽，蓋將亡之兆也。君臣之間，

其禮先亡矣（詞林紀事引）

這雖是他的貶詞，但炯在當時受孟昶的寵倖可知。他與毛文錫以詞章供奉內廷，這正與馮延己和南唐中主是一樣的寵倖的遭遇。

他的詞現存四十八首。（花間集選十七首，尊前集又多出三十一首）他曾爲趙崇祚的花間集作序，趙書推爲花間正體。他嘗言"愁苦之言易好，懽愉之語難工"。故他的詞"大抵婉約輕和，不欲强作愁思"。（見蓉城集）至其刻畫小女兒情態，尤異常的真摯而動人。例如：

兒家夫婿心容易，
身又不來書不寄，
閒庭獨立鳥關關，
爭忍拋奴深院裏。
悶向綠紗窗下睡，
睡又不成愁已至，
今年却憶去年春，
同在木蘭花下醉。（木蘭花）

憶昔花間初識面，
紅袖半遮妝臉，
輕轉石榴裙帶，
故將纖纖玉指，
偷撚雙鳳金線。
碧梧桐鎖深深院，
誰料得，
兩情何日教繾綣？
羨春來雙燕，
飛到玉樓，
朝暮相見。（賀明朝）
天碧羅衣拂地垂，
美人初著更相宜，
宛風如舞透香肌。
獨坐含嚬吹鳳竹，
園中緩步折花枝，
有情無力泥人時。（浣溪沙）

這種情調，很有些像明人王伯良諸人的小曲。在歐陽炯的詞裏，除了這種樸質的素描外，尚有不少的濃麗的句子。例如：

蘭麝細香聞喘息，
綺羅纖縷見肌膚。（浣溪沙）
獨掩畫屏愁不語，
斜倚瑤枕髻鬟偏。（浣溪沙）
恨不如雙燕，
飛舞簾櫳。
春欲暮，
殘絮盡，
柳條空。（獻衷心）
日高猶未起，
爲戀鴛鴦被，
鸚鵡語金籠，
道兒還是慵。（菩薩蠻）
夢中相見覺來慵，
勻面淚，
臉珠融。
因想玉郎何處去，
對淑景誰同（鳳樓春）

像他這一類色彩鮮艷的麗句，無論寫景，寫人，寫情，都可稱爲透骨的艷語。所以歐陽炯在花間派的詞人中，他是旣具有韋莊的清俊，同時復有温庭筠的藻麗；他實是温韋以後最可注意的正統的作家。此外他的南鄉子八首刻畫小女兒的情態，寫得却楚楚動人；同時他這幾首詞，對於異鄉風物的描寫，更是和李珣的南鄉子得到一樣的成功。例如：

畫舸停橈，
槿花籬外竹横橋，
水上遊人沙上女，
迴顧，
笑指芭蕉林裏住。（南鄉子）

路入南中，
桄榔葉暗蓼花紅，
兩岸人家微雨後，
收紅豆，
樹底纖纖擡素手。（南鄉子）

嫩草如煙，

石榴花發海南天，

日暮江亭春影淥，

鴛鴦浴，

水遠山長看不足。（南鄉子）

這都是很可注意的富於異鄉風調的作品。所以周草窗說：“李珣歐陽炯輩俱蜀人，各製南鄉子數首以誌風土，亦竹枝體也”。（詞林紀事引）

十二

顧敻（生卒未詳）㊀字里無可考。他在前蜀通正時，曾官茂州刺史，後蜀時，他又事孟知祥爲太尉。他性情很恍達，堯山堂外紀云：

> 顧敻爲內直小臣，命作亡命山澤賦，有到處不生草句，一時傳笑。後官太尉，小詞特工。

顧敻的詞，花間集選入五十五首。他的詞亦喜寫閨情，而描寫特工。蓉城集（詞林紀事引）說“顧太尉訴衷情，換我心爲你心，始知相憶深。雖

㊀顧敻見十國春秋卷五十六。詞綜卷三。

爲透骨情語，已開柳七一派”。這話是很可注意的。我們可看這首全詞：

永夜拋人何處去?
絕來音。
香閣掩，
眉斂月將沉，
爭忍不相尋。
怨孤衾，
換我心爲你心，
始知相憶深。(訴衷情)

“換我心爲你心，始知相憶深，”這誠然算是“透骨的情語”。王阮亭亦甚喜此二句，他說“徐山民妾心移得在君心，方知人恨深”全襲此。”他還有幾首小詞，是很膾炙人口的。如醉公子，河傳，楊柳枝諸詞。

岸柳垂金線，
雨晴鶯百囀，
家住綠楊邊，
往來多少年。

馬嘶芳草遠，
高樓簾半捲。
斂袖翠蛾攢，
相逢爾許難。（醉公子）
棹舉，
舟去，
波光渺渺，
不知何處？
岸花汀草共依依，
雨微，
鷓鴣相逐飛。
天涯離恨，
江聲咽，
啼猿切，
此意向誰說？
艤蘭橈，
獨無憀，
魂銷，
小鑪香欲焦。（河傳）

秋夜香閨思寂寥，
漏迢迢，
鴛幃羅幌麝烟銷，
燭光搖。
正憶玉郎遊蕩去，
無尋處，
更聞簾外雨蕭蕭，
滴芭蕉。（楊柳枝）

像這幾首詞既具温的藻麗，更有韋的婉約；而其描寫男女間的離情別緒，又是那末樣的真摯感人；在後蜀的文壇上，除歐陽炯外，他要算是最受人歡迎的了。此外在他的現存五十餘首詞中，我們還可找出他與温韋的接近處。例如：

宿妝猶在酒初醒，
翠翹慵整倚雲屏。………（虞美人）
翠屏閑掩垂珠箔，
絲雨籠池閣。……………（虞美人）
一鑪龍麝錦帷傍。………（甘州子）

紅鑪深夜醉調笙。………（甘州子）

瑟瑟羅裙金線縷，

輕透鵝黃香畫袴。………（應天長）

嬾展羅衾垂玉淚，

羞對菱花簪寶髻。………（玉樓春）

雁響遙天玉漏清，

小紗窗外月朧明。………（浣溪沙）

這幾個例子，都是像溫庭筠的"水精簾裏頗璃枕，暖香惹夢鴛鴦錦"諸詞一樣的藻麗。至如，

惆悵經年別謝娘，

月窗花院好風光，

此時相望最情傷。（浣溪沙）

蟬吟人靜，

殘日傍，

小窗明。（臨江仙）

幽閨小檻春光晚，

柳濃花淡鶯稀。（臨江仙）

衰柳數聲蟬，

魂銷似去年。（醉公子）

這一類的例便似韋莊的"惆悵曉鶯殘月"，"綠樹鶯鶯正啼"同樣的婉約和清俊。

十三

鹿虔扆（生卒未詳）㊀，他的籍貫亦無可考。惟知其在孟昶時仕後蜀爲永泰軍節度使，後進檢討太尉，加太保。樂府紀聞曾紀他的軼事道：

> 鹿虔扆初讀書古祠，見畫壁有周公輔成王圖，期以此見志。國亡不仕，詞多感慨之音。（詞林紀事引）

倪雲林亦說他："鹿公高節，偶爾寄情倚聲，曲折盡變，有無限感慨淋漓處"。可知他在當時雖與歐陽炯，毛文錫，韓琮，閻選諸人同以詞翰得孟昶的寵倖，然鹿實爲一有奇節的志士。像臨江仙云：

> 金鎖重門荒苑靜，
> 綺窗愁對秋空。
> 翠華一去寂無蹤，

㊀鹿虔扆見十國春秋卷五十六。詞綜卷三。

玉樓歌吹，

聲斷已隨風。

煙月不知人事改，

夜闌還照深宮。

藕花相向野塘中，

暗傷亡國，

清露泣香紅。（臨江仙）

在那時五彩斑爛的花間錦繡堆中，像他這類低徊欷歔感慨淋漓迥異時流的作品，實在令人詫異。他的詞格雖高，但現存的很少，除了花間集所收的六首外，更無第七首了。但在這些詞中，除了帶有悲涼的"金鎖重門"外，他亦有很細膩的描寫閨情的句子。例如：

無賴曉鶯驚夢斷，

起來殘醉初醒，

映窗綠柳裊煙青。

翠簾慵卷，

約砌杏花零。

一自玉郎遊冶去，

蓮彫月慘儀形。
暮天微雨灑閑庭；
手挼裙帶，
無語倚雲屏。（臨江仙）

這種細膩秀美的句子，到是花間的同調。在鹿詞六首中以臨江仙二首爲最佳，並可以代表他悲涼和婉約兩種不同的作風。此外如女冠子二首和思越人虞美人兩首，都不見得怎樣的出色。

十四

閻選（生卒未詳）㈠字里無考。趙編花間集稱之爲閻處士。他在廣政時代似未曾做過官，然其後與歐陽炯鹿虔扆毛文錫韓琮同稱"五鬼"，可知他在後蜀亦是位很有名的人物。

他的詞現存十首（花間集選八首，尊前集二首），但多直率平淡無深趣。如：

光影不勝閨閤恨，

㈠閻選見十國春秋卷五十六，詞綜卷三。

行行坐坐黛眉攢。(八拍蠻)

幾回邀約雁來時,

違期,

雁歸人不歸。(河傳)

劉阮信非仙洞客,

嫦娥終是月中人。(浣溪沙)

這種質直無趣的句子,是與毛文錫同其淺露。但在這十首中也未嘗沒有藻麗的句子。如:

粉融紅膩蓮房綻,

臉動雙波漫。

小魚銜玉鬢釵横,

石榴裙染象紗輕。……(虞美人)

寂寞流蘇冷繡茵,

倚屏山枕染香塵,

小庭花露泣濃春。(浣溪沙)

雅態芳姿閑淑,

雪映鈿妝金斛,

水濺青絲珠斷續,

酥融香透肉。(謁金門)

這是濃麗側艷的句子，但亦僅一二句而已；說到全詞的描寫，亦不見得深刻了。然像定風波一首還好：

江水沈沈帆影過，
游魚到晚透寒波。
波口雙雙飛白鳥，
煙𦑊，
蘆花深處隱漁歌。
扁舟短櫂歸蘭浦，
人去，
蕭蕭竹徑透輕莎。
深夜無風新雨歇，
涼月，
露迎珠顆入圓荷。（定風波）

這首詞頗有清俊之趣，要算閻詞中的"白眉"了。

十五

毛熙震㊀（生卒未詳）蜀（今四川附近）人，

仕後蜀官秘書監。他大概和鹿虔扆是一樣的人吧。他的詞中也每每滿載着暗傷亡國的淚痕，他許是悼傷前蜀，同時他亦警惕後蜀君主吧！像：

自從陵谷追遊歇，
畫梁塵黦。
傷心一片如珪月，
閑鎖宮闕。（後庭花）

這還不是鹿虔扆的"烟月不知人事改，夜闌還照深宮"（臨江仙）嗎！所以周密齊東野語說他："熙震集止二十餘調，中多新警而不爲儇薄"。大概指他這一類的詞而言吧。

他的詞花間集選二十九首，但就他現存的全部詞來看，像後庭花那類"感慨系之"的作品實不多，到是穠麗婉約詞却很不少。例如：

春暮黄鶯下砌前，
水精簾影露珠懸，
綺霞低映晚晴天。
弱柳千條垂翠帶，

㊀毛熙震見詞綜卷三。

殘紅滿地碎香鈿。
蕙風飄蕩散輕煙。（浣溪沙）
晚起紅房醉欲銷。
綠鬟雲散嫋金翹。
雪香花語不勝嬌。
好是向人柔弱處，
玉纖時急繡裙腰。
春心牽惹轉無憀。（浣溪沙）
春光欲暮，
寂寞閑庭戶。
粉蝶雙雙穿檻舞，
簾捲晚風疎雨。
含愁獨倚閨幃，
玉爐烟斷香微。
正是銷魂時節，
東風滿院花飛。（清平樂）

這還不是溫韋的同調嗎！此外他的被人傳道一類的句尚不少。沈雄的柳塘詞話云：

毛熙震"象梳欹鬢月生雲"，"玉纖時急

繡裙腰"，"曉花微斂輕呵展，嫋釵金燕軟"，不止以濃麗見長也。清平樂云"正是銷魂時候，東風滿院花飛"。南歌子云"嬌羞愛問曲中名，楊柳杏花時節幾多情"。試問今人弄筆，能出一頭地否。（詞林紀事卷二引）

這也難怪，原來"靡艷"就是西蜀詞壇的風氣，除了李珣歐陽炯諸人稍有冲淡清雅而富於濃厚的地方色彩一小部分作品外，那一個詞人所寫的不是倚紅偎翠的靡靡之音。鹿虔扆毛熙震雖偶有感慨的悲涼語，但就其全部作品論，亦以寫閨情綺語之作爲多。西蜀的詞風如此，整個五代的詞風也復如此。

十六

五代的文學，要以西蜀南唐爲最盛，但南唐沒有一個像趙崇祚那樣的好事的人來作結集的工作，所以詞人傳者不過三數人而已。此外像東南的閩越，中部的荆南，南方的楚與南漢，也不曾注意詞的搜集，所以詞人傳者更“寥若晨星”。到是荆南的孫光憲因爲被收入於花間集之故，爲荆南的文壇生色不少。

孫光憲(九〇〇——九六八)㊀字孟文，自號葆光子，貴平(今四川仁壽縣附近)人。他好讀書，唐時爲陵州判官，後避地荆南，受高從誨的知遇。梁震薦他爲季興掌書記。他勸季興與民休息，與隣國和好。高從誨立，悉以政事委他，歷官荆南節度副使，檢校祕書少監，兼御史大夫。高氏三世據荆南，他皆在幕府。宋初，他勸高繼冲獻三州地，宋太祖嘉其功，用爲黃州刺史。

他是五代詞人中一位博學者，好學喜藏書。“遘兵戈之際，以金帛購書數萬卷”。他著書甚多，有橘齋筆湖荆臺筆傭諸集，均亡佚。今傳於世者有北夢瑣言二十卷。

他的詞現存八十四首(花間集六十一首，尊前集載二十三首)孟文是一位富有浪漫性的文人。“一生狂蕩恐難休，且陪烟月醉紅樓”，正是

㊀孫光憲見十國春秋卷一百二。詞綜卷五。

作者個性的寫照。所以他的詞亦大半是描寫男女之私情，而以香艷穠麗見長。例如：

試問於誰分最多，
便隨人意轉橫波，
縷金衣裳小雙鵝。
醉後愛稱嬌姐姐，
夜來留得好哥哥，
不知情事久長麼？（浣溪沙）

映月論心處，
偎花見面時，
倚郎和袖撫香肌，
遙指畫堂深院許相期。
解佩君非晚，
虛襟我來遲，
願如連理合歡枝，
不似五陵狂蕩薄情兒。（南歌子）

這都是他艷麗一類的代表。此外像生查子，更漏子，浣溪沙，……尚不少這類的句子。例如：

待得沒人時，

偎依論私語。(生查子)

六幅羅裙窣地,

微行曳碧波,

看盡滿池疏雨打團荷。(思帝鄉)

偎粉面,

撚瑶簪,

無言淚滿襟。(更漏子)

獨立寒堦望月華,

露濃香泛小庭花,

繡屏愁背一燈斜。(浣溪沙)

經霅水,

過松江,

盡屬儂家日月。(漁歌子)

消息未通何計是?

便須佯醉且隨行,

依稀聞道"太狂生"。(浣溪沙)

簾外欲三更,

吹斷離愁月正明,

空聽隔江聲。(望梅花),

攬鏡無言淚欲流，
凝情半日難梳頭，
一庭疏雨濕春愁。（浣溪沙）

他的詞除了上述的穠麗的風格外，尚有三種特點：（一）疎朗，（二）婉約，（三）沈咽。像“蓼岸風多”可作疏朗的例，“江上草芊芊，”可作婉約的例。“留不得，”算是沈咽的例。現在分錄如下，以廣其例。

蓼岸風多橘柚香，
江邊一望楚天長，
片帆烟際閃孤光。
目送征鴻飛杳杳，
思隨流水去茫茫，
蘭紅波碧憶瀟湘。（浣溪沙）
江上草芊芊，
春晚湘妃廟前。
一方柳色楚南天，
數行斜雁聯翩。
獨倚朱欄情不極，

魂斷終朝相憶。
兩槳不知消息。
遠汀時起鸂鶒。(河瀆神)
留不得,
留得也應無益!
白紵春衫如雪色,
揚州初去日。
輕別離,
甘拋擲,
江上滿帆風疾。
却羨彩鴛三十六,
孤鸞還一隻。(謁金門)

我們從這些詞看來,孫光憲實在不愧算是温韋以後偉大作家之一。陳亦峯云"孟文詞,氣骨甚遒,措語亦多警鍊。然不及温韋處亦在此,坐少閒婉之致。"吳瞿安先生云"余謂孟文沈鬱處,可與李後主並美。即如此詞(謁金門)已足見其不事側媚,甘處窮寂矣。"這足見孫詞在花間集中的地位是很崇高的。

十七

五代的文學，北方中原是遠不及西蜀與南唐。蓋在中原之地，五十四年之間，更換了梁唐晉漢周五個朝代，社會自然是整年的干戈擾攘，無一時的太平。這時中原的詩人，如韋莊牛嶠等，都避亂而居於蜀中，所剩的真實的偉大作家，不過寥寥幾人而已，和凝就是這寥寥幾人中最偉大的一位。

和凝（八九八——九五五）㊀字成績，鄆州須昌（今山東東平縣）人。他的遭遇很好，官運亨通，雖然五代變亂相尋，改姓易主，但他却歷仕五朝。他似是一位和馮道同科的謹愼小心的老官僚。父矩性嗜酒，不拘小節，然獨好禮文士，每傾資以交之。凝幼聰敏，形神秀發，梁貞明二年（九一六）舉進士，義成軍節度使賀瓌辟爲從事。瓌與唐莊宗戰於胡柳，瓌戰敗脫身走，獨凝隨之，瓌

㊀和凝見舊五代史卷一百二十七，新五代史卷五十六。詞綜卷二。

反顧見凝揮之使去,凝曰"大丈夫當爲知己死,吾恨未得死所爾,豈可去也"。已而一騎追環幾及,凝叱之不止,即引弓射殺之,環由此得免。環歸對其諸子曰:"和生志義之士也,後必富貴,爾其謹事之",因妻之以女。後唐時,拜知制誥,翰林學士,知貢舉。晉天福五年(九四〇)拜中書侍郎同中書門下平章事。入漢以討平安從進功,拜太子太傅封魯國公。周世宗顯德二年卒。贈侍中。有紅葉稿。

他所作詩文甚富,有集百餘卷,嘗自鏤版以行於世。少好爲曲子,布於汴洛,及入相,契丹號爲"曲子相公"。孫光憲北夢瑣言道:

> 晉相和凝少年時好爲曲子詞,布於汴洛。洎入相,專託人收拾焚毀。然相公厚重有德,終爲艷詞所玷,契丹入夷門,號爲曲子相公。

這都足證明他的性情是畏首畏尾的,他只想保持他的富貴,寧願犧牲他的艷曲。沈存中筆談說他將其香奩集嫁名韓偓。這更是很淺陋的作偽了。

他的詞現存二十七首（花間集二十首，尊前集七首）在這些作品中，還約略可以看出和詞清新尖艷的影子來。

一迴嘗酒絳唇光，
佯弄紅絲蠅拂子，
打檀郎。（山花子）
肌骨細勻紅玉軟，
臉波微送春心。
嬌羞不肯入鴛衾，
蘭膏光裏兩情深。（臨江仙）
纖手輕拈紅豆弄，
翠蛾雙臉正含情。（天仙子）
醉來咬損新花子，
拽住仙郎盡放嬌。（柳枝）
羞道交回燭，
未慣雙雙宿。
樹連枝，
魚比目，

掌上腰如束。

嬌嬈不爭人拳踢，

黛眉微蹙。(麥秀雙歧)

像這些句子都很艷冶，且多肉的描寫，無怪舊五代史說他“平生爲文章，長於短歌艷曲”了。他這類的詞除上述赤裸裸的狎昵的描寫的作品外，也有比較稍“蘊藉”一些的。如：

天欲曉，

宮漏穿花聲繚繞，

窗裏星光少。

冷露寒侵帳額，

殘月光沉樹杪。

夢斷錦幃空悄悄，

彊起愁眉小。(薄命女)

竹裏風生月上門，

理秦箏，

對雲屏，

輕撥朱絃，

恐亂馬嘶聲。

含恨含嬌獨自語，
今夜約，
太遲生。（江城子）
斗轉星移玉漏頻，
已三更，
對棲鶯，
嚦嚦花間，
似有馬嘶聲。
含笑整衣開繡户，
斜斂手，
下階迎。（江城子）

清新尖艷，較爲蘊藉了。他的江城子共五首見尊前集，是用五個同調組合成的抒情敍事詞，——是男女相會的詞。第一首是"待約"，"整頓金鈿呼小玉，排紅燭，待潘郎。"第二首是"約而不至"，"今夜約，太遲生"。第三首是"潘郎來了"。"斜斂手，下階迎。"第四首是"迎得郎來入繡幃"。第五首是"後約"，"臨上馬時期後會，待梅綻，月初生"。那是多末蘊含着深意的事情。吳瞿安先生說"江城五支，爲言情者之祖，後人憑空結構，皆本此詞"。（詞學通論）可知和詞的重要了。他除了這類描寫閨情的作品外，也有很俊逸的句子。如：

蘋葉軟，
杏花明，
畫舡輕，
雙浴鴛鴦出綠汀，
棹歌聲。（春光好）
白芷汀寒立鷺鷥，
蘋風輕剪浪花時。
煙羃羃，
日遲遲，
香引芙蓉惹釣絲。（漁父）

總觀和凝的全詞，終以描寫艷情見長，疏淡的作品不過寥寥兩首而已。此外在和詞裏我們尚可看到的，即他的歌頌太平的可厭的句子。如"春入神京萬木芳"（小重山）等詞。但這亦難怪，他的地位，使他不得不如此吧！

十八

最後我們再補敍花間集中這位晚唐的詞人皇甫松㈠他字子奇，他的事蹟已不可考，我們只知道他是古文家皇甫湜的兒子，湜睦州新安（今浙江建德縣）人。唐相牛僧孺之甥。花間集列他於温庭筠之下，韋莊之上，而稱之爲"先輩"。按花間集於集中諸詞人，只要是做過官的，皆稱其官爵，如温庭筠則稱温助教，韋莊則稱韋相。今他獨稱爲"先輩"，則其未曾做官可知。至其時代，在花間集所選諸人中，亦當是很早的。

他的詞現存花間集中十二首，尊前集載十首。陸侃如中國詩史說花間集所收的浪淘沙二首，楊柳枝二首，採蓮子二首，及全唐詩所收的拋球樂二首，怨回紇二首，均是五七言詩㈡。他在這些作品中，獨具爽朗之致，不入側艷一流。如：

蘭燼落，

屏上暗紅蕉。

㈠皇甫松見詞綜卷一。

閑夢江南梅熟日，

夜舡吹笛雨蕭蕭，

人語驛邊橋。（夢江南）

樓上寢，

殘月下簾旌。

夢見秣陵惆悵事，

桃花柳絮滿江城，

雙髻坐吹笙。（夢江南）

晴野鷺鷥飛一隻，

水葓花發秋江碧。

劉郎此日別天仙，

登綺席，

淚珠滴，

十二晚峯高歷歷。（天仙子）

㊁按吳瞿安先生詞學通論說“元遺山云皇甫松以竹枝采蓮排調擅場，而才調遠遜諸人，花間集所載，亦止小令短歌耳。余謂唐詞皆短歌，花間諸家，悉傳小令，豈獨子奇，遺山此言，未為確當。松詞不多，尊前集有十首，為怨回紇竹枝拋球等闋實皆五七言詩之變耳”。

躑躅花開紅照水，

鷓鴣飛起青山嶺，

行人經歲始歸來，

千萬里，

錯相倚，

懊惱天仙應有以！（天仙子）

繁紅一夜經風雨，

是空枝。（摘得新）

這都是很爽朗瑩潔的句子。在晚唐詞中，也是屬於張志和一流的詞人。

本書重要參考書目

一， 花間集 蜀趙崇祚編，有四印齋所刻詞本，有徐幹刊本，有四部叢刊本（多出附錄二卷）有四部備要本。

二， 尊前集 北宋人編，有汲古閣刊本，有彊村叢書本。

三， 金奩集 温庭筠，韋莊，諸人著，有彊村叢書本。

四， 唐五代二十家詞 王國維編，有王忠愨公遺書四集本。

五， 唐五代詞選 成肇麐選，有光緒十三年江寧刊本，有商務印書館印本。

六， 全唐詩 有原刊本，有石印本，第十二函，第十册，所載皆唐五代詞。

七， 唐宋諸賢絶妙詞選十卷 宋黄昇編，有汲古閣刊詞苑英華本。

八， 詞綜三十六卷 朱彝尊編，有原刊本，有四部備要本。

九， 詞選 胡適編，有商務印書館刊本。

十， 中國詩史（卷下李煜時代） 陸侃如著，大江書舖出版。

十一， 中國文學史（第二章五代文學） 鄭振鐸著，商

務印書館出版。

十二，　歷代詩餘一百二十卷(內詞人姓氏十卷詞話十卷 沈辰垣等編，有內府刊本，有石印本。

十三，　詞林紀事二十二卷　清張宗橚輯，有原刊本，有掃葉山房本。

十四，　彊村叢書　朱祖謀編刻，收羅最富，凡二百餘家有原刊本。

十五，　碧鷄漫志一卷　王灼著，有知不足齋叢書本。

十六，　北夢瑣言　孫光憲著，有雅雨堂叢書本。

十七，　詞律　萬樹著，有通行本。

十八，　人間詞話　王國維著，有文化學社鉛印本。

十九，　舊唐書　晉劉昫撰，有二十四史本。

二十，　新唐書　宋歐陽修宋祁撰，有二十四史本。

二十一，　舊五代史　薛居正著，有二十四史本。

二十二，　新五代史　歐陽修著，有二十四史本。

二十三，　唐才子傳　辛文房著，日本佚存叢書本（佚存叢書，有商務印書館影印本）

二十四，　十國春秋　吳任臣撰，有顧氏小石山房刊本。

二十五，　韋莊年譜(附浣花集)　曲瀅生編，有我輩語叢刊社印本。